徽州往事

江伟民 著

光明日报出版社

图书在版编目（CIP）数据

徽州往事 / 江伟民著. -- 北京：光明日报出版社，2024.5

ISBN 978-7-5194-7980-0

Ⅰ.①徽… Ⅱ.①江… Ⅲ.①散文集－中国－当代 Ⅳ.①I267

中国国家版本馆CIP数据核字(2024)第105410号

徽州往事
HUIZHOU WANGSHI

著　者：江伟民

责任编辑：史　宁　　　　　　责任校对：许　怡　杨　雪
封面设计：悟阅文化　　　　　责任印制：曹　诤

出版发行：光明日报出版社
地　　址：北京市西城区永安路106号，100050
电　　话：010-63169890（咨询），010-63131930（邮购）
传　　真：010-63131930
网　　址：http://book.gmw.cn
E - mail：gmrbcbs@gmw.cn
法律顾问：北京市兰台律师事务所龚柳方律师

印　　刷：三河市华东印刷有限公司
装　　订：三河市华东印刷有限公司

本书如有破损、缺页、装订错误，请与本社联系调换，电话：010-63131930

开　　本：145mm×210mm
字　　数：215千字　　　　　　印　张：8
版　　次：2025年1月第1版　　印　次：2025年1月第1次印刷
书　　号：ISBN 978-7-5194-7980-0
定　　价：69.00元

版权所有　　翻印必究

序

张艳红

伟民是歙南程家埸人,与我家相去不过半舍。此地群峰绵亘,竞出云表,溪流蜿蜒,清澈如练。秉天地之灵气,俊杰应时而生。其为人也,大多激昂高亢、磊落不羁,不与世俗苟合,而伟民尤甚。伟民以奇气发为文字,勃然郁然,纵横恣肆,大有狂士之目;而奚囊之富,亦颇让人称羡不已,以文人固穷,深藏箧笥。今拣出所著《徽州往事》付之枣梨,以乡里之情、苔岑之谊、阅历相仿而嘱以序文,然我成就平凡,实深感有愧焉!

我与伟民同生于 20 世纪 70 年代,打小生活在农村、洗衣做饭,挑粪浇水,扛过锄头,斫过柴火,左邻右舍、七姑八婆,张家长、李家短,农村生活的点点滴滴了然于心。《徽州往事》所叙大多为伟民乡居经历及见闻所得,散发着浓厚的乡土气息。徜徉其间,一切是那么熟悉:巷弄里孩童的嬉笑,垂老的细语;码头上搬运工繁忙的身影;水碓传说中的鬼怪;沉重的轧面机,踏步白腿脚的酸痛;过年穿新衣的欣喜;红白喜事热闹的场面;榨油厂的炒面与浸了油的锅巴;爆米花腾起那带有香味的烟雾;清甜的酒酿;喷香的苞芦粿……一幕幕如在眼前,虽然记忆中的往事与伟民所说不尽相同,由此而勾起的乡思却是无穷。

徽州山多田少,居民垦山而种,层累而上,十余级不盈一亩,大抵是刀耕火种。即使丰收年份,粮食亦不够食用,多仰给于外地,宗党之间,互相救济,是典型的宗族社会,故以宗族性质发起的民俗活动时有举行。近五十多年来,如祠堂祭祖、春秋社祭等古老的民俗活动基本消失,然而春节、元宵、端午、中秋等重大节日,大小村落也会组织篮球赛、拔河赛、放电影等各种文体活动,其他如农历二月二炒蚕豆、煎虫窠,清明挂纸,六月六做蒸糕与大馍,七月半做茶馓、煎豆得(方言,豆腐角),夏至吃炒面,冬至煮饺子,腊八煮菜豆粥等,亦过得有声有色。每个村落的红白喜事都有专门管事的账房先生,还有那些批命账、看风水、做纸扎的,似乎都不能缺少。农闲时,男劳力结队出门找活,各个村落皆有自己的行业,如岔口的挑担夫,大梅口的榨油工、撑船夫,武阳的蜜枣师傅,伟民家乡则做窑工等,给乡人带来经济收入的同时,也给村落注入了鲜活的生命力。

20世纪八九十年代,在偏僻的乡村,某些土风土俗依然存在。比如《徽州往事》中的拔土箭,我家因住在大路边、水埠旁,曾见过多次。伟民所说的估计是点穴,而我所见的是以放血的方式。即在患处使劲拍打,然后瞅准地方,用缝衣针往里一戳,就会流出黑色的血来,待黑血流尽就好了,据讲很灵光,又听说弄不好会有后遗症。焚香祷告治白蛇圈却是亲身经历,是上村的老奶奶给做的法,烟熏火燎的,好像效果不明显,也不过是迷信之举。问谶的确不可思议,类似卜者,然读过屈原的《卜居》,又觉大不相同。周家村大姨父的姑姑嫁在竹简坦,人称"问谶婆"。我九岁那年暑假,妈妈与邻居曾去问过事,回家说起,一套一套的,神神秘秘,至今想来,犹觉阴森可怕。伟民说问谶者懂得心理学、口技等各种本领,好像又不尽然。这些土俗估计现今某些地方依然存在,但最终会因没有传人而消失殆尽。

当我们的父祖辈津津于祠堂祭祖、抬汪公、求雨、春秋二社、舞草龙、祭厉坛等盛事时,因未曾见识,实难以想象。而今人以演出性质推出的跳钟馗、舞龙、鱼灯等民俗表演与原始风俗当有很大差距,歙县文化局范劲松就曾为歙县的鱼灯、跳钟馗、麒麟舞等以及他县的如目连戏等进行过精心策划编排,含有戏剧的成分。伟民于书中言及1982年前往灵山观看其姑父游嬉大红马以兆生子之事,夜晚,上千人的队伍在山村里穿梭,灯火通明，鞭炮声、锣鼓声、喊叫声，热闹非凡、气势磅礴，从正月十五一直嬉到十八朝。那种带着原始粗犷的民俗，已数十年难见，可谓大观！元宵嬉灯的风俗，于新中国成立前在每个村落皆很平常，族谱文献记载也颇多。近五六十年来，不过展挂彩灯，猜猜谜语，那种鸣锣开道、旌旗招摇、鱼灯表演的场面实为罕见。又，元宵节游嬉大红马为卜兆生男还是第一次听伟民说起，只记得《丰南志》中记载西溪南旧有正月十四日晚间子时族中后人于新婚的次年前往祠堂领灯一盏，以兆多男。可见歙县南乡与西乡风俗相差无几，只是表现形式的不同。

因着科技的发展、电力的兴起、公路的开通、塑料制品的应用等，榨工、窑工、纤夫、担夫、船夫、箍桶匠、竹匠不得不丢掉原有的手艺，另谋生路，而木匠则在城里做起了装潢，裁缝进制衣厂做起了流水线……其后，随着进城大潮的涌起，固有的生活规律彻底被打破，田地日见荒芜，小村落日见衰败消失，山道榛莽，水井湮塞，路亭倒塌。即使大村落也渐渐萎缩，且不说旧时的手艺人、民俗、小吃等难以见到，相当一部分乡村人移居城市之后，老家便成了一年难得回去几次的驿站旅馆。

伟民生长于乡村，于工厂做过机修，下岗后回乡开过店，执过教，不过一介布衣。然其怀抱才缊，卓自树立，犹如蝉蜕浊秽，莲出污泥，磨而不磷，涅而不缁，不为世俗所泯没，凭着深厚的文字功底，创造出自己的一片天地，成为资深的记者与拔萃的作家。尤其擅长用对徽州人情世故的熟悉，以独特的眼光描绘底层百姓原始的农事生产、信仰习俗等生活状态，以及社会变革对农村下层普通民众日常生活的影响。所作文章虽限于徽州一隅，却是中国传统农耕社会的一个缩影，不失为典型的代表，有着深远的意义。

徽学与藏学、敦煌学同为中国地域文化三大显学，所研究大多为新中国成立前的徽州社会，凭借着大量的文献资料与少量的遗存，近二十多年来，在国内发展得如火如荼，而且正逐渐走向国际。伟民所撰述的那些回不去的往事，不仅给阅读者一种心灵的寄托,相信若干年后,必当成为珍贵的文献资料而备受研究者的重视。

(张艳红,安徽省徽学会理事,黄山市地方志社会专家,点校注释明万历《歙志》,校注《丰南志》《茗洲吴氏家典》,辑纂《孝行里潭渡》,特约主编《仁里村志》。)

目 录 CONTENTS

第一部分　徽州古迹

古　巷 …………… 002
天　井 …………… 004
老　屋 …………… 006
牌　坊 …………… 008
埠　口 …………… 010
水　碓 …………… 012
榨　堂 …………… 014
石　磨 …………… 017
石　桥 …………… 019
半　塔 …………… 022
水　井 …………… 025
古　道 …………… 028
水　口 …………… 031

路　亭	034
歙　砚	037
徽　墨	041
老　街	044
祠　堂	047
古　刹	050
树皮屋	054
放　排	057
神　石	060
峡　谷	063
盆　景	066
美人靠	069
古　碑	071
合欢桌	074
门当户对	077
旗杆石	080

第二部分　徽州手艺人

弹　棉	084
劁　猪	088
石　匠	091
箍　桶	094
打　铁	097
杀　猪	101

爆米花 …………… 104
修　榨 …………… 107
赤脚医生 …………… 111
轧　面 …………… 115
艄　公 …………… 119
筑　墙 …………… 123
采　药 …………… 126
补　鞋 …………… 129
打　猎 …………… 133
木　雕 …………… 137
茶　贩 …………… 141
烧　窑 …………… 145
赶　骡 …………… 149
放电影 …………… 153
罗　盘 …………… 157
挑山工 …………… 160

第三部分　徽州民俗

土　箭 …………… 166
白蛇圈 …………… 169
账房先生 …………… 172
婚嫁红装 …………… 175
叠罗汉 …………… 178
打秋千 …………… 181

游嬉大红马 …………… 183
嬉鱼灯 ………………… 186
舞　龙 ………………… 189
跳钟馗 ………………… 192
抢　婚 ………………… 196

第四部分　特产小吃

发喜粿 ………………… 202
艾叶粿 ………………… 206
毛豆腐 ………………… 209
臭鳜鱼 ………………… 212
深渡包袱 ……………… 215
徽州三石 ……………… 218
乌　饭 ………………… 222
三口蜜橘 ……………… 225
三潭枇杷 ……………… 228
徽州贡菊 ……………… 232
徽州甲酒 ……………… 235

后记：我为什么写作 ………… 239

第一部分　徽州古迹

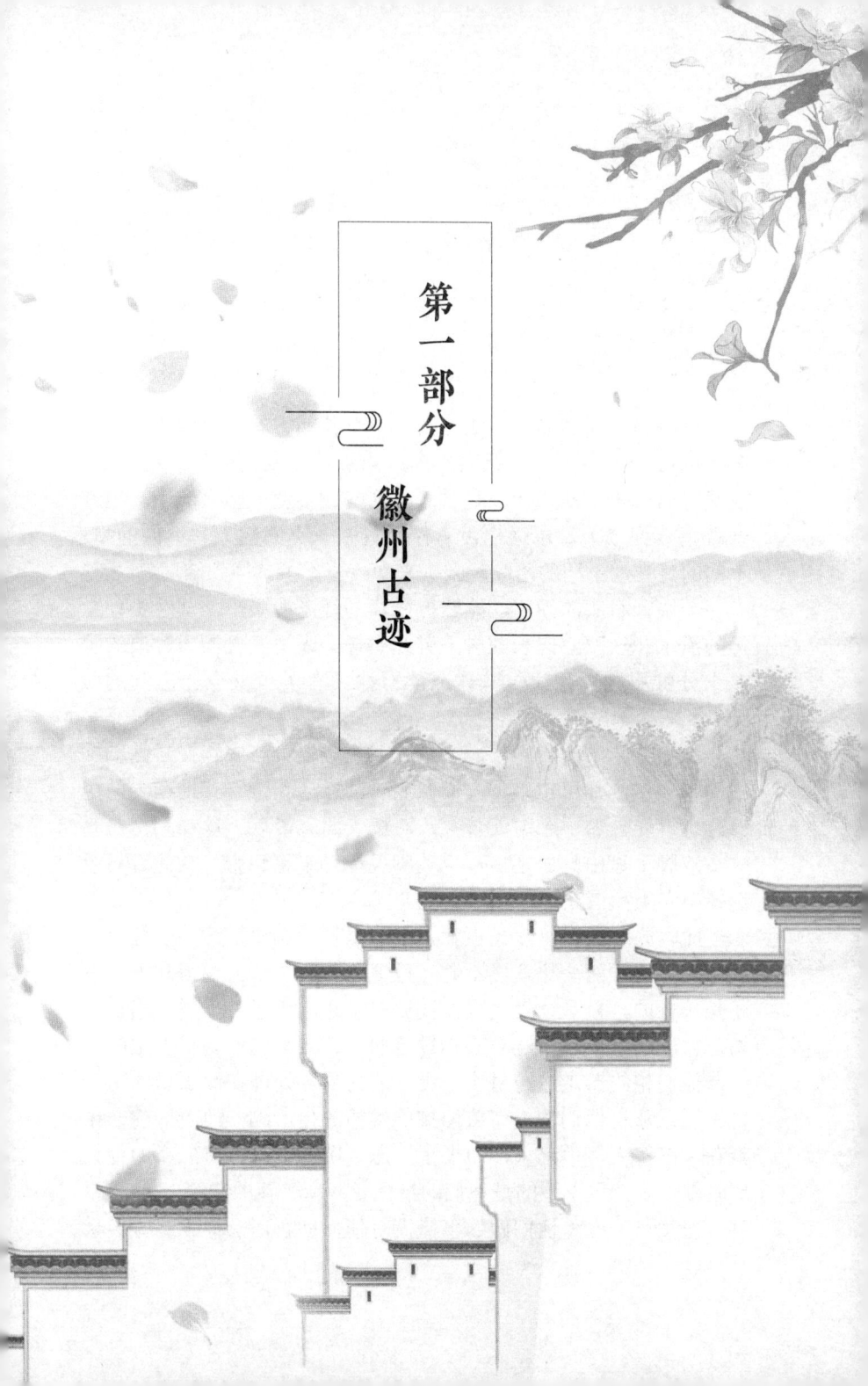

古　巷

　　斑驳的两面高墙，围成一条窄小幽长的古巷，也围成了许许多多的故事。完整的，或零碎的；凄婉的，或美丽的；动人的，或残忍的……不知从什么时候起，这些故事就开始上演了，也许一直延续到今天，永远也没有停歇过——不同的人，不同的事，不同的月光，不同的落叶，到头来却改变不了一样的结局。

　　一块青石头的硬度，能够抵御锋利钎凿的敲击，却经不住常年的流水和一双双肉长的脚下鞋的磨搓。光滑、光溜，触摸的手感十分舒服。岁月让这些冰凉的石块拥有了少女一样滋润的肌肤。

　　不知哪一个朝代的哪一个祖先把一块块青石安置在了高墙围成的巷弄里，几百年来，人们像韭菜一样一茬接一茬地在上面走着。也不知是哪一个雨天晴天，石板表面上最后一丝锋利，在割破一双脚丫流出鲜血之后，也被脚板搓得平整起来，从此青石板选择与人类和谐共处。

　　此时原本的白墙黛瓦也就上了年纪长了斑纹，鲜亮的色泽转成阴暗，这样的变化竟然不着一丝痕迹。甚至让人觉得昨天古巷还是年轻的，只是一夜之隔便恍如白了头的伍子胥一样。当这一切都完成的时候，抬过石头砌过墙的一茬人早已走到了人生的尽头，他们相约着走进与村庄一山之隔的另一处埋在泥土里的房子里去。在那里他们的灵魂依旧挑的挑抬的抬，砌一面新墙建一条新巷。庄稼人，手艺人，习惯了，怎么歇得下呀。可怎么的他们也就歇下了。歇不下的是他们的继任者：新一茬的韭菜。

　　与父辈一样，他们做的事情没有任何创新，一样砌着青砖黛瓦马头墙，一样围成青石板的巷道。一个村庄在他们的手中得到了延伸，扩展。在一座座新的宅院里，婴儿新鲜的啼哭一刻也没有停止，每一条古巷都是母体连接幼儿的脐带。

古巷伸向哪，故事就伸向哪；古巷通向了石桥下的石潭，故事也通向了石潭。

野蛮规范着秩序的同时，一种被那个时代过分追捧的荣耀以另外一种方式，协同统治着禁锢着青草般鲜活的思想。横竖交错的古巷上骑着好几座牌坊，表旌忠孝节义。上面的"圣旨""恩荣"代表着当时最高统治者的态度，级别之高当真无可比拟。然而在《新安家族》一剧中，得到皇上下旨修缮一新准备庆祝的汪家义字牌坊，被皇上的另一道圣旨拉倒之后，那份凄惨和苦楚，岂是三两句话说得清楚明白？

在古巷面前，每个人都只是匆匆的过客。也许，古巷生厌了一个人、一群人、一个时代的人的表演。古巷喜欢原生态的品质，不加矫饰，不用掩盖。于是，人类变换着模样粉墨登场。于是，古巷见证着越来越多的故事……或真或假，亦真亦假。任谁也别想说明白。

终于有一天，我的脚踩踏在了古巷的青石板上。我不会妄图用审视的眼光去揭开属于古巷记忆中的所有故事，我只想用我的脚去踩踏新的更多的故事……

"上国栖迟岁欲终，此情多寄寂寥中。钟传半夜旅人馆，鸦叫一声疏树风。古巷月高山色静，寒芜霜落灞原空。今来唯问心期事，独望青云路未通。"独自吟诵处，樵夫担柴而过，一缕晨光探进身来，空气中好多好多的尘粒欢呼跳跃着，充满了青春和希望。人，一下子也跟着轻松起来。

天　井

窗子很小，小得容不得一个人进出；天井很大，大得装得下一个天空。

——题记

应该说成一扇向天空敞开心扉的窗子：天井像一个长方形的口子，笔笔正正对着天空。围成长方形的四面不只是墙体，一般地说，大门入口的挡壁正对着正堂，正堂的左右两侧为房间，清一色木板竖成，雕成春夏秋冬四季图案，简单一点的也要梅兰竹菊或者岁寒三友。正堂处八仙桌、太师椅，正中间大抵少不了字画对联。这里的字画被尊为"中堂"。用清代官名来称呼，可见其尊贵程度。

天井只在徽州老房子里才能看到。有天井的老房子，它们的主人都是一些有身份、有地位的人，不是乡绅就是新贵，享誉明清两代300多年的徽商及其后裔，把一幢幢有着天井的老房子带着走进21世纪的时空中来。从那些虫蚀的柱子上，可以读到岁月扯烂的斑迹。

天井正下面，对着的是铺得平平整整的石板，比天井略大一圈的长方形，四角都有一小块圆形的石盖，盖上凿有梅花般细眼，用以排水。讲究的人家，还在石板上摆上两口对称的大水缸接天水。直观上，天井能让主人和外面的世界更加畅快接触，这可是一个窄小的窗子所不能给予的。晴天，洒进家的是温暖的阳光；雨天，飘落的是水滴。至于雪天，更是一幅美丽景象，成千上万朵六边形精灵，争先恐后从茫茫世界挤着往天井里涌来，那些青石板一下子就被染成洁白。此时，天井的主人总要用上几根手指捋上几缕或长或短的胡须，说上几句文绉绉的大白话："好啊，好啊，四水归门堂，瑞雪兆丰年。"后半句自然好理解，毕竟是小学语文课本上就有的。前半句其实也不难，说白了就是"财源四处来"的意思。不甚精确，却大抵不错。说话的主人作为一家之主，在这种"财源滚滚"的好日子里，总要紧急或者悠闲（取决于他的脾性）地召开家庭会议，商议一家人明年的发展大计。

天井的另一个用途是留给徽州女人的。一般的庄稼人家夫挑妻背的，一个山上干活，一个屋里吃饭，一个炕上睡觉，日子艰苦却也其乐融融。要是娘家是殷实之家，又被门当户对了一回，嫁入的婆家也是要一个包袱雨伞背了走沪杭做生意的主，那么，这位徽娘的命运从出生的那一刻起就注定是风光和惨淡并存了。说其风光，是不用劳作便能吃饱吃好肚子，只是大门不出二门不迈地做些女红。说其惨淡，那是一个日子接一个日子地空房独守，碧海青天。这个时候，天井的作用就大了起来。更深夜静，月光如洗，这位风光和惨淡并存的徽娘对着天井，把一缕相思托寄明月。若逢狂风大作，雷电交织，一个娇小身躯只能依靠软绵绵的被子。日子在相思中溜走，皱纹在日子中爬上额头。直到有一天，一只青鸟从天井上飞落……

时空飞转。眼前那一个个横在头顶上方的大窗子，不知从什么时候起，变成了一道风景。内敛的徽州人开着小小的窗子，谨小慎微地做人，却在磨砺中开阔了心胸。我想，这才是天井真正的意义吧。

老　屋

老屋老了。整个身体长满了蒿草，爬满了青藤。老屋就像一个佝偻着背的老人，随时都会倒下去，再也直不起身子。老屋的主人离开它总有一百多年了吧。一百多年来，老屋见证主人的后人经历富贵贫穷、强悍懦弱，老屋随着主人的后人的后人一直走到今天，走到自己作为一间房子的最后时光。

老屋老了，支撑它的12根立柱、32根冬瓜梁没有一根是完整的。有的烂了腿脚，有的烂了颈腰。更为甚者，早已悬空而挂，倚仗其他兄弟姐妹的力量，不使自己坍塌下去。这些支离破碎的零部件，从主人花价钱从深山处把它们买来，雇上木工，经历去皮修身的疼痛，堂堂正正、风风光光地成为栋梁之材到今天，早已超期服役，不堪岁月侵蚀。

老屋老了，随着一起老去的是那些每时每分都要亲历风霜雪雨侵扰的墙体。原来的白色肌肤已成灰暗而毫无生机，四面墙体清一色长上了赫红、暗红、灰暗的斑点。更惊心的是，墙体业已扭曲，或凹或凸，从它身边走过的行人，无法气定神闲地站住脚跟仔细地多看上几眼。"老了，老了，有什么好看的？"老屋责怪道。老屋心中想的是，它也有一段美好的时光，那段时光里，老屋被大家叫作新房。主人盖好新房后第一个春天，就骑上一头高大的蒙古马，抬着花轿迎娶了三村十八寨里最美丽的姑娘。

沧海桑田，英雄迟暮。从山坞里跑出一阵大风，老屋受了凉，身子不由得一颤。

老屋的身上最为完整的部位是门楣上的砖雕。砖雕长3米，宽80厘米，雕有人物、房屋、树木、马牛。整幅作品体现着农事生产和交易过程。砖雕笔触细腻，人物神态各异，栩栩如生，巧夺天工。20个世纪六七十年代，老屋还不是很老的时候，却总有一些人借着破旧立新的旗号要把它身上的木雕砖雕捣毁掉。那时的主人可着了急，在老屋里前后左右地踱着方步，在太师椅上不停地喝着酽酽的绿茶，想着用什么办法帮助祖上传下来的老屋逃过一劫。在天光破晓的刹那，办法终于想出来了，主人和他的家人拿来了石灰，调匀了往砖雕上涂。一会儿工夫，所有的砖块都没了踪迹。稍干之后，主人亲自爬上梯子，来到门框上方，手提笋壳制成的大笔，沾了黄泥浆，提书4个大字：自力更生。屋内的木雕上没法子如法炮制，主人却成竹在胸：正中间贴上了伟人像。

老屋没想到的是，主人的去世，三个小主人成了主人之后，它的噩梦也就来了。一山不容二虎，一屋岂能容那么多主人？一个道理，为了让这间过于沧桑的老屋，能让三个小主人得到均等的利益，唯一的方法就是卖钱分摊。不知哪一年的哪一个黄昏，三个小主人一边冒着被全村老人咒为"败家子"的风险，一边帮着几个陌生人拆卸下雕琢着飞鸟走兽的窗棂砖石……老屋在一夜之间老去。就像一只被拔去牙齿的老虎，软塌的嘴巴只能换来怜惜的目光。

从那以后，原本洁净的老屋被三家兄弟妯娌用作柴房。因为，他们都盖起了新房，再也不愿像父辈一样窝在祖上又黑又暗又旧的老房子里面。

老屋老了，它会在一个不经意的夜晚倒下。它知道，只有真正倒下的时候，它才算完成了作为一间房子的所有使命……

牌　　坊

金銮殿上，一个叫许国的人久默无言，长跪不起。他在为竖立在家乡歙县徽州古城中和街上的几块石头跪着。

"许爱卿，此次回乡造坊，为何超时呀？别说四脚牌坊了，就是八脚的也造起来了。"皇帝说道。

"谢主隆恩，臣造的正是八脚牌坊。"许国三揖，口中高呼万岁。其中两揖半是为石头代磕的。

没承想，姓许的真就造了八脚牌坊。皇帝自知失言，却亦作声不得，开了金口，自是不能反悔。这个被套住话头的明万历皇帝叫朱翊钧。

这是一个有关八脚牌坊来历的传说。说故事的人说得眉飞色舞，听故事的人也听得神采飞扬。无论如何，夸的都是家乡人的本事，自然高兴。

在当时一般臣民只能建四脚牌坊，否则就是犯上。而当时徽州达官显贵、乡绅巨贾众多，四脚牌坊林立。许国作为地方的骄傲，如果只是造一座四脚牌坊，无法体现他的官重威显。怎样才能建造一座与众不同的牌坊呢？许国灵机一动，就想了这个"先斩后奏"的点子。许国建这座牌坊前后共拖了七八个月才回朝复命，于是就有了文中开头那个模样。套得万历帝一声"如此长时间，八脚也造好了"之后，许国所建的石坊也就"合法化"了。这当然是传说，不过据专家考证，全国就只有这么一座八脚石坊，恐怕也算是"下不为例"了。

在我看来，与其说是许国的机智，倒不如说是万历帝的仁厚更为合理。朱翊钧在位48年，从万历十六年开始，便不再上朝，从此在后宫待了足足 30 年……许国石坊建于明万历十二年，即公元 1584 年，当时朱翊钧二十出头，离避退后宫不上朝仅 6 年时间。从十岁即位以来，便受大臣肘掣，因无法将自己喜爱的妃子所生的儿子立为太子，竟以不上朝反抗。

许国是嘉靖、隆庆、万历三朝重臣，朱翊钧自然不敢过于责罚。许国的狡黠为自己在当地树立了良好的威严。这威严一树就是 400 多年，并且还会一直树下去。代表着许国威严的那一块块重达数吨、数十吨的石头，接受着日晒雨淋的洗礼，也接受着当地以及外地慕名前来的游人的膜拜。

歙县是"牌坊之乡"，一个县城大大小小石坊百余座，座座都有自己的故事。

城西的棠樾牌坊群，一连七座，以忠孝节义一字排开，骑路而建，连接成小半个弧形。石头作为表达忠孝节义的表征，却是由来已久了。忠孝义三字好说，毕竟代表着一个社会所倡导的伦理荣光。一个"节"字，却多少引来后人的诸多非议了。从一而终的说法在今人面前多少是苍白的，而在当时却被统治阶级所极力推崇。

"一处处冰冷的石头接缝处，仿佛能够听见里面的低泣。"我的这种描述多少带着主观色彩，却也绝非空穴来风。明清 300 年间，抛妻别子的徽商在富庶的杭沪赚得大把的金钱，除了必要的建房修祠等树功立德的事情外，还要娶上一两房小妾，繁衍他们的后代，而守在故土深院之中的原配也就只能青灯古佛了此残身了。只是这样做的结果却还没有真正圆满，只有当男人壮年谢世，女人自此十多年或数十年不再事人，等到辞世后，方可由族长之流上报官府朝廷，获得批准，族人才能筹了钱财竖上一座由石头构成的冰冷的贞节牌坊，表彰这个女人从一而终的一生。

时间淡化了一切。如果没有这些石头，人的想象就没有了附着，想象也就空泛了。一个绵绵细雨的日子，我来到了棠樾，用手擦拭着沿牌坊石条流下的雨滴，指尖有了泪的咸味。

埠　　口

> 如果你不能准确地指出明清时代第一位徽州商人是从哪个埠口上的船下的沪杭，带着一支商帮挣下一个辉煌商界300余年的名头，那么我选择从一个个最不起眼的埠口入手……
>
> ——题记

　　渔梁坝上，一块块吨余重的大石头，被千年流水冲刷得凹凸不平却光滑细腻。这些石头与石头之间，石榫头东头连到西头，南头连到北头，像赤壁之战时的曹家船只，前后左右锁在一处。这样的结果是，再大的流水也只能磨平其棱角的容颜，却对一个石头连起的整体——有着"南方都江堰"之称的渔梁坝——无可奈何。古徽州有着许许多多的埠头，渔梁坝，这一国家级文物保护单位当属埠口魁首。

　　有关渔梁坝的记载有不少，却对一个个更加普遍却没有代表意义的埠口少有文字的流传。其实这是正常的，每一个清晨或黄昏，每一个春和景明或淫雨霏霏的日子，都在发生着故事，这些故事绝大多数是平凡的，不需要一个时代去过多记忆和过多感悟。对于一些写不进经史子集的物事，从来都会在不经意间被忘却，只等后人的双手再去翻看历史时才会觉出那分遗憾来。水，让一个世界干净而宁静下来。水，也让一个个现在荒凉的埠口在过去的年月里热闹非凡：吆喝声、叫骂声、调情声、告别声、哭泣声、叮嘱声……只要你能够想到，它们都已经发生了，在一个个岸水相接的埠口。

　　咀嚼"无徽不成镇"的来由，得出的答案却是与有名的或无名的埠口相关联。古老的徽州人，只有迈开大步走出固有的地域界线，才有可能在沪杭商贾云集之地，展露徽商的经营风采，才能让自己的名字记入厚厚的历史典籍。徽州也因了数十代人的共同努力，而成就了徽商这一时代的符号。响当当，亮堂堂。

现在一些埠口打造成了旅游的景点。当它们被标榜成"徽商从这里启航"时，心中的那份荣耀自是不言而喻了。也许刚一开始它们还会脸红，还会说"徽商启航的地方并不只是在我这里，还有许多兄弟姐妹们也出了好多力"之类的话。只是时间一久，赞誉一多，想不是都难的时候，自己亦会飘飘然起来，仿佛承载徽商的唯一通道或出口就是自己了。人是如此，物当亦然。

沿着一条新安江从上往下，或者从下往上游走，只消稍作留意，就能看到许多码头。这样的码头大抵变换成了钢筋水泥模样，气派大方，再大的轮船也能靠岸。就在这些气派的大码头左近，只要你肯寻找，也许能在一大捧蒿草下面发现一些码砌整齐的石阶。作为当时的埠口，这些石阶已经被一个时代遗弃了，没有人会去注意它们，问问它们的来历。它们自己也不知道活了多少岁，只知道 300 年或者 400 年前，它们被几双大手从大山深处抬到这里，砌成埠口，供人上下船，供人送别，供人团聚……那个时候，踩在上面的有孔武有力穿着妻子纳的千层底的大脚，也有穿着漂亮绣花鞋的三寸金莲。一天下来，要听好多悲欢离合的故事，故事的主人公内心里或撕心裂肺，或牵肠挂肚，只是表面上始终挂一张笑脸，挥着手绢和远去的白帆作别。岸上船上的两双手在一个寒意浓浓的春风里僵硬定格。

作为今人，我们只能去想象那些过往。作为一处见证了历史的埠口，留在它们心里头的记忆底片也会随着时光的流逝而发黄模糊。

"前世不修，生在徽州。十三四岁，往外一丢。"一首徽州儿歌，简简单单 16 个字，却饱含了许多文字都无法精确说明的意义。在一个个埠口上发生的"往外一丢"的故事，只是徽州历史长河中的一个组成部分，现在尽管不再重演，但"往外一丢"中的那份进取、决绝和豁达，却不是什么人都学得去的。

水　碓

　　人类发展史上有太多时间是处在无电无机械化的蛮荒时代，如果以蒸汽机的发明和使用作为开启现代文明的一个分水岭。无电无机械化时代的人类用自己发达的大脑向自然借力。水碓，就是借力的一种结果。

——题记

　　《古今图书集成》载："凡水碓，山国之人，居河滨者之所为也，攻稻之法，省人力十倍。"寥寥数言，点出了水碓的存在基础是要有"河滨"，使用范围主要是"攻稻"，效率是"省人力十倍"。当我们的先人从当时中原的繁华都市率领一支并不浩荡的队伍落荒般往皖南深山迁徙时，他们的眼睛一刻也没有停止过对这片陌生土地的审视。在一个被他们选中的水草丰美之地安顿下一个家族准备繁衍生息的时候，他们的脑子里就有了建一座或多座水碓来减轻劳作、提高效率的设想了。

　　江南水乡，山高则溪长。沿着一条四季丰盈的溪流安村扎寨，三里一水碓、五里一磨坊的设计和布局是非常多见的。一树枫叶赛过二月花的日子里，农村的水利设施也就吱呀呀叫个不停了。村人趁着冬闲，担了刚晒干的稻谷玉米小麦往水碓里赶，一路上有说有笑，两头压弯扁担的粮食显得似有似无般，几里山道轻轻爽爽就过来了。水碓一上一下舂着作物的声响，迎着一溪潺潺，和唱高山流水。

　　水碓的前身叫脚踏碓。一根碓杆，一头连着由装有铁头的圆锥形木梢做成的碓头，选一个合适点用木杆支撑起来作为支点，另一头人们利用自身的重量，用双脚有节奏地踏起放下、放下踏起，碓头一上一下间，冲捣着石臼中的粮食，用以去皮壳，捣粉。就这样一直延续到水碓的出现。水碓的动力机械是一个大的立式"水车"，水车的轮上装有若干板叶，转轴上装有一些彼此错开的拨板，拨板是用来拨动碓杆的。流水冲击水车的板叶使其转动，轴上的拨板拨动碓杆，碓头便起落有序了。

水碓大抵有引水渠，先人把引水渠叫"水圳"。先人们在创造这个词语的时候，似乎并没有使多大力，因为只要把"水圳"一调头，就成"圳水"了。"圳水"与"进水"谐音，总之是引水。水渠临近小溪处有一个水阀，可以控制源头进水；在进水碓的这一头也有一个水阀，这个水阀一起，水便进了水车，水碓的工作也就开始了。

我并不想用这么多繁杂文字来介绍刚刚从我们的生活和视野中离开的水碓。可我总害怕这样的介绍还过于单薄，不足以让成为过往的水碓重新树起它在人类文明进程史上应有的地位。自汉以来，人们便发明了水碓；20世纪末，水碓才离开我们的生活。我不禁要问，与人类数千年的密切交往，竟留不下7000多个日夜的记忆吗？

说一个发生在我孩提时代的真实故事。那应该是20世纪70年代的中后期吧，那个时候村里的水碓早从私有制变成了公有制，管理水碓的是一个名叫程旺高的大队干部。程旺高要做的事情就是看好碓门，帮队里和社员舂粮食，自然清理水车塘也是工作之一。驱动水车得有水，可进来的不全是水，还有数不清的垃圾、水草和柴火棒。隔上三五天，水车塘就要清理一次。意外发生了，程旺高在清理水车塘的时候，原本关着的阀门不知什么缘故突然开了，水车随着进水发动起来，程旺高被突然飞转的水车轮掀翻在地……七天后，大队为他开了追悼会……

水碓正在离我们远去。尽管在古老的徽州大地上，一些旅游景点仿古性地建起了一些袖珍的水碓。可在一个熟识水碓的人看来，那种仿制，就像儿时过家家一般，当不了真。大抵算得上一个安慰了。

013

榨　　堂

　　两根好粗好粗的树，掏空了身子，上下一合，就合成了一副木榨。用水碓舂细了黄豆、菜籽、芝麻、茶籽、柏籽、桐籽——包括一切可以被榨成油类的植物籽——用一个敞口锅蒸熟后——榨油师傅开始"踏箍"，先布好铁周，稻草铺了底，把熟料往铁周里一放，用双脚踩实了，碓成高高的一络，像透过放大镜看到的一络饼。待到一榨堂的熟料都踏成了箍，就开始往木榨掏空的腹部一个铁周一个铁周地"上榨"，然后用悬空的石锁撞击楔形的榨杖，通过榨杖挤压榨身里的铁周圈成的料，最后压出料里的油来。

　　榨堂就是一个打油的地方。

　　一般的小生产队里，一副木榨也就够用了。程家堨不仅是个大生产队，还是程家堨大队所在地，一个大队要管十个生产队，一个榨堂自然得有两副木榨。两副木榨正对着，木榨的动力部分就是悬空的石锁。动力部分不能正对，否则榨堂小了，石锁挥舞起来容易伤人。因此石锁都是斜对着的。一到榨油季节，榨堂里里外外都是人，各负其责，舂、蒸、踏、上、打一系列下来，都要专人在场。最热闹的是打油，两副榨要是凑巧一起使力，那喊叫声就足以叫一榨子油吓破了胆子往外流。

　　父亲是打油师傅。他的本事是从爷爷和叔公那儿学的。爷爷不光会管水碓打油，还会做教书先生，当医生，开药店……会的太多，也许在某一个专项上的本事就不及父亲了。父亲授业于爷爷，之后又跟着专事打油的叔公拜了师。因此打油的本事足让父亲在他那个年代风光无限。

说说榨堂的动力构造。石锁状若锁，百斤左右，中上部位两个眼，穿俩木梢，由两根粗粗壮壮的绳子，反复绑牢挂定木榨上空的梯形木架，由人牵引发动。楔形榨杖受力的一头为椭圆形，嵌了铁箍，可以提高榨杖的使用寿命。从物理学上说，硬碰硬地撞击，能量损耗少，可以少做无用功。这里还有一个重要的部件，那就是由质地上好的硬木制作而成的条状"木垫"。榨身放上铁周箍成的油料后，由两根榨杖分上下层分别挤压榨身，一层用力就能将另一层挤出空隙，有了空隙就添加"木垫"，反复均衡地上下用力，木垫也就越垫越多。因此，一副木榨只需两根榨杖和若干木垫就可以完成整个榨油过程。

以人力为动力，那么不消说扛石锁的就是个苦力活了。榨堂刚上完料，需要多人出力打"热榨"，龙头处两人站立石锁两旁，各持石锁一面绳索，负责石锁的撞击方向不偏不倚，后随一人，专事用双手推石锁屁股，算是加力器。再后就是4至6人不等的"拉尾巴"了，石锁上挂两条麻绳由众人一拉一放，帮助石锁完成一次撞击周期。这些只是感觉看到气势大，其实一点也不"悲壮"。称得上"悲壮"一说的是"单人榨"。榨工光着上身，身上泛着黝黑的汗珠，两只粗壮的手拽住石锁，一个用力托起石锁背对榨身走上三五步，口中喊道："唉——唷个——勒——嗨——勒——"紧接着扭转身子，盯准了榨杖，放飞石锁，只听见"嗵"的一声，那就是撞正榨杖了。其实也有撞不正的，弄不好就会坏了榨杖或石锁，因此没到一定功夫是打不来"单人榨"的。"单人榨"的喊叫是为了给自己加油，也是在呼出一口郁气，这是非常重要的。有的新加入的榨工一喊就脸红，一脸红就更不敢喊，甚至就打"闷"榨，这样非常容易伤了身体。这种情况要是被父亲看到，非得骂得他喊出声来不可。父亲说："公鸡打鸣，一开始叫的时候也不是很好听，更加谈不上悦耳，只要叫的时间长，不就好听了？"新榨工只好红了脸地叫。叫过几回后，他便顺利通过羞怯关了。

那时候，我个头太小，只是拉过"尾巴"，没使上力，也就没机会喊一个"唉唷个勒嗨勒"。待到个头稍大,榨堂却早已完成使命并很快成为历史,代替它的是灵巧轻便的"铁榨"。

人类的聪明才智推动着人类文明的进程。这一进程,犹如一股坚不可摧的力量,碾碎了一代人儿时的梦想和记忆……

第一部分　徽州古迹

石　磨

　　陕北一带的农村喜欢用碾子。一圆柱状大石头，牲口拉了满地跑圈，通过碾子的重力和滚动时的摩擦力把稻谷小麦高粱碾下来。碾子给人的第一感觉如同那里的村人一样显得粗犷。人类在发明这一农具时，甚至无须动用太多脑力。同样是利用石头作为粉碎工具，在南方大多用到的是石磨。石磨显出了南方人特有的细腻。

　　石磨分两爿，一为阴，一为阳；一为上，一为下；一固定，一转动。大抵阴磨在下，属固定磨盘。阳磨在上做转动磨盘，通过磨槽之间的磨搓，起到粉碎谷物的作用。

　　在家乡，石磨有大有小，小一点的石磨较普及，一个村子总有好几副。有石磨的一般也算得上殷实人家，可以在家里磨粉磨豆腐。没有石磨的也不打紧，邻里间互相走得勤，需要磨个粉呀豆腐呀，只消提前打了招呼就行。在农村可不兴收取分文的费用。当然包括工夫费、场所费、服务费、折旧费。这费那费是社会进步之后带来的。一家人"围个炉子就不冷，吃个半饱耐饥寒"的年代，石磨的工作量本来就特别少，要不是乡里乡亲的，东家西家凑着动动磨，那一年到头还就"尘满面，鬓如霜"了。就是石头也是不甘寂寞的，何况被人的巧手打磨锋利特别能干的一副磨哩。小磨靠的是人力，一个"丁"形的木架子，牵了上半爿磨，不停转圈，白白的粉，或是白白的豆浆就从紧贴的两爿石磨缝中流出来……

　　大一些的石磨都属于公家，一般安身在水碓里和石臼一起，以水碓水车转动为动力机构。自然，水车的转动方向和石磨的转

017

动方向并不相同，这里面就要用齿轮来实现这种转换。只是轴承是木头的，齿轮也是木头的，其强度虽然不能和现在的机械相较，但在当时的时代可真省去不少人力。从连接石磨的轴承齿轮上，可以看到现代文明的影子。人和物都有影子，文明也不例外。

公家的石磨自然不能说转就转。公家的石磨得在大家需要它转的时候才能转。转之前，必是生产队里分了粮食，也一定让粮食在太阳底下晒干实了，生产队队长拿一只喇叭，站在村子高地上，一阵高喊："广大村民听清楚了，从明天开始，生产队的石磨开磨磨粉了，大家赶快做好磨粉舂米准备……"第二天天不亮，一座水碓的门口就能排上老长老长的队伍。简单的生活，简单的幸福。东家媳妇西家婆的，平日里也难得说上几句体己话，这会儿，石磨把一个村子的男女老少集中起来，石磨也就成了一个村子百姓的感情联络站。

外婆家的石磨比家里的大一些，比水碓里的小一些，应该叫作"中磨"。外婆家在一个老高老高的山上，石磨的动力不是人而是驴。驴在拉磨前，得用一块布蒙了眼睛，然后拉起上半爿石磨转圈。驴一上力不是拉尿就是拉屎。驴一边拉一边走，踩了自己满脚的屎尿不说，还把一个木棚臊得让人受不了。所谓"懒驴上磨屎尿多"说的就是这个理吧。外婆说驴才不懒哩，懒的是人。现在想想也还真有道理。只是我对驴的脸上要蒙块布却并不了解其中的深意。外婆说，转圈哩，就那么个大的圈，驴子要知道自己在原地踏步，它才不走哩。我似乎明白了一些道理：驴子并不知道自己在转圈。它只认定主人为它设定好了茫茫的征程。对于这一征程，只要咬定牙关，就能取得胜利。可不是吗？等到驴磨好了粉、舂好了米，解去蒙眼的布条后，它会发现自己早已从遥远的他乡回到了故乡。如果不是自己拼了力气地走，怎么可能回得了家呢？

时光逝空。不见了儿时的石磨，不见了儿时的驴。我定格了儿时的那幅画，那个梦……

石　桥

一堆石头，或平或竖或斜地摆放出了一轮开口向下的弯月模样，桥就形成了。桥一形成，就能跨过一条溪流，一条江河。桥就是路，又不同于路。或者说，桥承担的是路的功能，却比路多出了智慧。

石头垒成的石桥更是如此。

有了村庄，有了人类活动，就有了桥。400年或者500年，乃至更久远的年月里，在一个只有百十来人的偏僻农村，没有设计师、工程师、物理力学专家，有的只是一些识字不多的百姓，和一两个在实践与失败中摸索出经验来的石匠。有了他们的力气和思想，石桥就诞生了。

这只是我的想象。我在想象中飞越了数百年，与我的先人一道，在一年四季经常泛滥的溪流边审视。洪水肆虐的时候多在梅雨季节，那时地里农活紧张，谁也无法忍受洪水阻路而耽搁生产，解决的办法就是制造出一座桥。自然，起先搭起的是木桥，只是经不了几个寒暑便被洪涛冲毁。有些年份，甚至年年搭，年年冲。于是村人便想着架一座耐冲的石桥。

实验开始了。实验开始的时候，也就是智慧诞生的时候。选材，起垛，架构桥的木头模型，再把石头镶嵌上面……我曾经长时间地审视过一座桥的存在，桥梁的承受力往往取决于两个方面，桥垛的牢固程度，桥面倒镶在一起的石头的挤压能力。桥垛靠着厚实的大地，也就有了厚实的力量，牢固也就有了保障。石头是上好的青石，大自然恩赐的产物，历经数百年也难以风化，只要挤压桥面的石头足够坚硬，桥就会足够坚实。在人类双手和

汗水的左右下，无数块并不庞大的石头组成了一个整体，像一块石头一样团结，也就显出了团结的力量。

石桥又叫石拱桥。弓形的物体，从弓面上去挤压，只会让它更牢固。邻家一位只喜欢抽旱烟的老人说他是个石匠，和石头打了一辈子交道。他说这话的时候，我年纪还小，甚至无法理解话中的意思，但我相信他的话。一个在石头上讨生活的人，还有谁比他更了解石头呢？

有水的地方就有桥。有桥的地方就有行人炊烟，就有嬉笑怒骂。一个古老徽州，一个让世人刮目的徽商，都离不开石桥。徽州古城的石桥，最有名的便是明代三桥：太平桥、万年桥和紫阳桥，错落有致地分布在一条练江之上。其中最长的太平桥长279.87米，宽6.9米，多达16孔。最高的桥为紫阳桥，高度有14米，宽度亦有夸张的10米，长140米。往来船只不落风帆桅杆就可从桥下通过。万年桥亦为9孔，长150米，宽6.7米，在长度、宽度和高度上与另外二桥相较，稍有逊色，却因桥初建成时明代兵部侍郎、歙县松明山人汪道昆的一首《万年桥》诗，而得名"万年"，名震古今。

那些立在江中的一个个楔形桥墩，尖的一头对着上游的水流，模样就像古石器时代先人们制成的石斧，很好地减缓了水流的冲击。数百年来，它们见证了一起又一起洪波，大抵兀自岿然，淡看风月。

这样的桥与家乡的单孔石桥相比，自然豪华了不少。家乡的石桥只过人，过牛，过山上成熟的作物。

在我，却更加眷恋家乡的石桥。家乡的石桥只是单孔桥，没有名字。没有名字的石桥也就没有任何相关的文字记载。家乡的石桥，于我是熟悉的，却又是陌生的。我熟悉构成它的浸在水中的石头哪块有鱼，哪块石头会在春天开出叫不出名的黄色小花，我却陌生它的过往和制造它的能工巧匠。

记忆是可以在一个阳光娇好的日子泛滥的。家的对岸，桥的西头，总会在夕阳西下红璨了很多余晖的时候，走过我的父老乡亲和一头头劳作了一天的耕牛。斜斜光影中，也总会有挑一担玉米一篓小麦的农夫农妇，扁担吱呀吱呀地从桥上走过，家的一头，投去的是孩子们喜悦等待的目光。一个眺望，就会让脚步从劳累中轻盈起来，脸颊随之盛开花朵。就算这些早已被汗水分成了一片一片的零碎花瓣，那心底的幸福却是完整地和着晚风吹响。

今天，我又回到了家乡。回到了那条连接一个村落一片山地的石桥旁边。爬满了石桥的青藤因了冬天的来临，少了往日的生气，蔫蔫地从桥面上挂下来，离一条清流仅仅尺余距离。桥面长满荒草，只剩桥面中间被踩出比脚印稍宽的印痕，显示着人类行走的痕迹。随着石桥西头一个村庄的逐渐消失，它的功能也正在逐步消退之中。

东头的村庄还存在着，只是少了许多炊烟。坚守在这里的大抵是一些上了年纪的老人，很难找到负担过桥的笑容了。

褪尽了热闹繁华，远去了嬉笑怒骂，石桥依旧安静地存在着。从它存在的那一天起，它就学会了安静。石桥在一个黎明或者黄昏，在送走了最后的热闹之后，它就成了连接历史的一个环，成了记忆的一个链，成了一道安静的风景。

半　塔

　　我是在一次偶然的夜行中看到它的。那一天，空中挂着一个明晃晃的月亮。半塔虽然矮了身子，依旧把远处的山遮出一片阴暗。我不知道，当时我的眼睛中掺杂着多少种感觉，但有一种是绝对没有的。那就是怜悯。

　　半塔不需要怜悯。就像一个铁骨铮铮的汉子一样，从存在的时候开始，它就在直面人世间的冷暖，直面无处不在的风霜雪雨，直面时间这一公平的裁判剥蚀它的躯体……它倒去了半截，留下了半截。留下的半截还在等待时间的裁决。

　　那段日子，我以旁观者的身份，每天在它俯瞰的横江边散步，感受着来自半塔的信息：寂静、淡雅、从容、古朴、沧桑、风韵。半塔有一种分明的召唤时时在我的耳畔响起。

　　"我该去看看它了。"一个我对另一个我说。

　　"是的，该去看看它了。"另一个我对我说。

　　拾级一段并不平整宽不盈尺的山道，是不需要太阳的热量的。我顶着一个锅盖般的黑云来到了半塔前。很显然，我故意选择了这样一个日子。这是一个少有人迹的所在。或者说半塔在它还是一座完整的宝塔时，这里会有许多香火和人流。只是现在，对于半塔，我是一个不邀而至的访客。满径的蒿草并没有花我多少气力，我就把自己掷放在半塔前了。

　　即便只是半塔，也需要仰望。

　　这是一座处在垂暮之年的古石塔。塔存四层，或者准确地表达成它还有四层的高度。仅此而已。因为，向西向南的两面，已经塌陷了一小半，一个塔心露了出来，衣冠不整了。塔顶处的绿色植物与周围的同类颜色一样,谈不上郁郁葱葱,却至少可以说成生活得有滋有味。它们借助半塔的断截处安了家。

借助文献资料,我知道了半塔的名字。"半塔叫富琅塔,又名'水口审皋',位于休宁县海阳镇南面富琅村,与巽峰塔隔溪相望。建于明万历二十二年(1594),为楼阁式砖塔。八角七层,现存四层,外形完整,残高约17米。砖砌突伸的重檐,工艺精细。塔砖长1尺,宽5寸,厚3寸,上有'万历癸巳寅'或'万历癸巳宿'字样。"这是有关半塔的所有记载,除此无它。

我在思索古人建塔的初衷。一座砖头垒成的塔能起到什么作用呢?它在冷冰冰的文字叙述后面又充当了什么角色呢?有多少块砖头组成?又要耗去多少人力物力?它的建造者除了流血流汗不说,甚至还会因此而丧生。这样的付出值得吗?

我无法一一去回答自己的提问。像万事万物一样,一座塔的存在,必定有它存在的理由。半塔存在的理由就是"水口审皋",就是它的另一个名字。一个"审"字,泄露了建造者的天机。在历史文献中不难发现,过去的年月里,休宁的历史上曾经发生过多次洪灾,冲毁道路冲垮房屋冲走牲畜……甚至还有一两个只顾着玩耍而被突如其来的山洪冲得无影无踪的孩子……灾难让先人陷入了苦苦的思考当中。

"水妖作祟哩。"先人说。

"造塔镇妖哩。"先人说。

于是一场轰轰烈烈的建设开始了。

进山开石,把石头肩挑背扛地运到江边的高地,一大群工匠利用斧凿打磨一块块石头,然后选定黄道吉日落石奠基。那段日子,一年、两年或者更长时间里,横江形成了一座集市。我不知道建塔镇妖的出处。我更多的是想起了《林海雪原》中的两句著名对白:"天王盖地虎,宝塔镇河妖。"

富琅塔建成至今已有400余年历史。400余年来,它是否起到了镇水妖保平安的作用,只有留给史学家去考究了。但是那种留在人们心中的崇高神圣的地位,富琅塔至少享用了好多年。一直持续到它成为半塔或者更长的时间。作为一种实物图腾,那种曾经的辉煌,不用闭上眼睛,也能感受得到。

历史已经远去,喧嚣终究归于宁静。默默伫立的半塔见证了历史,却无法完全准确地表达出来。但它努力地依赖一个残缺的身体,向每一位凝视它的人诉说着曾经的故事。

水　井

　　如果说，天井是通向天空的一扇窗，那么水井就是通向地狱的一扇门。

　　这样的开头有些阴森。但我的感觉如此。

　　沿着小溪、江滨居住的人们，为了省去一些脚力，不用天天去河边担水，又或者认为溪水江水不够清纯想喝更干净的水的话，就得花上工夫请人力耗上工时，向土地深处挖下去。十米，二十米，深浅不一，直到打出水来为止。这样一来水井就产生了。

　　水井的模样有点像个肚大口小的花瓶，或者说像只站立的癞蛤蟆，这样的比喻是有佐证的。歙县县城斗山街有口蛤蟆井，或许可用来说明我的臆断。而事实上，蛤蟆井并非状若蛤蟆。斗山街是徽商和官宦人家的后花园，街深楼高，有着戴望舒雨巷的况味。相传，先人定居此处后，多处掘井，皆不见出水。后来有人发现一地常有蛤蟆聚集，便从此地挖井，果然井水喷涌。为感激指示先人掘井取水的蛤蟆，故名蛤蟆井。蛤蟆井有公母两口，一口为公井，安置街旁。母井在屋内，主人又去了外地，寻常时候很难一见。

　　水井，在工艺上要讲究一些的，内壁统一青砖砌成，米汤勾缝，漫水之后，除了少许青苔，井壁光滑无依。即便最善泳者不慎落井，若无人相帮，也难以脱险。水井井口一般不大，也就米许直径，处处透着徽州人的内敛性情。井沿大抵用石料围成，有盖或无盖，主要得看主人的喜好。

　　蛤蟆井的口比起一般的水井来，大了一倍不止，宽宽大大地敞着一张嘴，任由周边居民汲水使用。怕是用的人多的缘故吧，一根根绳索上上下下拉扯，竟把井沿石块磨出深深的口子。水滴石穿，绳锯木断，说的就是这个理。任你多么坚实，一旦沾上时间这位故人，就是金刚之身也终有败落的日子。

除了斗山街的蛤蟆井，许国石坊边上的打箍井自是名气不小。打箍井在连接许国石坊与许国故居的小巷中间的位置，因了一口井，硬把一条小巷弄得更加逼仄。想想这必定不是古人的做派，怕是后人一味地抢占地块广盖楼房把大街挤兑成小巷也说不定。打箍井之所以得名，全在井口的一个石箍上。或许只是为了装饰。试想，井沿本为石制，坚硬无比了，上面凿个石箍，费时费力不说，也起不到加固作用。井沿一侧有了破损，破损处原对着街身，后人把它转了180度，对着墙根了。一打听方知，新中国成立前此处发生火灾，井沿就是被急咧咧赶来救火的消防车撞损的。

打箍井建成时间久远，后人围绕此井建街，井名遂成了街名，成了徽州古城不可或缺的标志建筑。自然名头甚大却知之不多的当属应公井了。应公井位于徽州古城新南街50号附近，不经人引带难以得见。应公井井口八眼，又名八眼井。一次走访，附近村民直称之为"殷公井"，盖造井之人为歙东桂林镇殷家村人。历史长河中，应、殷谐音，以致误传了。至于为什么建八个眼，盖因当时居住人口众多，方便众人同时汲水。

有井就有水。没水的井叫作枯井，一样的阴森恐怖。我曾经从思绪里整理过这种可怕的来由。大抵与电影电视里和井有关的案例有关，更多的怕是来自一个曾经发生在家乡的故事——一个年轻的男人和一个同样年轻的寡妇有了私情之后被族人双双迫害致死的故事。

故事是村里的老人说的，即便说起这样的风流事来，讲故事的老人也绝没有丝毫眉飞色舞的迹象。那时的年纪，让我只记得这对情人的最后结局：女人坐了木驴，男人被挂石沉井。那是一口废弃的水井，男人沉井后，尸体打捞上来入殓，水井也就被填埋了。时间让它踪迹无寻,留下的只是一个有着悲情和让人听了心惊胆寒的故事。女人虽然留下了生命,可身体遭遇了重创,加上当时伦理道德加在她身上的一道道比匕首更锋利的世俗眼光,还未等身子痊愈,竟也投身了另一口水井,寻找她的有情郎去了。不久,这口众人吃水的井也被封填了,从此家乡再没有打井。之后的100多年里,也没有哪一个人提议重新打一口井。或许,大家的心里都知道,江里担水,花去的气力还会回来,可人一入井却少有生还了。

年少时,见到水井,恰逢无盖,都要两手撑着井沿,伸头探看,井水便映出影子和影子后面的天空。长大以后,我就很少近距离去观察一口井了。尽管我所处的县城处处有井,处处可见井。怕是那个故事带来的阴霾还没有驱散吧。

古　道

　　咸咸的汗、猩红的血、杭唷杭唷的吆喝声把古道唤上了山巅，唤进了云层。古道热闹了。踏在身上的第一个行人蹙了蹙眉，他的长袍在踏上石级的时候，下摆被一块尚存许多棱角的山石扯破了襟。古道不敢大声说话，只在黑夜到来时，才轻轻地嘱咐她的孩子，不要显山露水，更不要与人为敌。山石听不进去，委屈得嘿起了嘴巴。山石说，我不愿意待在这里，我要和他们一起走沪杭，见识大世界。古道轻叹了一口气，不再说什么。孩子们的梦想也曾经是她年少时的梦想。对于有梦的孩子，她还能再说些什么呢？

　　山石真的调皮。调皮的次数多了，扯破的下摆就多了，最终来了一个曾经的修路人。一把平铲一个锤，叮叮当当三五个日出日落，忍着剧痛不敢声张的山石终于知道了，母亲的忠告绝不是空穴来风。少了锋利的牙，它再也扯不住飘动的下摆了。

　　日子一天天过着。白天比黑夜热闹，年关比平时热闹。山石喜欢热闹，它喜欢听行人讲故事，哪怕只一两声，只要是外面世界的故事都是新奇的。最快乐的时候，莫过于三五个走累的商贾丢了包袱，一屁股坐它身上，海阔天空神侃上一两个钟头，那才叫一个惬意。人世间的圆滑诡奇听得多了，山石渐渐通了灵性，一张原本布满皱褶很不平整的脸越发圆润起来。任何物事只有在不着痕迹、毫无棱角、逢场作戏、笑颜常开的时候，才能人情练达、世事洞明、游刃有余。一块石头又何尝不需要如此呢？

　　山石传递着它的见闻和心得。一夜之间，一条古道的万千山石长大了，通体圆润，不再突发奇想，只求做好眼前。山石们通力协作着从一个古老的徽州通向了杭州。山石的愿望实现了。

以上的文字是我杜撰出来的。当我踏上绩溪徽杭古道的口子上时，竟然就有了幻境，那些文字就突然跃现了。

歙县绩溪是邻县，两县也就相距20公里左右，走上一趟远比回一趟老家省事，只是少有闲暇。1987年地域划分时又归了宣城，多少竟然陌生了。我不是个知识渊博的人，自然无法知悉人文渊薮的徽州，竟然藏掖着这样一条古道。

或许这是为一些家境寒迫，无力交付船舶费用，又不得不离家讨要生活的后生准备的。背上一层苞芦粿，山风携着母亲喋喋的嘱咐，并排走着，踏上了下一个征途。水是无须带的。沿着古道的巨石上处处淌着甘霖。折一段蒿叶，做成水笕，一弯头，就能喝个饱肚子。更加不用担忧路途遥远会露宿街头。古道修建者早就料到了行旅的不易，算好脚力盖好了路亭。在天空放暗，夜晚来临时，大大方方地走进路亭，解开包袱，取出衣物，或垫或盖，在一个平石上一躺，就把行走的劳累交给了缓缓响起的鼾声。

2009年的冬天，我首次走在了绩溪的徽杭古道上。

组成古道的山石或大或小，呈灰褐色，沿着左边山体的走向不甚平整蜿蜒而上，一直淹没在山腰外的层层云海之中。古道只有起点，不见终点。安放古道的石块，都是依赖人力凿出的路径。古道右边就是数丈深的山崖，越往上走，山崖越深。对岸，是更为峭拔的巨石，或直插云霄，峻伟险恶；或憨憨作态，僧道卧笑。一个模样，只要放开想象，都可以幻化出心中的物像来。古道中间或置一些长条石，右面小半块悬空而放，让人心惊。胆大者，探头一望，便迅速回撤，默不作声，手掌连拍胸膛，需自我安慰好一阵，方才开口，连说"好险"。好险，一指心情，二是赞叹。徽杭古道的奇峻略见一斑。

已经无法还原修建者的模样了。他们或孔武或瘦削的躯体都已还归了尘土。历史没有记载，人们的记忆里没有传承。今人的登临和凭吊大抵带了双脚，花一身气力"征服"了古道，然后，携一身汗水回去，洗一个澡，便轻轻脱掉了记忆，痕迹无着。遇上几个文人骚客，除了记上一两段游记一类的文字之外，还能剩下思想吗？也许有，也许没有。

一路走来，我像太多的征服者一样，只是出了一身的汗，然后让汗水冲走了思绪，包括思想。独独不同的是，我在记忆古道上每块山石的模样。它们是有魂灵的，像人一样，是我的朋友。只是相见恨晚。我不敢思考。思考一条足以震撼人心的古道，是需要足够的学识的。可惜我没有。

我的记忆让我觉得，古道上的块块石头都是最踏实的历史见证者和记录者。它们超过了历史上任何一位史学家。只是我读不懂它，或者说不完全懂。

聪明如你，可曾读懂了什么？

水 口

水口与一片树林有关。或者说水口就是一片树林，一片长在村口的树林。

一个村庄在远没有形成之前，水口就有了。或者说，正是有了这一片能够眺望远方山脊的平地存在，一只浩荡的迁移队伍才选择停下脚步。随着草舍的搭建、炊烟的升腾，水口又会在一双双布满老茧的手中变换着模样——变换成人们喜欢、需要和认定的模样。

水口首先得有水，有山涧溪流，能保证一个或几个家族的繁衍生息。还得能够易守难攻，保护村庄安宁。这两样缺一不可。水口，在一定意义上相当于哨口和烽火台，会不会有一两间圆柱形碉堡建筑，供村人轮流值守也说不定。只是现在没有了，除了一片粗粗壮壮、高耸入天的树林。

这些树是与村庄一起成长的。村的年纪就是村庄的年纪，树的见闻就是一个村庄的发展史。

水口，完完全全就是一片树林了。树大抵以樟为最。樟木通身喷香，又称香樟，能提神醒脑、驱虫避蚊，用处较多。也可以是多类质地坚实的树种掺杂一起，如麻栎、栲树、橡树、山毛榉、山楂树等，却少有松、杉之类的树种。

松木被冠为水口林，且又独独一株，只有我的家乡才有。说起来，那并不是一株如何庞大的松树，一个十来岁的小孩子就能双手合抱。松木立在一个村子的中部，路旁的陡坡上。独木难成林，却被意外地冠上了水口林的名号。有了这名号，却是谁也不敢动的。一个徽州之所以有那么多的参天古木流传至今，就在于

人们对水口和水口林的敬畏。那已经不再只是一棵树，而是一个村庄神圣的保护者。我不知道我的家乡为什么没有说得上口的水口古木，怕是与家乡的绵延两公里的村庄结构有关吧。

以今天的眼光来审视，家乡也绝不是一个很好的落脚处。两山高挺，下有一坞，村庄沿一条小径凿山而建，村庄的房子像极了一根细线上隔三岔五毫无章法落下的一两个点。逼仄的地理，起伏的山峦把村庄拉得好长好长——从东头到西头，足足一公里余，要拐上数道弯口，生产队队长用喇叭派工，得登临数个制高点，扯开嗓门喊上好一阵才行。山坞口是水域宽阔的新安江。一个村庄因为过于分散，竟然有了三个水口。三个水口林，松木是我所在的村庄中部的水口，是村庄中部的护佑。

一个人对家乡村庄的热爱和眷恋，缘于一种割舍不断的亲情。有了亲情，继而扩散到了乡亲，村庄也就融入血液了。即便现在，我也与太多的徽州人一样，钟爱着自己的村庄。

那一天可以升级到一个村庄的村难。狂风大作暴雨滂沱的一个雨夜过后，第二天，大家惊讶地发现，松木被盗了，只留下了一个被斧劈刀砍过后的脸盆大小的口子。这一下，可把整个村庄吓得不轻，仿佛大祸就要降临一般。大队干部、生产队队长，还有好多个村中耆老，一起围坐在大队部里，商讨着应对方式。一般的百姓，三三两两坐了，开口闭口诅咒着盗木贼，却终究没有破案。天空当了帮凶，只能不了了之。

可是，也绝不能这样结束。人们必须给水口的松树一个说法。村里头发胡须一般花白的三叔公阴沉着一张脸，在众人的搀扶下，来到水口松树处，一把椅子坐定，手中拐杖用力往地上一点，道一声"行刑"之后，村人把早就扎好的稻草人抬了过来，往一口磨得发亮的铡刀下一塞，咔嚓一声，草人一断为二。没有鲜血，却也心惊。

一棵树的神圣被推向了极致。

那一年的冬天，村庄的一个五保户和另两名老人的离去，把个水口松木被盗后无法护佑村人的征兆演绎到极致。直到好多年过后，人们才从惊恐中恢复过来。

或许正是有了这样的神圣，我才会有机缘在游走中见识到水口的繁华和热闹。歙县漳潭的千年古樟，一树遮阴亩许，成了远近闻名的景点。休宁石屋坑的千年红豆杉少有人游，却能自我清幽，郁郁葱葱。

生命在更替，村庄的样貌在更替，前来的游人也在更替。独独未变的，是那片水口和水口上的古树。千百年来，水口一刻也没有停止过记载。记载一年四季的更迭，记载一个生命的生死，记载一次变革的成败，记载一个村庄的荣辱。

水口，成了一本无字的天书。翻开每一页，都密密麻麻地记满了村庄的过往和现在。水口还在一直记载下去，直到作为一棵树生命的最后时刻。

路　亭

路亭是一个流动的家。有路的地方，就有路亭。路伸到哪儿，路亭就走到哪儿。

或者说路亭是家和路之间的另一个家。

——题记

一间用石头码成的小房子，没有窗，只有门。门是敞开的墙，正对道路，里头靠墙安放三排石条，供人休息。这就是路亭。幼时的我怕极了路亭，每每经过，连向里看一眼的勇气都没有。而是在接近这个盒子般小房子的时候，铆足了劲，像受惊的小鸟一样，一阵风般飞逃而过。总要跑出很远，方才慢下脚步，好好地喘上一阵子气，把惊恐不安从口鼻中驱走。

路亭有鬼。路亭里的鬼穿一身黑衣，夜里专门出来害人。

大人们都这么说。从小到大，我已经记不清有多少回从路亭边经过了，只是没亲见过一回黑衣鬼。鬼只是活在大人们的口中，活在一个个绘声绘色的故事里。故事说，西家一后生，扛了一袋米，经过路亭时，陡觉分量加重，他咬着牙齿不敢歇气，一口气扛到家，第二天就病倒了……故事还说……说得多了，也就众口铄金起来。

我总想追根溯源去理解一件事情的起因发展和结果。这个毛病是小时候落下的，只是到了今天也没有完全改过来。农村的生活是单调而乏味的。一场露天电影，就能吸引三村四寨上千人跑上十多里路来观看。要是村中两家出言相骂，就必被围观看热闹。就算一村妇只是因为菜园里丢了几片菜叶而唱上一场对着空气咒骂的独角戏，也会引得半个村子的孩子"瞻仰"。为了打发空洞乏味、一成不变的生活，好事者杜撰一些有关路亭的鬼怪故事，也就可以理解了。加上夜间路过之人的心理使然，总能让这种杜撰有意想不到的佐证。

路亭住过人。一个过路的人，由于家太远，或者无法找到家，又或者根本就没有家的人。一个流浪的男人，一袭过于陈旧的服装，千疮百孔状。之所以寄身路亭，是因为离村庄近，饿了可以去拣些吃食。流浪汉只会他家乡的方言，他的方言没有人懂，却不妨碍他和一个村子的老少相熟。可再熟也很难吃上一顿人家施舍的热饭菜。除了一个村庄的红白喜事，讨媳嫁女、长者辞世时，往往全村人集于一家帮衬，流浪汉的适时出现，人们或高兴或怜悯地为他盛上一碗。

后来听人说，在路亭遇鬼的人家都曾经打过流浪汉。原因是流浪汉饿得受不了的时候，到他们的猪食桶里抓吃的，把一些玉米粉、剩饭之类的都吃光了，害得猪儿吃不饱肚子，半夜拱槽嘶叫。那些莫名的鬼怪是不是流浪汉的蓄意报复，却是任谁也说不准了。

路亭在建造之初，代表的是功德。大凡一大户人家有子嗣在外经商发了财做了官的，往往给家里寄上一些银两，好让这个还没有衣锦还乡的贵人早些时候在父老面前显摆。显摆的途径有多个：铺路、造桥、建高楼、盖路亭、修祠堂。数样功德，倒是盖个简易的路亭所需费用最少。这嗜好并不独独古人有，即便今人，也大抵手段相同。破点小费，在家乡修建一座路亭，或冠上自己的名字，或取上一个优雅的名号，标注建造时间、建造缘由一类，还可以请上一两个粗通文墨的人写上一篇颂文记入石头，附庸风雅一番。也有造亭不为这些虚名的。他们只为祛病保健康。上了年纪落了病，药石无功的情况下，便从床头拿出一包裹得严实的布巾来，一层层打开，取出里面所有的积蓄，请人造亭。在他们的心里，只要做了好事，就能疾患尽除了。这是一种自求心宽的好法子。人食五谷，总归有个头昏脑热、三长两短。

有了病就会影响心情，若是一味记挂，就更加不利康复。求得心安的老人，在路亭建好之日，心里一块石头也就落了地，病也仿佛轻了不少，盖精神使然耳。

　　一个古老徽州，有着无数的古道官道。每条道路上，三里五里的都会有这样的路亭。讲究一些的路亭，里面锅灶碗瓢俱全，有的还有床榻。路人在前不着村后不着店的时候，就能生火做饭，让炊烟在少有人迹的山间升腾。由此可见一座路亭的功德。只是现在，曾经装帧精美的一个个路亭早已成了废墟。皖赣交界处的浙岭上、吴楚分源石碑旁，就有这样一座。现在不但坍塌了一半，不久前竟连路亭里的9块记载路亭建造过程、捐赠人姓名的古碑也被人顺走了，像牵走一只羊一样。

　　随着交通条件的日益改善，为一座座路亭走向破败添加了催化剂。没有人再需要另一个家了。尽管新的路亭还在不停地产生，却已少去了原有的遮风避雨功能。人们是不会对于自己无用的物事用心呵护的。一座数百年的亭子，在大多数人眼中，远没有他们家的猪圈更需要添瓦补漏。

　　在一个阳光灿烂的夏日，我拿出了相机，记录下了一座路亭的样貌，如果可以，权当为它树碑立传了吧。

歙　砚

　　一座古城与一块石头有关。石头叫作歙砚。就是今天，我尚不清晰，是石头成就了古城，还是古城成就了石头。它们相伴相依着走过了1200多年……

——题记

　　先经钢钎凿打出一个长长的口径三四厘米的炮眼，装上炸药，牵上导索，一根火柴点燃了，哧哧地发着声响。完成最后的沉寂之后，一声沉闷的巨响，山体微微颤动一下，石末扬起尘烟，一切又归于沉寂。拣石工开始了手工操作。依旧叮叮当当，依旧抡起重锤在一块块刚刚脱离山体的石头上敲打。只是人不走近，很难发现这样的劳作场面。大山的深度和厚度，包容了这一切。似乎，这样的敲击更适合在秘密中进行。

　　发生在砚石采集场的故事，远远不是我一个人坐在电脑前，凭借不多的经历和想象能够完成的。当然，当一块块石头变得不再庞大和沉重的时候，便会顺着连接山脚粗加工作坊的索道一路滑溜下来。这里有机械，切石机、打磨沙盘，依着一块石头应当具备的天然造型，人为地去了棱角，切成更薄的石片，一辆小货车拉了，运抵古城3000多家砚雕作坊。作坊的工艺师们拿起一块石头，翻来覆去地掂量，一支毛笔蘸些墨汁，勾勒出一幅山水画作，抑或一个人物造型来。再经数十把精制的小铲刀轮番地挖、剃、磨、切、搓、润，最后定型，一方砚石也就离诞生不远了。

　　歙砚的产生是和钎凿斧劈分不开的。一方精美的砚石所走过的每一步都不能有丝毫差错。而人是容易犯错误的，不犯错误的是心底对美的审视和把握能力。也就是说，我们看到的每一方砚石，它有可能不只这么美。也可以说，一块粗糙的石头在工艺师精确的打磨下焕发了新的生命。文章千古事，得失寸心知。一方砚石又何尝不是如此。

歙县是祖国大地上年份久远却保存完好的四大古城之一。始皇帝统一六国的时候，就有了歙县。当时的歙县包括现在的休宁、屯溪、太平的汤口等地，就是现在闻名遐迩的大半座黄山，也在歙县的县域范围之内。一个历史悠久、文风昌盛的古城，必定会对文化的传播承担起属于自己的责任。歙砚的产生怕是这种责任的一部分吧。翻开一本厚厚的《歙县志》，可以找到这样的传承。

歙砚起源于唐代，距今已有1200多年的历史。宋代唐积《歙州砚谱》记载："婺源砚。在唐开元中，猎人叶氏逐兽至长城里，见叠石如城垒状，莹洁可爱，因携以归，刊粗成砚，温润大过端溪。后数世，叶氏诸孙持以与令，令爱之，访得匠手斵（斫）为砚，由是山下始传。至南唐，元宗精意翰墨，歙守又献砚，并荐砚工李少微，国主嘉之，擢为砚官，令石工周全师之，尔后匠者增益颇多。"

这段话大抵可以译成：歙砚起于婺源的龙尾砚石。在唐开元年间（713—741），有一个姓叶的猎人为追猎物来到一个叫长城里的地方，看到这里的石头层层相叠，如城墙状，莹润可爱。就拿了回来，稍做打磨，温润无比。后来，叶姓后人把这石头献给了县太爷，县太爷特别喜欢，就找了匠人制成了一方砚石，从此后，多人仿效，歙砚在当地流传开来。到了南唐，皇帝翰墨情浓，歙太守就开始投其所好，向上献砚，得到主子的褒奖后，又提任一个叫李少微的砚工当了砚官，所有的石匠全部拜他为师，学习制砚技巧，此后，歙县的制砚匠人水平得到了大幅度提升。

婺源在整个歙砚的产生和发展中起到的作用不言而喻。那是怎样的一方砚坑呀，每天又要往外采带多少石料呢？想起来都不会是一个很小的数目。一支歙砚雕刻大军，一间小小窄窄的街巷里，从清晨到傍晚，无时无刻不在制造着能够给他们带来丰厚利润的砚台，时间跨度竟有千年之长。一块块朴拙的石头经一双巧手，变成了一座古城的代言人，散布在世界的各个角落，发扬着徽州文化的博大精深。山有尽而人无穷，愚公移山，究竟山空。到现在，婺源砚坑（老坑）已经走到了枯竭的边缘，这是一个不争的事实。而无穷的生力军还在不断壮大之中。如何破解僧多粥少的局面，成了一个让古城人绞尽脑汁去思考的难题。于是，新的砚坑出炉了。歙县大谷运——一个在地理位置上与婺源龙尾砚石坑血肉相连的山脊——发现了一个大砚坑。其石质地滑润、乌黑，手触之，如少女肌肤。地质学者冠之以"乌玉"之称，确不为过。这一大好消息经当地的媒体报道后，曾在一个古城产生了不小的影响。砚雕大师方见尘端详石料片刻后，立即挥笔构图，喜形于色。歙砚找到了新的发展方向。

想到了一个故事，一个有关歙砚的故事。具体的年代和主人公的名字记不太清楚了，但这不妨碍故事的完整性。大意是，一位砚工爱上了砚雕师的女儿。提亲的时候，砚雕师一言不发，指着一块刚刚采下山的砚石，丢下一铲，走进了内房。砚工知道，这是未来的泰山在考量自己的手艺。便决定好好显显身手，早日抱得美人归。可一细看砚石，他就傻了眼。其石不但不平整，还形同楔形，若按一般操作之法，当是废石一块，根本成不了一方砚台。砚工一屁股坐在地上，一坐就是好半天，茶饭不思，一脸愁容。砚雕师的女儿见了，便宽慰道："物本朴拙，非汝之功可补。只需按物而为，循形而定，可矣。"砚工大悟，立即手持铲凿动作起来。三日后，一方砚石摆在了砚雕师的眼前。应该说，这是一方极朴素的砚台，砚工只在宽绰处凿了半个眼，像一个尚未挣脱群山遮掩的太阳，用以研墨。其他部位依照石料形状，粗粗勾画出了群山模样。一件绝世佳作不是用手雕琢的，用的是心，是灵感。砚雕师捋须大笑。他的乘龙快婿很快成了那个时代砚雕界执牛耳之人。

可惜的是，故事可以留传，那方故事中的砚石却不知去了何方。

歙砚是不缺少震撼的，只要你轻轻走进它的内心就能感受得到。我曾在一家歙砚收藏馆里见过一方嘉靖年间的歙砚。说是歙砚倒不如说成一块石头更为准确。因为，这块长方形石头没有经历砚工的任何雕琢，古朴得让人不知道如何去评说什么，如果没有附着在上面的文字记载的话。砚石上书："赠龙江砚遂铭之曰：婺山之精，练水之英，是磨是琢，厮巧乃成；不扣尔声，不规尔形，惟方惟默，载清载宁；投赠君子，左右文明。嘉靖乙巳（1545）朔埜子识。"

历史没有"朔埜子"的任何记载。470多年来，仅仅依靠一块石头，记录着他的博学和才华。而激起我心中荡漾的是"不扣尔声，不规尔形"这8个字。一切顺其自然，一切按造物主的原貌不加修饰。

很难相信，470多年前的一方砚石能够带给我如此久长的震撼。可它却真正做到了。让我震撼的不是石头本身，而是古人附着在石头上的一种境界。

第一部分　徽州古迹

徽　　墨

　　李煜（937—978）这些日子以来，夜不能寐。公元975年丢了江山，这样的打击，任谁都不能在很短的时间里恢复。身处汴京囚室，却一刻也没有停止过创作。这几天他却怎么也提不起精神来，本想作词，提了好几回笔，又作罢了。砚台里的墨汁睁着一双水汪汪的眼睛看着他，它们也想不朽。它们知道，眼前这个40岁左右的中年人，可能由于自己的性情温良当不了一个好皇帝，可一定是个好书家、好词人、好画师。

　　李煜在想念一样东西了，那样东西就是徽墨。是什么时候的事了？李煜在努力地回忆着。李廷珪有多少日子没有来了？这么长的时间，徽墨早已用光了。他什么时候能来呢？李煜辗转着派出了信使。信使很快将李后主的意思传达给了李廷珪。这可让一代徽墨宗师犯了难。

　　要知道，公元975年12月，金陵沦陷后，李煜一下子就成了降王。要是这时候献墨，那可是要惹杀身大祸的，弄不好还要牵涉九族。信使一直在等待着复命，故主之命，违之则不忠，不违，难逃当朝峻法。该怎么办呢？一天，两天，三天……这时，墨坊对面飘来的阵阵芝麻香味给李廷珪送来了点子。信使带着李廷珪献给后主的徽墨复命去了。久候不至的李煜一见到信使的面，当即命道："研墨。"可惜这"墨"不能研，一打开竟是状若徽墨的糕点——徽墨酥。至此，李煜明白了李廷珪的苦心。自己尽了忠，也缓解了李煜的徽墨情结。

　　3年后的公元978年，因了一首《虞美人》，李煜被宋太宗赵光义（939—997）赐死。徽墨和与徽墨有关的徽墨酥因攀上了一

041

个南唐后主而名噪一时，名传千秋，一直传到了今天。

历史记载着徽墨的发展史，也记载了南唐后主在徽墨发展上的推动作用。唐末，一个姓奚名超的墨工来到歙州，见歙地多松，新安江水质又好，遂留此重操旧业。其子廷珪承父业，潜心揣摩当地墨工技艺，改进了捣烟、和胶之法，所造之墨被人誉为"拈来轻、嗅来馨、磨来清""丰肌腻理、光泽如漆"，并受到了李煜的赏识，召奚廷珪为墨务官，赐"国姓"，因此奚廷珪更名李廷珪。从此李墨名满天下，有"黄金易得，李墨难求"之誉。李廷珪也被后人奉为古今墨家之宗师。

宋代统治者重视文治，全国各地书院林立，科考制度进一步完善，印刷术突飞猛进，出现了一个文化高潮。尤其是宋室南渡后，徽州的制墨业获得了一个千载难逢的机遇：达官显贵、名门望族聚集江南，首先推动了经济的发展；文人墨客的南下，又促成了文化教育的发展；每年临安（今杭州）的科举考试直接拓展了徽墨的市场。这时的徽州地区，制墨业已步入"家传户习"的繁荣普及阶段，仅官府每年就要向朝廷进贡"大龙凤墨千斤"，而要满足文人墨客、莘莘学子的用墨则要逾万。到了宣和三年（1121）改歙州为徽州时，"徽墨"之名便正式诞生并迅速风靡南宋都城临安，"徽墨"也成了墨的代名词，代代相传，延续至今。

历史已经远去。徽墨留给现代人的记忆是一个叫"胡开文"的人。胡开文（1742—1808），绩溪上庄人，休宁西街墨工汪启茂女婿。胡开文娶汪女为妻后，跟岳父学习制墨之技，店铺遍及休宁、屯溪、歙县、安庆、扬州、上海、南京、汉口、长沙、九江等地，经营范围覆盖大江南北。

在徽州古巷游走，我们还能在不经意间邂逅一代墨界传奇。徽州古城南门进入200余米，就有一个专门制墨的工厂——歙县老胡开文墨厂。现在，工厂内还有百十号工人，每天与一块块墨泥打交道，他们选择与一个品牌一起坚守。现代制墨大师项德胜的徽墨作品《七弦琴》获得中国国际徽商大会徽墨作品金奖，同时被中国工艺美术馆永久收藏，其弟项胜利成了立体人物墨模雕刻第一人。

　　一块墨的制作要经过捶打、上模、定型、削搓、描金等多道工序。任何一道流水线作业都是十分磨人的。加上各式各样的书画墨汁的研发，电脑时代的到来，徽墨作为文房四宝中的一员，在一个时期变得可有可无起来。于是，一种适应市场需求的观赏墨、收藏墨《百佛图》《黄山十八景》《清明上河图》《岁寒三友》等应运而生。这些制作精美、流光溢彩的墨锭，带给人们更多的是一种历史的传承和记忆，匠心的品位和修养。

老　　街

　　一条江河沿着小镇绕了个圈，像古戏台上女人的裙带，柔软靓丽。筑坝蓄水的时候，河水满了，浸了小镇的腰脐，小镇向后山上挪了挪。原本黛瓦青砖处成了鱼儿游嬉的乐土，成了一只只乌篷船停泊的渡口。

　　小镇叫深渡。

　　听上了年纪的老人说："西递宏村的几间老房子里有几根大屋柱，大屋柱上镶嵌着几副老对子，俺深渡也有。"但随即又会长叹一声，"可惜呀，不是叫水浸了就是被破坏了。"总之，现在是没有了。在他们心中唯一剩下的家什就是一条可以与任何徽州古村寨媲美的老街了。

　　老街就像翘在水面上的一条尾巴，窄窄长长的。铺着青石板，三人并行，就会把老街塞满。老街两旁的房子算是老旧了，夹杂在这些陈旧的房子中，间或有几处新建的高楼。高楼的主人没有承袭血脉中守旧的嗜好，在墙体贴上了五颜六色的钢砖，老街也就如一上了年纪的女人，在脸上涂了一小块胭脂。那些坚持本色未加粉饰的墙体早已泛起墨绿的斑痕，裸露的青砖随处可见，见证着岁月的沧桑，见证着老街的古朴。

　　小镇老街的两旁都是店面，八成都是外乡人租赁下来经营的衣店。店铺外竹竿子交错着伸出来，像一只只招揽客人的热情的手。即便一个人走，稍不留神，脸也会时常碰到那一件件随风飘舞的衣袖和裙摆。房子的主人们似乎厌倦了祖上凭着两张嘴皮子讨要生活的方式，不愿再抛头露面了，躲在屋里头数着租金过着安逸的日子。那些十三四岁往外一丢的少年人，一个个牵着骡马驮着货物，踏着清冷的石板，一步步走向埠头的嗒嗒声已经消失在老街的尽头，再也无法唤回曾经的辉煌。不知从什么时候起，徽商成了一个历史名词，成了让后世子孙仰羡着的饭后谈资。老街是避暑的好去处，因着其幽深窄长，一天到晚难泻阳光而清凉宜人。再加上两旁的巷道四通八达，在炎热的夏日里，一并成了"土空调"的重要零部件。因了一个凉字，吸引了许多人往里挤着。即便挤着也比外头凉爽，任谁都会去凑这个热闹的。或许这也是老街至今繁华的原因吧。

凑热闹的有两种人，一种是搭船来小镇购换季衣物的乡里人。另一种却是大有来头的，从一张蓄着毛茸茸胡子的嘴巴而年岁并不大的装饰上，就知道他们骨子里的艺术细胞了。大抵捧着画夹，在老街的任一巷弄里找个地方，旁若无人地调摆着油彩，在一块洁白的画布上涂抹，抑或拿了相机，捕捉着在他们看来稍纵即逝的景致。

2004年，老街来了一个故人。故人的名字叫汪观清，歙县坑口金滩人，多年前就移居上海，是个画牛的画家，名字响遍了沪杭。那一年他就70多岁了，一头白发在老街的巷弄里移走的时候，引起了我对一条熟视无睹的老街的凝视。

汪观清是带着一个让古镇在纸上复活的想法来的。他想用他的笔，画一张旧深渡的全貌图。这次他带来了拟就的古镇草图，召集了一个小镇上的老人求证。他的到来让老人们异常兴奋，各自努力地从记忆中搜索着曾经的记忆，用一口纯正的家乡话帮助这位老画家在记忆中复活古镇。一扇窗户、一个柜子、一块青砖都不再放过。

老街真的复活了，复活在上海世博会的城市足迹馆里。2010年的夏天，我有幸参观了世博会，见到了汪先生画就的60米长卷《梦里徽州——新安江风情图》。此时年届八旬的汪观清一说起这次创作，依旧心潮澎湃：古镇深渡在数十年前因为新安江水电站的建设而被淹掉了，那个镇实在太好了，如果在的话，没有镇能与它相比。

现在，先生用他的一支笔，把老街"捞"出了水面。

我在此后的行走中，还见识过保存完好的屯溪老街。一座新立的牌坊上镶嵌着黄澍老先生题写的"老街"二字。屯溪老街上百年老字号就有不少，加上雕琢精美的一方方歙砚、一锭锭徽墨，作为镇店之宝的一幅幅名家字画，琳琅满目的湖笔宣纸，一个文房四宝齐刷刷地提升了老街的品位——这里是个书香四溢的所在。

"新安江水碧悠悠，两岸人家散若舟。几夜屯溪桥下梦，断肠春色似扬州。"如果你能感觉，那块磨蹭掉了棱角的红褐石板上，依旧存有郁达夫林语堂的体温。只是郁留下了著名的《屯溪夜泊记》，好让今人回味，林却似乎没有留下只言片语。一条老街也就无来由地与亲近它的骚人墨客有了缘分。

前不久的一个冬夜，我曾偕同友人在间或亮着几家灯火的休宁西街上走过一回。从状元广场南行数百米，循级而下，西街就呈现在眼前了。一进西街，也就把一个喧嚣丢在了身后。繁华和宁静有时只有一步之遥。

街不甚宽，中间是下水道，米许长、尺余宽清一色拱石铺就，体现的是一个泄洪功能。拱石是西街不同于任何老街的地方。因了一个三江源头，时不时会生发洪水，没有足够的排量，是不能保证两旁的砖木平房数百年不受侵扰的。

这是一条让人心安的老街。尘世的繁杂在这里褪尽了颜色，现代文明的侵入只有偶尔的几辆摩托车和电瓶车，这里几乎没有行人。刺骨的寒冷和一个黑夜让老街安宁了下来。几声清脆的声响，从一两个依旧敞开大门的店铺中溢出，那是主人在准备明天的生意。

休宁西街一头连着一座古城，一头连着横江。毋庸置疑，这里是一个又一个包袱雨伞们别妻离子外出讨要生活的出口。我的幻想在昏黄的灯火下，清晰再现了当年的景致。那依稀可闻的道别声、橹桨声，在静卧的拱石上和流淌的横江里，远去，远去……

繁华落尽，终究归于宁静。万事如此，老街亦然。

祠　堂

　　今人对祖宗都有一种顶礼膜拜的念想。祠堂的存在，为这份念想添加了实物附着。逢年过节，七月半冬至什么的，族人公推的领袖人物——也就是族长，只需稍稍咳嗽一声，众人便心照不宣地奉着三牲，齐刷刷往祠堂涌来。自然得清一色的男人才有权利踏进祠堂的大门，一个个做庄严肃穆状，不敢稍有造次。祖宗容像案前的供桌上三牲一字排开，随后焚香烧纸放爆竹。族长头一个手持三炷香，众人依次跟着，行三拜九叩大礼。礼成之后，往往留下族里的精英议事，商榷着今年的得失、来年的生产乃至一个族群的发展。

　　祠堂就是一个供奉祖宗牌位，供族人祭祀、议事的地方。议事功能像极了现在的会议室，自不必多费笔墨。说到祭祀，却自然少不了规矩。祥林嫂只是因为一个寡妇身份，竟然动不得祭品和器具，非得把辛苦挣来的钱捐买了一条门槛，才求得心安。鲁迅的一篇小说已经较为详尽地描绘了一个家族祭祀所呈现的排场和规矩了。在宗法制度森严的年月，现实生活中远比这样的描述更加阴森和恐怖。很难想象，这些阴森和恐怖竟是一个祠堂带来的。

　　祠堂是一个姓氏的标志，也是一个村落的标志。村子可大可小，祠堂也可大可小。一些人外出经商，攒了钱送回家来，供给子侄上了学堂，一两个出息的后人挣下了功名，成"学而优则仕"之辈后，他们一族的祠堂在建造上就会特别讲究：择日开工，择时上梁，择期竣工。最不济的，也要压了方圆数十里地共同生活着的他姓族人才是。祠堂在一定时候成了功名、地位、财

富的代名词。

一个徽州，所有的祠堂大抵分为三进，中进议事会客，后进即享堂，专供摆放祖宗牌位。从功能划分上来看，议事会客的自然要高大上一些。凡族中大事，诸如红白喜事、断案说理一类的，这里就像过年一样热闹。就是现在，众亲友来得多了，一些保存完好的祠堂依旧承载着摆桌设席的功用。会客区只占中进一小部分，或列左右一侧，亦可设正堂容像下。这得看来客的品位和档次。简单一些的，也就一八仙桌、两太师椅就可以了。族长及来客中的长者威严地坐着，说一些恭维或谦逊的话，两张古铜色的老脸时而相对着笑成三月桃花。两边设些板凳，一为宾，一为主，大抵作恭听状，一言不发相对而坐，直至长者们起身作揖时，方才随着起身抱拳。之后，或进餐或离去，得让交谈后的时辰说了算。若赶上饭点，主人多少要客气一番。要是主人觉得人逢喜事精神爽了，就算没赶上饭点，也必定留下来客，宾主尽欢，千杯散尽。

享堂面积不大，正堂板壁列成阶梯状，上面供奉着一小块写有姓名年代的木条。这些木条就是祖宗牌位。一个家族繁衍越快，牌位也就越多。可生儿育女总是不以人的意志为转移的，因此同宗同族中，发得快的和慢的相比，会多出三四代人，甚至更多。这就出现了一个奇怪现象：一个幼童指着拄着拐杖的老者痛骂，而所有的族人都不会去制止。原因是这小儿是老者的叔公……他在教育晚辈哩。

我在小川乡灵山村萧江祠堂里待过整整一年时间。叔叔在那里教书，顺便捎上了我。那时候，祠堂是村里的小学，容纳全村100多名学生。由于离家较远，晚上就睡在祠堂里。大大的天井，粗粗的梁柱，平滑的石板，阴森的院落，空旷产生的恐惧，这是祠堂落在一个少年眼里的全部家什。小学毕业后，我就再没有去过读过书的祠堂。后来听说，祠堂成了危房推倒重建了小学。

2009年5月，我去过婺源江湾，拜谒过"萧江宗祠"。徽州江姓有济阳江和萧江之分。萧江一脉尊萧何为始祖，尊江祯为萧江氏始祖。

907年朱温篡唐，改国号为梁，史称五代后梁。斯时，萧祯因讨伐黄巢有功，被封为柱国上将军、江南节度使，驻兵歙县篁墩。为效忠李唐，萧祯起兵后梁，因谋复唐业不克，遂指江为誓，改为江姓，隐居篁墩山中，郡号兰陵，自称"萧江"。因此，江祯也就成了"萧江氏"始祖。祯公育有三子，长子董公迁婺源；次子郑公留守南溪南，守护祖墓；三子威公迁浙江衢州开化。

江湾萧江宗祠虽说是现代建筑，整个结构却严格依据祖制而建，前后三进，屋柱横梁均为极粗壮的木料构件，牌匾题款尽数名家风流。气势壮丽，大家风范。

江湾是个美丽的地方。在微微细雨笼罩下，一座山村显得宁静安详。这时，只需由思想在和风细雨中去感受那份端庄、那份宁静、那份甜美便可。若不是沿街村道上摆摊的主人，此起彼落的几声吆喝提醒，仿佛已经入梦了。

古　刹

　　名山多古刹，古刹藏名山。

　　在我的印象中，越是少了村庄炊烟，人迹稀少的大山深处，越多古庙宇古庵堂。和尚也好，尼姑也罢，选择了一盏青灯，一只木鱼，双手合掌，口中喋喋地一辈子不食人间烟火，也就没打算和俗人交流。一个遍布崇山峻岭、古木参天的徽州，为古刹的留存提供了必要的地理条件。几个行人手拄木杖，毫无心思地寻古探幽，说不定就能在一处奇绝的山巅上，透过密密匝匝的枝丫和云蒸霞蔚的迷雾，搜索到那似有还无的古刹身影。

　　稍有名气的古刹是藏不住身子的。我不知道，一个人要到什么程度才能心念俱灰，抛却尘世所有牵挂，去了一头青丝，遁入空门之内。所有的文学作品、电影电视剧中虽有诸多描绘，以我之见，也仅是说了个九牛一毛。空门中，名落孙山者有之，深仇大恨者有之，情断心死者有之，一心礼佛者亦有之。除了最后一种，诸多种种只是选择了逃避。这是一种无法面对不敢面对生活残酷者的选择。这样的选择谈不上有多少高节和诚意。但无论如何，正是有了这一逃避，庙宇庵堂也就存在和兴旺了。

　　历史上的某一天，一位后生在一个村庄里突然消失。父母和族人满地寻找，却终不可得。后生独自在一条长满蒿草的小道上游走。他在逃避，逃避世态的炎凉。他心仪的在水一方的佳人最终没有兑现承诺，或者说经不住礼教的威压，嫁给了父母之命媒妁之言。在踏上征程的时候，他什么都在想，也什么都想不周全，更准确的说法是，这时他头脑只是一片空白。荆棘撕破了衣摆，劳累消瘦了容颜，他倒下了。一个好心人的救援，或者只是一场雨的滋润，后生重新站了起来。他用一双手，在自己倒下的地方盖起了一座茅庐。为了生计，他一样日出而作，日落而息。逢上雨雪天气，必定拿出一两本书籍来吟读。

这是我想象中的庙宇的最初模样。

后来，后生因了自己的学识，不断地为周边的村民指点迷津。后生攒下了名头，也就受到了他人的尊敬和资助，茅庐砌成了砖木房子，盖上了瓦片。后生长成壮年，变成老者的日子里，庙宇也随着他年龄的增长不断壮大。也许某一天，一对父母为了感恩，或者更确切地说只是不想让他们的儿子因饥饿而死亡，他们送来了众多儿子中的一个，原来的后生现在的住持也就有了衣钵……在时光的催促下，庙宇摇身变成了古刹，立在古刹内的菩萨和它们的建造者传承者一样享受着香火……袅袅升腾的烟尘，一飘就是百年千年。

年代的车轮让我们的视线无法企及，可以逾越的只能是思想。我最早见到的庙宇，应该说成庵堂，也就200多年历史。1989年中学毕业后的暑假，一个学生时代最为轻松的日子里，我和同学来到了宰相故里歙县雄村。那时候，雄村人还没有认识到，曹文埴曹振镛这对父子宰相还能为一个村落带来什么。我们是慕名而来的。村人指着江对岸的一个并不雄伟甚至窄小的房子说，那就是慈光庵了。

作为庵堂，其结构自然与普通民房不一样。目力所及的庵堂正面漆成了黄颜色，与我所认可的庙宇古刹极像。由于少了舟楫，也就不能近距离观瞻，只能望江兴叹一回作罢。那时尚处一个不求甚解的年纪。离开了，也就不再有遗憾，但多少心中挂了个未解的结。20年之后，徽杭高速从江面掠过，加了挂桥，方便两岸往来，我也就有了走进庵堂的机缘。只是这时，已经不再是庵堂，而是庙宇了。沉寂了200余年后，庵堂来了一个挂单和尚，在此修行接受香火。只是当地人还一口一个"尼姑庵"地叫着不肯改口。

我见过和尚，只是没有交流。和尚长得肥肥胖胖，满面红光的，一副十分滋润的模样，多少与想象中的高僧样板相去甚远。和尚的到来，让曾经破败的庵堂焕发了生气。拾级而上，庵堂内香烟缭绕，四墙字画满壁，正堂中间一尊菩萨，案上一个大香炉，插满了香火。许是刚走的一拨善男信女奉上的。还有一只功德袋，接受捐赠；一块功德碑，记载着捐赠者的名字。庵堂正在扩建，功德碑是为扩建准备的。

该是解结的时候了。村人的繁杂叙述可以简单地概括成以下文字。曹文埴（1735—1798）是乾隆二十五年（1760）传胪（二甲第一名进士），进京为官时，其子曹振镛年方五岁，生性聪慧却极顽劣。雄村曹家有供子侄读书的竹山书院，可曹振镛到了该读书的时候，依旧不思用功，其姐多方劝导教诲，竟无丝毫作用。一天其姐复劝道："汝不用心，将何以登堂入仕，承继父业？"曹振镛夸下海口："他日我定为官，且胜吾父。"其姐有意激他："你若为官，我当去千里之外出家为尼。"曹振镛从此刻苦攻读，果然不负其姐所望，考取了进士，官至军机大臣，权倾朝野，留下"宰相朝朝有，代君三月无"的佳话。于是其姐坚守信诺，坚持出家。曹振镛苦劝无效，又怕她在千里之外孤苦伶仃，只得借当地俚语"隔河千里岸"之意，在渐江（新安江主源屯溪至浦口段称渐江）对岸建了一座"慈光庵"供其修行。慈光庵与竹山书院隔江相望，仿佛一双凝视的眼睛，激励后人奋发勤学。雄村曹氏一族攒下的足以流传千古的名头，就这样与一座庵堂连在了一起。

后来，我还游历过绍濂小溪的丛林寺。小溪丛林寺，又叫小溪院、桂溪寺，为歙县第十丛林（大寺院），俗称丛林寺。丛林寺在唐太和五年（831）始建，宋宣和四年（1122）毁于兵燹，明天启六年（1626）大修，清同治七年（1868）项恒尧、项维祥倡修，为歙县有名的千年古刹。

丛林寺保存尚好，只是与一个村落太过接近，倒是少了该有的神秘。殿后墙体上有丁云鹏所绘的24幅水墨观音罗汉像，因年代久远，部分图案泅散。即便如此，这些画作依旧是丛林寺的镇寺之宝。

前些年，留守寺庙的是当地村民释也农。释也农做着木匠手艺，参与过徽州府衙的修建。终因身体多疾，外加写得一手小楷，于是在家抄写经书，换钱度日。释也农之父原为丛林寺最后一位住持，新中国成立后还俗，娶妻生子。其父因感怀寺庙寄养之恩，遂以释为姓，多年来家人一直生活在寺庙里，成了一座古刹的最后守望者。最近几年，我没有再踏足小溪，不料故人已然辞世。

林黛玉的扮演者陈晓旭的出家和离世，给世人的冲击是相当大的。"花谢花飞花满天，红消香断有谁怜？……侬今葬花人笑痴，他年葬侬知是谁？试看春残花渐落，便是红颜老死时；一朝春尽红颜老，花落人亡两不知！"一首《葬花吟》如泣如诉，动人心魄。我不知道是陈晓旭把角色演进了生活，还是角色原本就存活在生活之中。我知道的是从此一个叫妙真的尼姑和长春一家叫百国兴隆寺的庵堂烙进了记忆。

历史兴演了一出有关文化的争斗。徽州历史上的大多庙宇庵堂在一夜之间被捣成一堆砖瓦，推倒的砖瓦又在一个个不眠之夜成了邻近村落的建筑材料。落在今人眼中的大抵只有一个遗址了。存在的已经受到了保护，部分失却的也在逐步恢复之中。我在想，就算把一切都恢复成原有模样，还能还原数百年来香火熏制的灰尘吗？

一天天的日子构成了历史，历史没有断层。人类割裂了历史，人类也在不停地缝合历史。可再好的手术，也会留下疤痕。今人能做的，只是让疤痕不至于太显眼。仅此而已。

树 皮 屋

至今还忘不了，一幢用树皮盖成的房子，歪歪斜斜地映入眼帘时的那种震颤。直到围着一个村庄走了一遭，那第一眼的震颤被众多的"同类"分享了之后，心中才算稍稍平静下来。震颤是因为闻所未闻见所未见，平静是因为一个人能在很短的时空里就习以为常、处变不惊了。

那个村子叫田里。如果你对这个名字并不熟悉，那么村子还有另一个名字——"石屋坑"，相信你会有所耳闻，或者还可能如雷贯耳一阵子。田里是行政村，石屋坑是田里的一个自然村，一个红色旅游开展得十分红火的地方。

田里村归属三江源头休宁县汪村镇。如果说，从休宁县城进入汪村镇的路还算平整，那么从镇政府再往田里的路却狭窄了不少。好多处水毁路面虽经修复，但年前那场五十年不遇的洪水留下的影子随处可见。石屋坑就在田里村的山后面，路不远，只需走几个小弯就到了。

和无数的皖南山村一样，一进村庄，首先看到的是几株百龄以上的水口树。为了打造红色旅游胜地，沿村街巷铺上了石板，无灰无尘，甚为舒适。一条溪流把个村庄劈为两半，靠着两三座石桥相连，村庄依旧完整。一幢古旧的砖瓦房上的红五星熠熠生辉，红色氛围顿时浓郁起来。石屋坑是革命老区，这里有皖浙赣省委旧址。就是这样一个小村落，在曾经的岁月里，革命先烈依托逼仄险要的山形地势，开展了轰轰烈烈的革命斗争。让人更为钦敬的是，石屋坑的30多名群众为此遭到了敌人的疯狂迫害，其中7人丧生。而当时，这些村民们不但要为一家老小的生计奔波，为一个指挥部的领导人提供食粮，还要承担起诸如传递情报的革命工作。到了晚上，容纳他们消除疲乏的所在，就是那一间间树皮屋子。新中国成立后，随着生活的好转，许多树皮屋被拆除重建，现在留存下来的已经为数不多了。一个红色村落的树皮屋，留存的目的不是瞻仰，而是记忆。

我曾经无数次驻足凝视过眼前的这些树皮屋。大体结构也就四根立柱，四面墙壁由清一色杉树皮包裹，几根细条和铁钉固定；房顶"人"字架，一溜短木密集排放，罩出屋檐尺许，或石块，或瓦片，或茅草，把个房顶盖得严实，远远望去，像一个守山用的临时草棚。简陋、朴素、沧桑，甚至给人一种心疼的感觉⋯⋯

我也曾见过树皮屋这一群体中略显"豪华"的两层木架楼房。这样的房子，不但在体积上占了优势，建造时更是独具匠心。屋脚青石奠基，墙体四周围上檐脚石，防止雨水打湿了屋脚木料。檐脚石之上附着杉皮，一块块按照建造者的需要围成严丝合缝模样。门框下一条高高的石门槛，既挡了雨水，又显现了主人尊贵的身份。有的树皮房子大门两侧还摆放了两个雕琢精巧的门礅，粗糙中透着精致，简陋中蕴藏富有。正当我琢磨的时候，屋子的门开了，走出了一位耄耋老太，提着一篮子衣服去浣洗。才知道这样的房子并没有成为空巢，而是一直有人生活、打理。我试着与老人搭讪，可惜的是她那一口纯正的方言，我只能在字里行间细细过滤之后，才能稍稍明白其中的意思。大抵是，老人的两个儿子都盖了新房子，都叫她去住，可她住不惯钢混结构的屋子，选择留了下来。老伴过世后，她更加不愿意走了，她要在这里陪着老伴度过余生。在她的引领下，我走进了树皮屋。

这是我第一次走进树皮屋。也正是这次的偶然走入，让我对树皮屋有了别样的感受。整间房子都用木头构成，虽然老旧，但落满尘烟的四周板壁，块块木板的长短和宽窄几乎一样。顺着木梯上二楼，脚步所到处竟少有颤动，抬头间，屋顶还设了一层天花木板。这样的纯木房子，别说过去，就是现在，怕是也只有殷实人家才能盖得如此讲究吧。也正因了这间房子曾有的辉煌，才使得现在的主人选择了守护。守护着房子的曾经和现在，守护着自己被岁月打磨起皱的青春。

出得屋子便不由感叹，好一座"朴外慧中"的树皮屋。

在休宁工作期间，我曾去过溪口镇一个叫源头的村子。源头村海拔700多米，作为一个高山村落，村道修通不久，可以通上小轿车和农用车。不料却被一场洪水冲垮了路基。有一周时间，村子里不通电，也打不了手机。我们扛着采访设备徒步十余公里，走了两个多小时才到达目的地。应该说，在这里，我见识了迄今为止保存最多也最完好的树皮屋。十余幢树皮屋沿溪而建，仿佛走进远古世界。

正像先人们靠山吃山、靠水吃水一样，源头村民巧妙地废物利用，把木材上的下脚料收集起来，建成了自己别具特色的家园。一场洪水，又让人类智慧在这些树皮建筑物上得到了验证：那些洪水的痕迹在一块块树皮墙壁上依稀可见，最深处已经齐腰，沿溪的房里处处是深达数十厘米厚的淤泥；而那么看似弱不禁风的树皮屋，除了一两间有些倾斜之外，大多安然无恙。

在一个村子家家户户都在抗灾自救的现场，一间历经百年风雨的树皮屋的二楼窗户上，高擎着一面鲜艳的红旗，上面的镰刀斧头在山风中飒飒作响。让每一个见证者心头一热，暖流自脚底升腾，瞬间充满力量。

这力量来自旗帜，来自一个古老徽州数百年来血脉相传的勇气和坚韧。

第一部分 徽州古迹

放　　排

"坎坎伐檀兮，置之河之干兮，河水清且涟猗……"多少日子过去了，那首《诗经》里唱着的号子，一走进云深林密的山沟，还能从潺潺的流水声中听到一丝影子。

一些壮汉短身打扮，腰间别了斧锯，行走在一座座大山深处，一阵接一阵斫砍之后，这些分属于不同山头的圆木都以滑行的方式被赶到了同一个地方，像赶一群没有灵魂的牲口。山脚下的溪流边是它们的汇集地，也是它们起程的地方，至于要去哪儿，现在还是个未知数。进山的路，除了骡马和山里人的两只脚，再也盛不下别的东西，溪水成了它们走出深山的唯一通道。

之所以称为圆木，是因为它们没有冠，没有根，也没有枝丫，修整得白白净净圆乎乎的，不叫圆木又能叫什么呢？当然还可以叫木材。

时间是有限制的，那得是一年里雨水最多的季节，最早要过四月，最迟不超六月。在四月和六月间，有一段梅雨季节，溪流变得不再温顺，不再潺潺，而像一头凶猛的野兽，咆哮着奔向远方。那个远方是大海，每一滴水都渴望到达的地方。正是水流的渴望和动力，也使得圆木借力通向外界成了可能。

有了绳索铆钉，在一双双黝黑粗糙的手和斧锤的帮助下，依据水流的深浅，圆木被牢牢地捆在了一起，捆成了一层或多层的"排"的模样。熟谙水性的三四名壮汉，一人一根竹篙，顺着水流的方向，出发了。竹篙的作用仅仅在于避开行进中的暗礁，避开与山体相撞所带来的危险。好一阵乘风破浪之后，木排从山里的小溪流向了山外的河流。一进大河，木排轻盈自在了很多，可以集结其他的木排，摇身变为庞大的体量，拉出很长的身段，鼓起风帆，悠闲地去往下游的目的地。也可以就地解散，由船只分装着去往需要它们的地方。把山上的木料从小溪送进大河，送往山外的目的地，长则数百里、短则十余里的过程叫"放排"。壮汉们也就有了另一个称谓：排工。

自然，一个放排过程远没有文字叙述中的简单轻巧。其中更多的是凶险，是搏命。排工若是不能很好地掌握着木排前进的方向，一块石头，一个浪头，一个弯道……其间的任何一点疏漏，都会引发排散人亡的惨剧。在放排的数个日出日落中，要经历多少危险、多少磨难，流淌多少汗水，未曾亲历者是难以想象的。让人敬畏的是，即便如此，排工这份职业在历史的漫漫长河中却从来没有因为凶险而停止过。

生存往往要向死亡索要。不屈于命运摆布的徽州人，也是敢于向死亡索要更好生存的人群之一。

这样的排工，在一个皖南山区的徽州，在深深浅浅的峡谷里，都能找到他们或他们的后人。讲述中的那份从容、那份轻描，最能催酸聆听者的鼻翼。

在一个地方能否成为排工自己说了不算，说了算的是排工头。作为一次远行的领导者，他的一双眼睛如同鹰隼，考量着前来应征的后生，在这双眼睛里头没有怜悯，只有严格。每个后生都得依靠智慧和实力取胜。与死亡的数次交手，排工头练就了一身选人挑人的本事。被挑中的后生，一半是欣喜，一半是担忧。欣喜来自自己，估摸着完成任务后，会分到几十斤大米，能给家人带来一个月乃至更多日子的温饱；担忧是后生的双亲，他们就像一个赌徒，下注的本钱是自己的骨肉。在排船过了几个险滩消失在了目力所及之外，他们心中的叮咛和嘱咐还在溪流边飘荡徘徊。

大山养育了数万子民，却没有给他们带来富足的生活。或者说，大山自有大山的宝藏，只是人们还不能很好地开发利用。一个少田少地的所在，即便世代勤耕，依旧难以换来丰稔的收成。

在徽州，歙县街源十分有名。街源不是一个村庄的名字，而是一条源的名字。从新安江边的街口镇一直往西至长陔乡，绵延30公里。在这里，即便是垂髫小儿也能张口来上几句当地民谚："街口进街源，只见青山不见田；处处有佳境，神仙凡怪踏访前。""手捧苞芦粿，脚踏一盆火，除了皇帝就是我。"没有田，就种不了水稻，也就没有米吃。大山只能种玉米、山芋。街源人的主食只能是苞芦粿、山芋干了。后来在一些驴友的文字里看到一些这样的文字："从这些民谚中可以看出，这里的人们喜欢吃苞芦粿，苞芦糊，并且玉米能耐饥，又是一种营养价值高、微量元素多的半粗食粮，想必这里的人们生活得还是很惬意的。"这是一个以一己之想象得出的全然不符合当时情况的结论。我无意去责怪他们，因为他们没有长期一日三餐进食玉米、山芋，也不知道现在城市小摊的苞芦粿不但油多，而且包了馅，味道特别香美，是与当时大山里什么都没有的纯玉米粉制成的"瞎粿"有着天壤之别。当地少米的境况一直持续到20世纪80年代中期才得以改善，浪漫而美丽的民谚中饱含的艰辛血泪，不去细细体味，岂能全然了解？只是这些都是题外话了。

艰难的生活并没有摧毁人们对美好的向往。在他们表现出浪漫主义豪爽性情的同时，以一个血肉之躯抗争。这样的结果，自然会在青山上多添几处坟茔，但更多的是让人们看到了希望，一种抗争之后出现的曙光。20世纪80年代，在一条条通往深山的公路建成后，这一沿袭了数百年之久的放排职业才真正画上了句号。

2010年，一个电视摄制组来到休宁县三江源头做过一次节目，重演曾经的放排岁月。在主持人饱含深情的演绎中，我看到的只是一个类似的形式。没有惊涛，没有惜别，没有生死，就无法重现排工的真正人生。唯一感到欣慰的是，现在的人们还在以自己的方式纪念着这个并不久远的历史，或者场景。

神　石

　　护佑一个村庄的可以是一片水口，也可以是其他物件。比如竖立在村口的两块巨石，村人称之为神石。这个村子叫灵山，地属歙南小川。

——题记

　　村子的西口有两块小山似的大黑石，高高耸立在一条窄窄的仅供一人行走的石板路两侧。这是村子唯一通往外面世界的通道。大黑石犹如两尊神灵守护着村子，在斗转星移沧海桑田的岁月中渐渐被村人罩上了一层神圣的光环，成了庇护村子平安的神物。

　　村子已有两百多年历史了。清初，一个叫可慈的人举家迁徙在神石后群山环抱的山洼里安家。刚安定不久，就有强人前来掠劫。可慈公带领家人凭借神石占据了一个万夫莫开的地势之利，护住了家园。之后，大黑石就成了村人的神物。

　　灵山村是父亲的出生地，三个月大的父亲被山外的爷爷奶奶领养后，灵山就成了我儿时走亲访祖的去处。五年级的时候，又跟着叔叔在灵山上过一年学，进进出出必过巨石夹成的小道。可以说，我的整个童年都受巨石的影响和左右。一边心存敬畏，一边高度戒备。每过巨石，我都会把自己小心翼翼地装扮起来，垂着双手，耸着肩，蜷缩着身子，怕手脚或是衣物碰上了，神明会降下罪来。平常嬉戏时，更是不敢稍有靠近。有时玩高兴了，无意间到了它的面前，便惴惴然悄声离去。

　　稍大一点后，我曾仔细端详过这两块被村人奉为神明的石头。黑石一里一外占据着路口，也使一条本算宽敞的村道在这里瞬间窄下去，像被掐了咽喉。黑石靠路一面平整而陡直，足足两丈高下，上半个身子罩了一层密密麻麻的青苔。路外黑石齐腰处有一行凿印，入石不深却清晰可辨。黑石纹理细密坚硬，一般的凿子是奈何不了它的。而那个敢在它上面动邪念的小石匠早已疯了，成天拖着两行长长的鼻涕，傻傻地对着人、对着鸡犬、对着空旷的际野狂笑。只是现在，他老了，头发、胡子——该白的地方都白了，疯劲也收敛许多，他已经老得连对着人傻笑的力气都没有了。

小石匠是和爷爷同辈的，算起来我要喊他五叔公。他胆大妄为凿神石的时候还是个未及弱冠的青年。在全村人敬畏的神石身上凿口子，的确是要些勇气的。不知什么事情触痛了他的神经，把愤怒发泄到庇护村人的黑石上。只听说，五叔公怒凿黑石的晚上，他未过门的相好去世了，是自缢。她选择了一种极为简单的方式，从一根挂在梁上的绳子去了另一个世界。入殓时，在放"口钱"（人死后放入口中的铜钱）时，发现五婶婆嘴里有未嚼碎的生玉米粒。于是，便有人推测，她一定去了山上偷吃玉米，被守山人逮住了……一切只能是猜测，随着送殡的人流，把秘密埋进了土里。具体发生了什么，竟使一个女人走上了绝路，却是谁也说不清的。五婶婆的死给村人蒙上了一层阴影，也留下了一个无法破解的谜。

就在那天晚上，我的五叔公——小石匠径直拿了凿和锤来到了村西口神石前，咬着牙一锤一锤把愤怒洒在了神石上。

"小石匠的凿子刚一落下，神石就从凿口处流出了血"。一个唤作春娥婆的瞎眼老人绘声绘色地说道，"小石匠家里很穷，兄弟五个都打着光棍。他算幸运，总算说了个媳妇，谁知又死了"。我和小伙伴们都催促她说下去。"小石匠恨到了极点，全然不顾神石流血，只是一个劲地凿。说来也怪了，任凭他怎样用力，也只在石头表面留下一点凿印。神石可是神物啊，小石匠也是自不量力。这不，第二天，神石一降罪，小石匠不就疯了……"

061

一块不能护佑他的女人的石头，留着又有何用呢？我想象着五叔公在无法凿开神石，无法凿去村人的神物，无法让灾祸降到村人头上，更无法消除自己的愤恨后，两腿哆嗦战栗着回家的情形。

五叔公的疯病是否与神石降罪有关，幼时的我却是深信不疑的。这样的故事传说更加深了村人对黑石的敬畏。

外出求学的头一年，灵山村里来了个戴眼镜的文化人，说是个地质专家。他来的结果就是发现了村后山脊里头有矿藏。于是村人立马开采——石头能卖钱，这是上辈子修来的福分啊。于是一块块晶莹剔透的矿石被挖了出来，又被村人肩挑背扛地运往山外的世界。人工搬运终究效率太低，村人就想着开一条马路。自然这样的提议遭到了年长者的反对。因为开路势必要炸掉挡路的神石，这是他们说什么也不能容忍和答应的。村主任三十出头，看问题自然开放许多，在顶住长辈们一轮又一轮"势与神石共存亡"的"轰炸"后，炸开了路里面的那块神石……等我暑期回乡，只有路外边的黑石孤零零立着，它的兄弟或姐妹早已粉碎了身子，当了路基的石料。新建的马路可以并排开上两列货车……铺路的人说，打炮眼的时候断了两根钢钎，神石没有流血。

这次回乡，我再次来到黑石旁。这时的黑石一副孤独迟暮的样子。尽管岁月并没有在它身上留下多少印痕——还是那样黑，那样光滑细密——我总觉得它的容颜仿佛一夜之间就憔悴了。少了谈心的伴儿，就是石头也会老的。

于是，我决定坐下来好好与它聊聊天，聊聊它的功绩，聊聊它曾经有过的辉煌……

峡　谷

　　徽州地貌素有"七山一水一分田，一分道路和庄园"之说。这14字俗语可以简单地理解成山多田少。山多则峡谷多，只要两座山就能夹出一个谷来。自然，这些山谷或峡谷并不能悉数为他人所识，最主要的原因还是内涵不足底蕴不够。在徽州，称得上名号的大抵有绩溪的鄣山大峡谷，休宁的徽州大峡谷，太平的翡翠谷，祁门的牯牛降……

——题记

　　低落的地势，注定这里的一草一木一景一物都要具备它们同类所没有的承受力，一座峡谷所带来的承受力。一场暴雨山体坍塌，洪水裹挟着山石泥土以及企图阻挡它们的阻碍物一道咆哮而来的时候，所经之处，低洼成高地，高地变坑洞……一个昼夜，甚至几个小时，就能让峡谷换了容颜。

　　历史长河中，这样的洪涛不知发生了多少回，峡谷的脸刻上了岁月的雕痕，在最后一场史无前例的自然运动中峡谷被定格了下来，定格成了现在的模样：一湾清碧绕石而过，石斑鱼成群结队，游嬉其间，自得其乐。存留下来的石头达数吨数十吨重，自然的力量让它们一个挨着一个，锁链般坚实的根基，再也不受或很难因为外力的作用而改变。

　　这个时候峡谷就形成了。

　　确切地说，峡谷自古就有，这个时候形成的峡谷已经有了自己的底气，若能附加一些文人墨客冠以的文化，便能吸引众多寻古探幽者的到来。

从寂寞走上喧闹，首先还得耐得住寂寞。一个早上或傍晚，前来探幽的第一个驴友，有目的无目的地一脚踏进，并且被眼前的景物震撼的时候，就是峡谷走出深闺重返喧闹的时候。

我就是在一个明晃晃的晴日，被眼前的奇峰巨石所震撼的。震撼我的是绩溪县的鄣山大峡谷。

鄣山大峡谷又称伟人谷。这一称谓缘于峡谷内的一块巨石像极了毛泽东同志晚年时期大背头的侧影。坐车进山，斜下一段林荫浓密的缓坡，入得谷来，一时豁然。沿着一条人工修缮的小石子路，沿溪探源，清溪侧流，巨石林立，大抵经岁月磨砺，少了棱角，浑身圆滑。前行不久，遂见一石，同行友人呼："真像，真像！"站定一看，巨石两米上下，沿溪一面，口鼻眼发俱全，换了角度细看，不由惊叹起来。至此方知，造物者之神奇，真非语言可概。

如果说，伟人像带来的是惊奇，那么百丈岩带来的就是惊叹了。一石冲天，直插云霄，号称百丈，申请了单体石岩最大的吉尼斯世界纪录。一块石头，仅仅因其高大怕不能服众。从导游语不停口的介绍中得知，石之巅处时常佛光闪现。许多游览者更是把这一奇观看作自己时来运转的标志。看来，多少会让一些人灰心而去。如果不是一定的气候条件，想一睹佛光风采实是难得。我没能时来运转般见到佛光，自需不以物喜不以己悲地宽慰一番。

好在前面的风光依旧迷人，葫芦潭就是其中之一。一块埋藏在溪流底部的石头，被硬生生冲出了一个葫芦模样，若是没有人工的雕琢，也算是奇事一件了。一汪清流从上口入潭，再从下口出潭，循规蹈矩了多少岁月，除了负载的石头，又有谁能给出个准确答案呢？

自然，一个峡谷的奇异处甚多，有了三两处神妙其实已经足够。再多了，人就会眼花了去。譬如障山大峡谷套入许多历史上的学者名流为其铺排，游览者一味听着讲解，却又无暇考证，真伪莫辨之下，不提也罢。

如果说，鄣山大峡谷的历史已经追溯到秦代以山为名的"鄣郡"，差点就"人猿相揖别"了，那么休宁县源芳乡的徽州大峡谷的"出土"年份只能算个新生儿。徽州大峡谷的存在岁月不会比同在一个徽州的鄣山大峡谷少去一星半点，这里的"新生儿"是从为众人所认知的时间上论的。徽州大峡谷开放的时间是在2012年的春天，我算是这里的头一批游客。4月的一天，在景区主人的陪同下，见识了以瀑为长的徽州大峡谷。

如果不是景区开发者沿溪修建了众多的栈道、索桥和石级，我们是没有办法进入的。峡谷纵深15里，山道时缓时陡，甚是累人。但越往深处高处，风光越为奇绝，最多的是瀑布。每每峰回路转处，便听得水声激荡，探视处，瀑流自空而降，雨帘挂前。让人称奇的地方有七彩瀑和飞天瀑。七彩瀑水流不大，入底处水花四溅，若遇强光照射，一道长约米许的袖珍彩虹突现眼前，十分美丽。到了此时，就是摁快门的手也会放轻不少，真怕一用力发出轻微声响，惊扰了眼前的尤物。

飞天瀑是以气势傲人的。瀑长420米，从峡谷最高山峰口倾泻而下，像山体上挂了一条长长的白练，飞珠溅玉，气势磅礴。一个人瀑前一站，水花直扑脸面，亲切清凉。

主人介绍，春节以来，各地已有不少游人前来观瀑。不用细究便知，前来的游人绝算不上多数。而这不算多数的游人是与峡谷奇绝的风光所不匹配的。徽州大峡谷犹如藏器于身的智者，在它蓄势的漫长岁月中，从来没有像战国时孟尝君的食客冯谖那般"弹铗而呼食无鱼"，而是选择了默默等待，等待着遇时而动的那一刻。我只想说，现在当是它"动"的时候了。

万事万物在给我们带来神奇的同时，也会教授我们许多道理。历史是这样，自然界的一草一木一山一石也是这样。

盆　景

　　许是受了龚自珍《病梅馆记》的影响，我对待盆景的态度一直有些"恶劣"。好好的枝条，旺盛的生气，深埋土层的根系，在一钵盆景的制造中，都会受到刀剪斧锯的戕害，变成曲曲弯弯造型奇特的样子，且形愈奇价愈高，以致人人趋之若鹜，争相效仿。年纪稍长，认识有了改变，方从龚文中领悟到当时的统治者一味捆住众人手脚，按照一种腐朽模式执政治国，龚借病梅以讽之。在这里，这些养眼的梅桩成了受迫害的志士，已经不再是盆景本身了。试想一下，若是它们没有被附着这样一种特定的政治外衣，只是作为盆景，那一定也会让龚先生心生爱怜的。

　　徽州多山，奇桩名木亦多，恰巧夯实了盆景发展的地域性基础。从歙县到屯溪的215省道上，大的盆景基地就有数家，是个很好的见证。

　　说到盆景，不得不说一个叫洪岭的村落。洪岭村位于歙县雄村镇新安江边上。说在江边，倒不如说处于一个四面环山的小盆地里更恰当些。车子由雄村沿江东下十余里，向右爬坡盘旋上顶再绕弯而下，便是洪岭。这是个隐秘的所在，高耸入云的山脉为这种隐秘填写了注脚。任你多少想象，也绝难猜测出来这里竟然会有一个村庄。前几年，山路没有通车，人们进山出山就得沿着尺许陡峭山道徒步三五小时。自然还得当地村民做向导，辨识阡陌纵横的岔口，否则绝难抵达。

　　这几年洪岭的名头特别响，靠的全是盆景。当然人们听得更多的是洪岭的另一个名字：卖花渔村。全村人都姓洪，村庄四面为岭，故名洪岭；站在高处俯瞰整个村子像一条在大海中游走的鱼，又以卖花（盆景）为业，故名卖花渔村。

2011年，歙县南源口大桥贯通，进出卖花渔村方便不少。随后春节期间，梅花初绽，一个村落繁花似锦之时，歙县及雄村镇连续举办"徽派盆景艺术节"，洪岭村游人如织，进山出山都得排队等候。

那么，偌大一个徽州，何以独独这里的村民家家以"病梅"为业、"鬻梅"为生呢？说起来，万事万物的产生必定有一个站得住脚的理由，洪岭自不例外。老支书洪定勇就是村里的制桩（村人对侍弄盆景的别称）高手兼经纪人。在他的口中，可以了解到洪岭的曾经。

唐代的时候，洪家先人就是皇宫里的花匠，天天伺候着宫里的花草虫鱼，练得一手"欹之疏之曲之"的盆景制作本事。原本一个与花草打交道的人是不会与达官贵人有交往的。可事情往往就是这样，只要能力到了能让他人另眼相看的时候，或许就是灾祸降临的时候。

还是让我们来设想一下吧。这种设想建立在洪氏后人无法复原故事本真的时候。一个官职显赫的权贵看中一钵皇宫的盆景，欲得之而后快，于是托人传了洪家先人，施以小惠。此时洪家先人一身战栗，不知如何应对。给，就得私自把皇宫之物施于外室，一经暴露，自然难免一死；不给，势必得罪权贵，随便让人揪了小辫一样小命不保，唯一的办法只能选择逃离。洪家先人虚与委蛇，稳住权贵，却在一个出宫办差的时候寻了机会举家潜逃。

为了防止权贵报复，这个深藏在大山腹地的山谷成了先人的首选。先人给它取名洪岭村，后来又改成了卖花渔村。

在一边耕作以求自饱的农耕时代，洪氏先人不时地显露一两手技艺，这让他们的后人称羡不已。先人也觉得一生所学不能失传，于是传授和制造盆景技艺成了一个村子的业余爱好和精神寄托。

据《洪氏世谱》载，唐僖宗乾符年间（874—879），渔村洪氏四世孙洪必信曾植梅自适。未曾想他的这一爱好竟被子孙后人发扬光大，以至家家种梅，户户植花，并逐渐形成气候。到了明代，全村盆栽广泛流行，当地百姓摇身成了花农。长期的艺术实践，村民们积累了广博的培植经验，又经新安画派、徽州四雕等徽歙文化艺术的熏染，终使渔村的花木盆栽形成徽派风格，在中华盆栽艺苑中独具匠心。

在盆景远没有成为一种产业的时候，洪岭人把此当作一种自娱自乐的消遣；而当盆景能够挣来一份家业和赢取荣光的时候，村人更是如鱼得水，一展祖传绝技。这从漫山遍野培植的桩木上可以看到，从不足千人的村落却有着国家级、省级、众多市县级的盆景技艺大师身上可以看到。这些大师里面，有古稀年纪的老人，也有弱冠之年的年轻人。有了年轻人的加盟，洪岭的盆景产业就不会后继无人；有了年轻思想的加盟，这里的盆景买卖更是通过互联网走向了全国。要不然，一年数千万的买卖不是那么好做的，"徽派盆景第一村"的名头也不是那么好挣的。

洪岭的盆景中梅桩占了一个重要比例，但不是全部。罗汉松、三角枫、刺槐，以及许多叫不出名来的奇异花草、老桩老藤……只要能够入景，或稍微存在一点入景的特质，洪岭的大师们就能通过一双手、一把剪子和漫长的时光来打造。

从一根桩苗入土到取出制作盆景，少则十多年，多则五六十年。因此盆景制作的链条上，就有着"爷爷栽苗，孙子制桩"的说法。一代一代，代代相袭，只要断了其中一个环节，这一浓缩了天地精华的精灵，就会在一个清晨或黄昏断裂开来。

一个芳香四溢的春天，我来到这一掩藏深山千年之久的隐秘村落。走在古朴幽静的村道上，扑入眼帘的秀山、丽水，被一钵钵盆景错落有致地点缀渲染，如读一首首无字诗，凝望一幅幅立体画，步移景异，景随人迁。那种大自然与人工构筑出来的奇妙世界，让每一个来到这里的人身心愉悦、沉思遐想。

当我们都完全融进了眼前的山山水水之中，古朴典雅的村落之中，开着粉的红的绿的紫的繁花之中的那一刻，你已不再是你，我也不再是我。

美 人 靠

　　是想让我奋力地去描摹一些情境吗？一张椅子被无限地放大，放大成一排，长长地搁放在溪流边上。一个人往上一坐，或蜷缩或舒展地把脊背对着昼夜不息的流水，三三两两的，闭目养神也好，高谈阔论也罢，直到旭日中天，夕阳西下。日子就过去了。一年中总会有这样的闲暇，是不需要荷锄背篓的，或者说，在繁忙的当口，也总能揪住一点空隙来舒坦一会儿，听流水潺潺，观柳叶随风。若是不曾被聒噪的蝉声影响，还能让思绪回归到很多年前。

　　一个不曾被时光打扰的村庄。这样的村庄里，大抵有美人靠。如果说，天井是放飞徽州女人的天窗，那么美人靠的作用就来得实际多了。犹如在一面厚实的墙体上凿开了一个偌大的缝隙，请来一两个木匠，依着墙体安放几根木头，修成椅子模样，可坐、可靠就行。这样的椅子却依旧有一个讲究，面孔始终只能对着屋子里头。留给外面世界的就是一头乌丝一个背影。这也算是徽州女人，特别是尚未出阁的少女在自己的屋子里，能够春光乍现地留给外界的一种独特形式了。如果说，在这样的画面中还有流动影像的话，那当是一只纤纤玉手，一上一下摇着蒲扇的优雅身姿。虽然瞧不到正脸，却也早已撩动了四邻八乡青年才俊的心思。终于有一天，浑身标注着喜庆符号的媒婆摇着浑圆的身子溜进家来。一家有女百家求。可在求之前的那点信号，却是美人靠透露出去的。之后，便依着父母之命、媒妁之言的步骤展开，直到好事办好。

　　我在想象着，内敛的徽州人第一张安放在墙体上的椅子——

美人靠的产生过程。或许那是一位思想前卫的千金小姐，早就厌烦了大门不给出二门不让迈的祖宗规矩，多次反抗无果后与家人折中的结果。那时候的天井，除了阳光雨雪和几行东来西往的大雁偶尔带来外界的生气外，再也找寻不着别的东西了，房间里又高又小的窗户与天井无异。整天在自家高墙围起的花园里，就算仆从无数，伺候周到，却终究不是自己想要的生活。于是反抗开始了，美人靠诞生了。徽州人谨慎的性子，也就注定了第一张美人靠绝不会修建在廊桥上、大路旁。廊桥上、大路旁的美人靠只是后来的事情，只是美好事物的外延。美人靠修建在小姐住的绣楼上，二楼或者三楼。这些都不重要了。总之，一缕清风贯穿而过，带着四季花香，还带来了远处行人钦羡的目光。只需侧一侧身子，就能与心仪之人四目相会，春心荡漾。

只是现在，我不能依据自己的想象，去定位散落在徽州众多古老建筑中的美人靠，是不是徽州女人抗争的胜利果实。但有一点是肯定的，那些高空阁楼上隐约可见的曼妙身姿，成了粉墙黛瓦中的另类风景。

随后发生的，就是让今人在一个个村落的水口边、街巷旁、廊桥上，都能看见美人靠的身影。沧桑中透着古朴，古朴中表达希望。

或许走得累了，在一张背对着溪流的美人靠上一坐，友人掏出手机，轻轻一摁，我也"美人"了一回。

第一部分　徽州古迹

古　碑

　　一个有着历史渊源的地方，是少不了把文字刻进石头以期永存的。徽州不乏名山，有名噪天下的世界遗产地黄山，有全国四大道教名山之一的齐云山，自然前来游历的名家不少。名家到了，就算眼前有景道不得，也是一定要留下一点什么的。留下的文字，通过刻工的一双巧手，镶嵌在一块块石头或石碑之上。在文字刻进石头的那时起，就成了碑刻、摩崖石刻，成了后人瞻仰、考证、凭吊的物件了。

　　如此看来，做一个古人也是很有成就感的。就算历史长河中许多名不见经传之人，也依然享受着此等待遇。今人若是有着相同的想法，想把自己的名头写进名山大川的石头上一起不朽，还是十分困难的。就算你是现代书画界执牛耳者，亦不敢自比古圣贤而作罢。寻常之人，更是连这样的念头都不能有，掂一掂分量，也就缄默不言了。毕竟名山上的空白石头早已不多，能存放一块石碑的地方也难找，倒是让今人望碑兴叹了。

　　这样的石刻黄山上有，齐云山上也有，数量都在两百余。愚以为，不再增多的原因还在于一个"稀"字，真正泛滥了，岂不连同留存百年千年的石刻也连带少了分量了？其实，它们的价值，一般的游人是不会去刻意关注的，好也好，歹也罢，只是增添一处道具而已。最多的时候，人往石碑前一站，合个影了事。这些相片在他们的空间里博客上，大抵作秀的成分多些，下面批注的无非是"到此一游"。

　　摩崖石刻，在古徽州一府六县早已司空见惯，直到一块古碑的出现，才让我真正认识到，石碑不但记录了历史，也可以佐证

071

更为久远的历史。

那是一块阳刻古石碑,上书"堆婆古迹"四个大字。碑长199厘米,宽69厘米。大字两侧还阴雕了几行小字,说的是唐五代时一寡妇方婆,只身一人结庐浙岭之巅,汲水煮茶给过往行人饮用而不取分文,后人为了纪念方婆,在她的墓上堆石为冢,冢高6米,真真不可小觑后人纪念之诚意。古碑立于光绪年间,至今200来年历史。

我曾因事到过浙岭,眼前的几间石头路亭,几座破损严重的老房子,还有一块后人仿制的水泥碑,上书"吴楚分源"四字,引起了我不小的震荡。这么一个海拔800来米的山巅之上,无疑便是春秋时吴国与楚国的分界线了。这一界线现在还在沿用,是休宁与婺源的县界。一条宽约丈余的古道,从山脚翻爬山巅,又辗转下得山去,一问竟是"徽饶古道"(徽州至上饶)。十年前开通了马路,曾经名噪一时的古道早已蒿草丛生,行进困难。

就那一次与浙岭的结缘,就听到了同行者旁征博引地说起了方婆,故事感人、有味,却终究少了物证而让听者多了一分茫然。是传说还是真有其人其事,我不得而知。好在那时候方婆茶亭遗址尚在,多少有些实物附着,不致过于空中楼阁。五代至今已逾千年,历朝历代下来,茶亭都由休婺两地共同维修,现在的我们还能见识到茶亭久远的模样。可惜的是,新建的马路降低了十多米海拔,使得茶亭半悬崖口。今人要想凭吊,就要沿古道向上行走200来米,方可来到茶亭前细细瞻仰。

此亭约50平方米,砖木结构,无门,亭内断砖残瓦遍地,一锅灶依稀可见。锅灶下去几步石阶有一小门,出口已断,新路基让这里成了崖口。当地人介绍,从这一小门出,还有一下堂,是方婆汲水处,今不复存。仰头再看,柱子大抵腐朽,瓦片已不存,两地政府已派工匠维修。当日雨天,重修处不见人影,想必停工了。

往西下浙岭,便是婺源县浙源乡地界。古碑横躺在岭脚村村委会。可惜的是,"堆"字一右角已破损。村主任介绍,此碑为

2012年7月7日南昌大学师生所发现，当时字体朝下，正搁在一丘水田里当过桥石。认识其价值之后，村委会立马找人抬了进来。我们听到的方婆故事，在石碑的佐证下成了事实。

与浙源乡一山之隔的是休宁的板桥乡。我们在回程的时候，专程拜访了一位研究徽文化的退休老师。与他的交流中，我们知道了"方婆遗风"的承继故事。老师说，历史上当地人世代效仿方婆。当时走夜路的人很多，从浙岭下来，少有人烟，但各个路亭都有贮满香油的灯笼，只要你需要，夜里自取照明，进了驿站，便可把灯笼放在那里，再由回去的行人带回……

古碑的发现证实了方婆斯人。更为可喜的是，两地政府已在商谈重修方婆石冢古迹一事，还准备请一村人效仿方婆，到山巅上汲水施茶。待到"堆婆古迹"重新树立于石冢之旁，废弃的古茶亭又能升起缕缕炊烟，那时的浙岭一定是十分暖人的。

这样的古碑，值得为之一记。

合 欢 桌

　　一张桌子，因其可合可分的特性，写尽了悲欢离合，赋予了别样意义。这样的桌子叫合欢桌。
　　我是在一幢老房子里偶遇合欢桌的。老房子建于清中期，长年被一把铜锁锁着。大抵逢年过节时，上了年纪的女主人才会走进老屋，捧一盆水，用浸湿的抹布擦拭桌上的灰尘，擦拭曾经的记忆。我们到来时，非年非节，女主人破例开了门。就这样，我们见到了合欢桌。不是一张，而是两个半圆分立在中堂两侧，形单影只，透着岁月的苍凉。
　　女主人年过古稀，夫家姓汪，十年前过世了。丈夫逝后一周，耄耋之年的婆婆也去世了。女主人说，丈夫去世时，婆婆已是眼盲耳聋，并不知情。如此也好，免了一场生离死别，毕竟白发人送黑发人——丈夫其实也白了头——终究是人生一大悲事。女主人说，婆婆这辈子已经过得太苦了，能少点苦就少点吧。
　　女主人的公公抗日战争时被抓了壮丁，从此杳无音信。公公是在新婚第三天被抓走的。那一天，一家人还沉浸在办喜事带来的欢乐之中，路途远一些的二姑婆还待在娘家一起热闹，这时来了5个持枪的官兵，在大家的惊愕和哀求中，带走了新婚的公公。
　　公公离家那一天，家里的合欢桌就分开了，分放中堂两侧。眨眼80多年过去了，公公没有再回来，婆婆也已化为尘土，合欢桌却再也没合拢过。
　　女主人的丈夫是遗腹子，从来没见过父亲。丈夫见得最多的是，寡母每天三炷香，在侧堂的观音阁里，对着一尊瓷像，口中念念有词，日夜祈祷，终究没见菩萨显灵。女主人和丈夫成家的时候，没有选择公婆成婚时的堂屋。汪家是大户人家，房子多，堂屋也多。我们在主楼边上的房子里看到了合在一起的合欢桌。女主人和丈夫一直在家务农，耕了一辈子地，合欢桌从来没分开过。作为徽商后人，丈夫没再经商。他从母亲身上看到了离别的苦痛，不想让妻子再体会一遍。哪怕一次，也不愿意。

悲欢离合，在一个家庭的不同时空上演。

合欢桌4只桌脚。分开后，却各有3只。仔细一看，合时中间的两只桌脚是并在一块儿的。如此一来，才能保证分开时能独自站立。

徽州山多地少，男人少时便外出经商，夫妻之间聚少离多已是常态。受传统观念影响，那些外出的游子大多在婚配时回到家中，遵循父母之命、媒妁之言，娶得新妇后很快就又前往沪杭，在商界前沿打拼。这样的结合是有好处的，至少家里有个女人伺候双亲，代子行孝。丈夫离家的当天，合在一起的合欢桌就会分开，分侧摆放。若有外人前来探访，根本不用语言解释，来人只需看一下合欢桌的位置，就会做出判断，是继续叨扰还是避嫌离开。

合欢桌只是众多家具中的一种，做工精细一些的，会在桌沿边上雕上花纹图案，普通一些的就是一张合起来4只脚分开来6只脚的圆木桌。在古代，即便一些寻常的徽州人家，男主人常年在家，也是备有合欢桌的。譬如早上丈夫出门了，晚上也就回来了，仅仅几个小时，合欢桌也会有一个从分到合的过程。

含蓄的徽州人，用一张分分合合的小圆桌，就能避开某些尴尬的会见和敏感的话题。

丈夫出门在外，只要身体健康，能否赚钱还在其次，一年或更长时间，夫妻总有相逢的时候。如果允许，我们可以展开一下想象。男主人回家的当天，女主人面带春风，指使着众人洒扫庭除，把合欢桌重新抬出来，合放堂前八仙桌前，还可以铺上结婚时用的红喜帕，摆上花生瓜子，一杯清茶，静候夫妇重逢的幸福时光。自然，醒酒汤是少不了的。待到丈夫与家翁及众乡里喝得酩酊而归时，奉上醒酒汤，把丈夫弄清醒一些，说上早就准备好的体己话。

在我的记忆中，有合欢桌的徽州人家大抵为徽商世家。仅有的与合欢桌的几次相遇，无不是在深院古宅之中。或是一个漫长的农耕时代走向现代文明的征途上，这些附着着一定意义的桌子大抵湮灭消失了。消失于岁月侵扰，消失于战火兵燹，消失于观念更替……

记得有一次，我在深渡漳潭红妆馆探访时，一位二十来岁戴着眼镜举止优雅的年轻人讲着歙南方言，指着一张分立的合欢桌，不停地向讲解员询问来由。至此方知，这一寻常的徽州家具早已退出历史舞台，被众人所遗忘。

第一部分 徽州古迹

门 当 户 对

　　古人登门拜访，行至宅院前，必停驻审视，整理衣冠，以示敬重，有着浓浓的仪式感。缘何有此仪式感，大概与门当户对有关。古时的门当户对，为宅院、祠堂等门楼前的装饰构件，却是身份地位的象征。历史长河中，逐步演变成两个结亲家庭是否门户相当、地位相配了。

　　所谓门当，亦即大门两边的抱鼓石。一些显赫的官员家门前，抱鼓石大抵为狮子模样，显示着主人地位的尊贵。这里面有着许多区分，有官阶高低的区分，也有文官武官的区分。一般官职不高，抑或商贾人家的门当，就是两块圆鼓般的石头。在徽州，门当以黟县青为多。黟县青，青中泛黑，纹理细腻，门口一放，风吹雨淋，日月穿梭，时日越久，越发光彩照人。上档次的门当，面上还会雕琢一些线条纹路，丝丝入扣根根相连，寓意长长久久。有的门当也会雕刻一些图案，山水虫鱼一类，各不相同，这得由主人家的身份地位、习惯爱好以及经济实力来决定。

　　我所见到的门当大抵在一座座祠堂里，或安置在祠堂大门前，或安置在祠堂一进的照壁门前。千百年来，门当如同门神，守护着一个家族的兴旺安康。

　　北岸镇北岸村吴氏宗祠，因其五凤楼门庭以及祠内的杭州十景石雕获评国保单位，在歙南一带享有盛名。历史沿革中，祠堂的一对门当被当成捶洗衣服的洗衣石。好在黟县青质地过硬，只是边沿部分稍有损毁。还有众多祠堂早已没有了门当，其中盗卖者有之，作为他用者亦有之，实为可惜。

　　与门当相对的便是户对。

077

户对大抵安放在门当之上的照壁门楣上，与门楣垂直，与地面平行。户对为长约尺许的圆柱，一般人家为两柱一对，做到了五品官以下的可安放4柱两对，五品以上至一品大员，可置6柱三对。相传皇宫为9柱，意九五之尊。

我在村落走访中，看到的户对大抵为2、4、6双数。北岸吴氏宗祠却是5柱，不知是否为原有数目，待考。皇宫的户对亦为单数，怕是孤家寡人的皇帝老儿为了取个阳数之首，放弃了民间出双入对的良好寓意，也是极有可能的。

这只是我的猜想，或许其间还有更多的讲究和说法，只是我并不知晓，只好臆测一番。

户对亦有纹饰图案，柱面雕有八卦图案的较为多见。户对除了彰显主人的身份地位外，还可以在节庆之日悬挂灯笼。可惜的是，一些古祠堂在修复过程中，没有恢复损坏的户对，这让众多想了解村落历史的研究者无从下手。即便站在门前做再多的审视，再多的整理衣冠，也无法跨越那些流逝的时空。一场保护性的修复工程人为地割断了脉络。

户对的产生还有一层寓意，那是古人重男轻女的一种表现。户对的多寡，不仅是身份的高低，还象征着子孙后代葳蕤繁盛。

门当户对在意义上的演变中，有着一定的合理成分。媒婆在走村访寨的日常工作中，一双眼睛自然是犀利的。只有眼睛犀利，才会为年轻男女找到门当户对的良配。这良配要讲出身，讲地位，也要讲财势。

我们在戏文里或是言情小说中看到的，大多是落魄公子为千金小姐所器重，不顾家人反对私定终身；又或是小家碧玉为王孙公子所倾倒，自然为家人所不容。为了营造视觉效果，戏文中、小说里，男女双方落差越大，造成的矛盾就会越多，才能高潮迭起。这是无可厚非的。

在多数人看来，现实生活中的门当户对，指出身相似的一对男女，大抵有着相近的世界观、人生观、价值观，他们组建的家庭才会更为和谐幸福。若是家族势力相去甚远，弱势一方除非特别出众，否则便会遭受强势一方的诸多白眼，沦为他们的出气筒。出身的不同或成了"原罪"。这样的"原罪"一直存在，还会延续下去。

20世纪中期，家庭成分高的家庭却是拼了命地想结一门穷亲，再也不敢求门当选户对了。如此一来，穷人子侄倒是跷起了二郎腿，奇货可居一般，静待媒婆上门，在人生征途中趾高气扬潇潇洒洒走了一回。也有过于高调，东不成西不就，捧着个贫农身份不思劳作，更不思进取者，最后只能孑孓独行，孤老终生。

历史已然远去，现在的年轻人在选取婚配对象上，多求心意相通，少论门当户对，这是历史的进步。毕竟幸福生活要靠奋斗来实现，只有不懈努力、敢于拼搏，才能成就辉煌人生。

旗 杆 石

4人参加乡试，两人参加会试，一个徽州农村的高光时刻即将到来。于是，从头一年的秋天，村子就被那缕尚未完全实现的调光笼罩，日子赶着日子热闹起来。乡试又称秋闱，取得会试资格的两位青年已是举人身份，来年的春天便要在京城会试，亦称春闱，搏一个贡士的名头，最终通过殿试进士及第，谋个一官半职，光耀门楣。

古人的科举之路漫长而不易，开科取士三年才能轮到一回。许多学子寒窗苦读，一辈子不能中举者比比皆是，正所谓"六十老童生，苦煞读书人"。自然，"沉舟侧畔千帆过，病树前头万木春"。悲苦者有之，欣然者必有之。对于偏安一隅的小村庄来说，6个人的科考之路，两人已是举人，剩下的4人哪怕只成功其中的一两个，也是了不得的成就。族长喜上眉梢，庄重地开了祠堂，开起了家族会议，谈论的话题只有一个，全面赶制旗杆石。村里的石匠不够，那就请外村的。总之除了正在制作的两个旗杆石外，还要再做6个，确保到时候能拿得出来。

旗杆石，就一大圆鼓，上大下小，模样也可以是正方体、六边体一类，中间凿空可插碗口粗细的杉木即可。工艺不复杂，可在一个纯手工年月里，一根铲子将坚硬的"歙县青"凿出圆鼓状，还要凿出碗口大小的深槽，却是耗时耗力，不提前准备，根本赶不上趟。

有人说话了："族长，我们家娃都是考取举人后才做旗杆石的，现在娃儿们八字还没一撇，您老就那么上心了？"又有人说话了："族长，自家的事儿自己干，贴个饭钱也就过去了，若是请了外村的石匠，工夫钱谁出呀？不会又叫我们均摊吧。"有人附和："是呀，是呀，自己一家老小能活到过年都不容易了，谁家都没有隔夜粮呀。"

反对声一片。

村人的反对也是有道理的。若是考取功名了，再制旗杆石，大家不愿分摊，就算有话说，也只是暗地里说，毕竟摆不上桌面。现在倒好，乡试的4个后生还没动身前往江南贡院，就着急忙慌延师请匠，万一考不上这么多功名，不就浪费了吗？

老族长上了年纪，胡须都白了，一脸仁慈。四十来岁坐上族长的位子到现在，不觉30年过去了。30年来，他展露威严的时候很少，一直和颜悦色的，村人早就忘记了一个家族赋予他的生杀予夺的大权。老族长显然动了怒，却也只是手往下一挥："就这样干！"

于是一场声势浩大的旗杆石制作工程开始了。首先便是进山采石，这也是整个工序中最艰难的一环。尽管唐时便发明了火药，可雷管的出现却是在1864年，由瑞典化学家、工程师、发明家诺贝尔发明。当时村里人取石，只能用火攻。简单地说，在一块大青石的边上堆满可燃物，日夜烧烤后，浇上大量的冷水，通过热胀冷缩的方式，把一块块石头剥落下来。然后集众人之力，抬至祠堂坦前，交由师傅打凿。自然，旗杆石石胚对长宽高都有一定要求，先去其边角，凿成上大下小的圆锥或方形模样，再凿出碗口圆槽。待到捷报传来，插上旗杆，杆头挂个"进士及第""金榜题名"的招牌，彰显家族的身份地位。

事实证明，老族长是有远见的，村里的后生很争气，所制的八座旗杆石全派上了用场。树旗杆石的时候，请来了外面的戏班子连唱了三天三夜。

旗杆石由两部分组成，一为旗杆托，凿出孔状可插旗杆；一为长5至6米的长石条，圆状或棱状，由花岗岩凿成，上面雕刻图案，造价昂贵。徽州的旗杆石说的就是旗杆托，也就是树旗杆的石托。在福建、广东、江西客家地区，他们往往要花巨资打造一根根华表似的巍峨石柱，立于石托之上，代替徽州的木杆。自然，这也是视财力而定的。朝廷只是出台了制度，有了财力做保障，尽情展现家族荣誉，只需圈定在制度允许的范围之内就可以。

圆锥或方形旗杆石有着材质大小的限制。如何破除这样的限制呢？先人想到了一个折中的方法，那就是竖立两块米许长的石板，凿上眼洞，用其夹住杉木旗杆，有着异曲同工之效。这样的旗杆石托在徽州很少见。

旗杆石是功名、荣誉、地位、权势的象征。旗杆石越多，表示家族的人取得的功名越多。千百年来，一方方旗杆石，如同一张张荣誉证书，在徽州的各个村落，以高耸的姿势激励着后人前行。

第二部分 徽州手艺人

弹　　棉

　　我结婚的时候，已过花甲的老岳母雇来弹棉絮的师傅干了两天的活。那两天，一个小院里响彻着"嗵嗵嗵"的弹棉声。岳母说手工弹的棉絮松软暖和，盖起来舒服。弹絮人装束古怪，一个大口罩遮掉了半张脸，"嗵嗵"的弹棉声更是嘈杂出了一个农村院子的热闹。

　　那是1995年孟春，一个繁花似锦、草木争春的时节，也是农事最忙碌的时候。岳母所在的村里人大多上山采摘茶叶了，一个百余口的村落显得极其安静。也正因其安静，弹锤砸向弹筋的声响从沉闷中流泻出了些许清脆。

　　弹棉花的是岳母的侄子，三十多岁，我应该喊他内兄。内兄长得清瘦，喜欢说话也特别爱笑，这让我们在很短的时间内关系就融洽了。

　　内兄背上竖一根手臂粗细略向前头弯曲的木杖，腰间用一条宽宽的黑皮带固定着，木杖前头垂下一根绳子，横挂一弓，左手握住，右手一木槌子，不住地敲击弓弦，经弦之弹力，把结实的棉团弹散……内兄说，手艺人吃的是年轻饭，一天到晚腰弓着吃不消。那时候，他正值壮年，一天弹一床棉絮也累得够呛。

　　在内兄断断续续的叙说中，棉花在两块拼成的弹床上蔓延铺展，他的故事也涸散在了我的记忆里。

　　小时候特别好玩，冬天下雪了打雪仗，捏的雪球太实，打肿了同伴的脸，结果自己被父亲扇肿了脸；夏天一个劲地泡在水里，泡足了澡摸够了鱼，却不敢把鱼提回家，在溪边临时弄几块石头围个小灶，烧了火，棍子挑了烧鱼吃，吃够了再回家。父亲一闻嘴巴,也免不了一顿臭骂;秋天爬树摸鸟更是家常便饭。最有趣的就是头和脚把身子搁空了,搭人桥让小同伴们在身体上走。那腰劲真的没得说。

内兄一说就笑,笑的时候,两排牙黑黑的。我及时递上香烟,五毛一个的打火机一按帮他点上。这时内兄就休息一下,他不敢边工作边抽,怕火星烧了棉花。

"我们村里有个弹棉花的师傅,姓吴,大家喊他'棉花吴',他是见过我的腰功的。有一天,棉花吴找了父亲,说是要收我做徒弟,父亲一下子就受宠若惊起来。棉花吴是远近闻名的老师傅,他弹的棉絮盖多少年都不结块,都暖和,村里好几个大人要把子嗣送他名下当学徒,都被拒绝了。'小子,这是你的造化,还不快喊师父!'父亲一受宠,就逼我当面拜了师。呵,父亲太实在了,他也不想想他儿子这样好的腰板还怕没人要嘛,一点矜持也没有。"

内兄很聪明。按现在的话说叫智商高。聪明的内兄只跟了三天就对师父说"你这样弹太费事"。师父一下子怔住了。好在师父是个开明的人,并没有责怪内兄出言无状,而是问他应该怎样弹。说到这里,内兄把话头打住了。"我知道你能写,这可不兴写,写出来其他弹匠就都知道了。呵,绝技哈,吃饭用的,不传人的。"我说不写。就算我不写,内兄也没再说。人家三年伙计、三年学徒才能出师,内兄只用了两年就单干了。他的智慧从这里也能看出一点来。

"我师父常说我是他的关门弟子。我也必须承担关门弟子的责任。师父年纪一天天大了,长期弓着腰劳作,后来竟落下病根,直不起来了。接了活也干不了,我就得去帮忙。可做手艺是有规矩的,多一个吃饭行,却不兴多一个拿工钱。"帮师父做事,内兄只能赚口饭,工钱全由师父拿。这在农村是规矩。内兄一直遵循着这个规矩,直到他的师父迈不动步子真正从弹棉一族退出。

那时候,在婚嫁的随礼上和现在有很大不同。除了娘家送棉送被，妻子的两个哥哥一个姐姐也要送，父母亲也要备上好几床。记得结婚当天，一个新房里全是红通通的"龙凤呈祥""鸳鸯戏水"图案的棉被子。这些棉被，我和妻及一年后出生的女儿一家三口用了十多年。

棉花吴退出江湖，内兄的招牌真正响了起来，而且响得超过了师父。棉花吴一床棉被一个半工，他徒弟只要一工就行了，真是后生可畏呀。当然，青出于蓝胜于蓝嘛。那些年，内兄就算一年到头一天不歇也弹不完四邻八乡的活。当然，内兄是个有分寸的人，他不能把所有的事都揽了，也得给同行留一碗饭。因此，内兄一个月只干二十天，剩下的时间做做农活、家务。

三年前，妻子无意中说："表兄都五十多了，还在弹棉花，真不知道累呀。"我说："这怕是一个弹棉人施展手艺的最后时光了，表兄的手艺真不错，要不我们家再弹几床吧，留着以后用。"妻子说："边上不是有家棉絮加工厂嘛，挺便宜，挺方便的。再说现在超市里什么棉被没有呀。"我说："盖惯了手工弹的棉絮，那份温暖不想换了。"妻同意了，打了一通电话，预订了三床。一个月后，内兄亲自把棉絮送到了城里，却坚持不收钱，妻把钱放进他口袋，他又把钱掏出来，如此推辞了好多回。最后只收了棉花的钱，弹工费却死活不肯要了。内兄说："都是亲戚，只要你们盖着舒服就行。"后来听说，那次弹棉是内兄"金盆洗手"前的最后一次手艺表演。五十出头的内兄威风不减当年，依旧一工一床棉被。从那以后，内兄就"退休"了。买一条被子才一两百块钱，被面被里都有了，人工再便宜也便宜不到这个价呀。内兄的退休是被迫的，他没有输给和他一样的手艺人，他输给了一个机械化的时代。

春节回家，去内兄家转了转。接待我们的是内嫂。内嫂常年身体不好，得的又都是不能做事的"富贵病"，只能一年四季待在家里看看门，守守户。内嫂说内兄闲不住，正月初三就下杭州打工了。我问打什么工。内嫂说在工地上看仓库，没事的时候还捡点废纸什么的。我不敢再问。内兄凭着一手弹功称傲八乡，临了临了，却只能选择背井离乡讨生活。这样的结局其实是无法避免的，我清楚也认同这样的结局。莫名地，心中依旧有些失落。回过头，堂前照壁的边沿处挂着内兄称雄的家什：弯弯的手臂粗细的木棍、弹弓，弹弓上挂着的木槌……

劁　猪

一劁猪二打铁，三开当铺四捉鳖。在古徽州，劁猪手艺是被摆在第一位的，究其原因，就是特别能赚钱。我差点儿就成了舅舅的徒弟当个劁猪匠，如果不是我一再坚持那玩意儿太血腥、太霸道，坚持不学的话。

早上，父亲分完猪食，对母亲说也不知明清什么时候来，这猪都快"叫花"了。"叫花"是家乡方言，就是指发情。"是哦，得寄个信进去，让他这两天就来。"母亲说。到了晚上分猪食的母亲大叫："老国快来，这猪劁过了。"父亲几步赶到猪栏边一看，那头50斤左右的母猪左侧的肚皮上还粘着血迹。"咋也没听到猪叫唤哩？"父母亲对视一眼，几乎同时说道。明清就是我舅舅，不但会劁猪，还会做油漆，年纪大了还捧个罗盘四处给人看风水……自然他的拿手绝活还是劁猪。

我曾亲见过舅舅的绝活。舅舅的裤袋里时常搁着一把刀，那刀有些特殊，一头是刀口，一头是个小钩。刀一出装着的皮革小袋子就白得晃人眼，显然特别锋利。舅舅干活的时候，从来不用旁人帮衬。若是公猪，一只手提着后腿，往猪栏门上一靠，一只手掏出刀子，不出三分钟，就取出了小猪的卵子。舅舅说："这叫割卵，是最简单的，只要你胆子大些，一天不到就学会了。"要是母猪，可就要麻烦许多，舅舅就要用上一只脚踩住猪头，左手臂摁住猪身侧躺地上，在腰腹部拉一口子，用嘴咬住劁刀中间部位，腾出右手指来，伸进刀口中掏出一边的卵巢，找准方位，一刀下去，还在流血的卵巢被舅舅抛去老远。到这时远没有结束，舅舅还得掏出另一侧的卵巢。时间一分一秒地过去，舅舅凭着经验，两根手指在猪的腹中游走，头开始冒汗，终于找到了正主，依旧掏出腹外施刀。接下来，舅舅再把那些掏出腹外的花花肠子慢慢地送回去……舅舅说，这才叫劁猪，就算他能割下两个"花心"（即卵巢），在送肠子这一节要是没送好，就会肠打结，猪必死无疑，一般人学一辈子也是劁不好的。说话间，舅舅松开脚，沾满鲜血的右手往猪身上一拍，被劁好的猪仔飞跃而起，像躲瘟神一般躲进圈里去。这时舅舅还不能走，他得盯着一会儿。一般来说，受了重创的小猪在反抗过程中，早已声嘶力竭，没了气力，一进猪圈就想躺下。舅舅却不让，手中拿了小棍不住地轰赶，一直让小猪站立着，这个时间绝不能少于半小时。要是主人家在场，这个任务的执行就不是舅舅的事了，但他却要一而再地交代一番，防止意外的发生。

舅舅个子矮小，也就一米五几，长得如母亲一般高，真想不到一个如此矮小的人哪里来的那股劲道。舅舅家在大山里，进进出出的都要经过我家，因此小时候与他照面的机会特别多。我虽然不愿意做他徒弟，却在不经意间了解到舅舅的劁猪功夫竟是通过"解剖"得来的。

舅舅小学毕业就辍学回家，十几岁时跟过一个劁猪师傅，无奈"遇人不淑"，一年下来竟没摸过劁刀。舅舅并不甘心，自己去铁铺打了刀，回到家里就把外婆养在圈里的一头母猪提了出来，一把摁倒在地，舅舅刚制的刀见了红……外婆的猪死了，舅舅却把手艺练成了。那个上午，舅舅做了一回外科解剖学医生，他几乎剖开了小猪的肚子……只是他的师父并不知道。劁猪匠就是一个走南闯北的活。你赶上了，生意就是你的，你没赶上，就被别的起得更早的鸟把虫吃了。

有一次带着舅舅四处转的师父得了病，却在一个村子里遇到了好几头要劁的小猪。师父一咬牙，冒着虚汗上，活才干到一半，人就虚脱了。事儿没干完，口子拉开了，没法停。舅舅说："师父你歇会儿，让我来。"师父一脸不屑地盯着舅舅："小子，死了可要赔的，你赔得起吗？"舅舅说："死了我赔。"随即蹲下身子，有模有样地干了起来。更让师父惊奇的是，舅舅不但完成了他余下的半截活，还顺带着把那几头等着阉割的猪仔也解决了。半个月后，舅舅随师父再经过村子时，那几头经舅舅的手施功的猪仔都活得好好的。师父说："小子，你偷艺哩，不错，可以出师了。"舅舅并没有离开师父，而是更加虚心学习。有了好感，师父也就愿意教了。一年后，十六岁的舅舅成了我们源里头第二个会劁猪手艺的人。凭着这一手艺，舅舅让外婆能在冬天里涂上雪花膏。那是一个玻璃大瓶装的，里面的雪花膏呈胭脂色，香喷喷的，特别香。那个年代，能够享用如此喷香雪花膏的农家，一条源里都是绝无仅有的。

许是职业的习惯，舅舅的装束显得邋遢，比个要饭的好不到哪儿去。母亲说年轻时舅舅可爱干净了，要不然，一个高山顶上的人家，怎么把乡镇住的舅妈娶上山了呢。让人痛心的是，舅妈三十九岁得了脑出血，过早撒手人寰，留下了一个表妹、两个表弟，最小的表弟还不到十岁。从那之后，舅舅的衣着更不讲究，手艺也懒得干了，除非到了有上顿无下顿的时候才露上一手，换点米钱。有一次舅舅到镇上赶集，被城管当成叫花子赶了出来。当时我在镇上工作，舅舅找到我，看他的那身装束，不由鼻子酸了起来。那时候，表妹去了浙江打工，好多年也不回一趟家，舅舅担心得不行，随着家境的恶化，两个表弟也辍了学。舅舅想让他们学个手艺，却一个比一个态度强硬，舅舅没辙了。让人欣慰的是，几年之后，大表弟在打工时学了服装设计，把小表弟也带了出去，一年也能赚上不少钱。可在当时，我从舅舅干枯无泽的脸上读到了茫然和绝望。而我，却无法安慰他。他的伤痛，只能等时光来疗治。拔苗助长可能适得其反。

细细算算，舅舅也快古稀了。自然，他早就不再劁猪了。但劁猪这门手艺不会消亡，只要农村存在，只要家家户户的猪圈存在。后来听说舅舅带过一个徒弟，只是资质略显愚钝，不知多年过去，现在能否继承这门手艺？

石　匠

"嘿哟，嘿哟。"一个原本四人抬的大石头，在上塝口的时候受行走路线的限制，改成了两个人。"过来点，再过来点。"砌塝师傅一边用手牵引套着石头的绳索，一边发号施令。嘿哟，你喊一声；嘿哟，我应一声。在师傅的牵引下，石头按照他的意愿轻轻落下。"好！"师傅喊一声，抬石人用小钢钎撬了石头一角，拿出套绳，口中喘着粗气。

"还好意思'嘿哟'，这么大点的石头，年轻时，我一个人就扛了来。"砌塝师傅口不饶人，一边笑，一边说。"你就吹吧，可别太使劲，把天吹破。""可不是，现在的火车还烧煤，我看有江师傅在，只吹上两口，火车就开出老远了。"两个打零工的伙计一人一句地回道。江师傅笑了，露出一排黑牙，都是让旱烟筒熏的。"好，不吹，不吹，咱抽！"江师傅说着掏出一包香烟，一人发了一支，又把香烟放进袋子，掏出一根半尺长短的小旱烟筒，下面挂一个黝黑的小袋子，从袋子里夹出一束烟丝，把烟筒按结实了，点了火柴，"吧嗒，吧嗒"抽了起来。一股乳白色的烟雾带着呛人的难闻味道瞬间弥漫开来，把一些不抽烟闻不得烟味的女人熏得直往后退，不时夹杂着咳嗽声。"这老烟枪，真受不了他那味。"一个女人说道。"你又不是他老婆，谁让你受得了了……"接着就是两个女人追逐嬉笑的打闹声。

这是工作时的休息时间，一天里有那么几回。休息时间一般人不能定，得看做师傅的高不高兴，或者恰逢做主人的父亲来了吆喝大家坐下来抽烟喝水。从今天的气氛来看，江师傅心情大好，究其原因，是我家的后塝马上就要竣工了。看着自己的杰

091

作，江师傅喜上眉梢。这墝，表面光整，就像铺在地面上的石板一样，是他一铲一铲收拾出来的；墝还笔直，每安放一块石头，他都要用线吊上一吊。父亲说:"墝口一丈多高，是不是沿着山势砌得斜上一些。太直了可不牢靠。""那得看谁砌的，斜斜的，像什么样子。"江师傅一口回绝。

我家住在新安江边上，源里的人走出大山搭船进城，都看得见。江师傅要做一个属于他的形象工程。一个让他的手艺得以全面展现的形象工程，而我家的地理位置成了他的首选。父亲说马上盖房子了，墙壁一砌，一下子就挡住了。江师傅找出各种理由来游说，父亲也就答应了。江师傅知道，这一免费的宣传招牌至少可以打上两三个月，有这点时间，足够了。

那是 20 世纪 90 年代初的事情。那个时候，农村里也已经广泛使用钢筋水泥了。家乡除了山就是水，没有多少平地，房基都是从高高的山体上凿出一个凹槽来，到溪边放上几炮，打些石头做地基，上面再筑墙盖房。起始盖的都是土坯房，90 年代时，农家人多少攒了些钱，改做砖瓦房了。作为一个石匠，江师傅总说自己生错了时代。江师傅的时代不再做石桥，不再砌石房，不再竖牌坊……一切代表徽州历史的元素都与他和他的手艺无缘了。他只能当个砌墝师傅，而这样的活，一个山里的大汉就能完成，甚至比他砌得还耐用。

后墝完工了，父亲却不敢立马封墙。这条光鲜垂直的石墝让父亲担忧。俗话说，砌墝无师傅，全靠垫屁股。墝越直，就意味着里面垫用的砂石越多，砂石越多，遇到梅雨季节，墝内的蓄水量就越大，水的冲击力也就越大。父亲要让时间检验石墝的耐受力。果不其然，一个大雨倾盆的早上，父亲发现石墝被雨水撑大了"肚子"，必须放倒重砌。

父亲没有把消息告诉江师傅，对他兢兢业业的从业态度，父亲是肯定的。可放倒重砌这样的大事，一条源住着的江师傅还是很快就知道了。父亲另外请了村里一个退伍军人当师傅。退伍军人没有学过石匠手艺，回到家里也就一个地道农民，父亲相信的是他的经验。生产队队址的后塝就是他砌的，好多年过去了，一直稳稳当当。那段时间，江师傅经过我家地基的时候，始终一个斗笠遮了，匆匆而过，竟连摘下斗笠看上一眼的勇气都没有。我只知道，江师傅没有树成"牌坊"，而是把自己的"一世英明"败给了一个退伍军人。父亲重砌石塝多花了700多元，在当时不是个小数目。为此，江师傅一直心有愧意，总说要赔上一点损失。父亲是个实诚人，不但没让他掏一分钱，还把上工的工钱一分不少地给了他。父亲说，做手艺的人，哪有不出娄子的。无心之过，无心之过呀。

十多年后，原本死气沉沉的石匠一下子又红火了起来。歙县县城在搞开发，许多地方都要恢复古徽州的建筑样式，歙县老政府更是要扒了重修徽州府衙。一时间，四邻八乡的石匠都被请了去雕石头；一时间，叮叮当当的凿石声把个古城中和街填得满满的。江师傅却没有去成，究其原委，盖因年过六旬，挥锤舞铲的，体力根本吃不消。那段时间，江师傅时不时要来我家新房子里坐一坐。其实也不算新房子了，而是一幢十年历史的准新房。江师傅说："生不逢时。干了一辈子石匠也没干出点名堂，要是我能雕一个徽州府衙里的木柱礅子，也是好事呀。唉，人老了，这头脑里还东想西想的，活该一辈子不安宁哩。"父亲说："别想了，喝酒，酒喝好了，回去睡觉。穷则独善其身，达则兼济天下。我们一个小老百姓，又都这把年纪了，把自己管好就行了。""是哦，是哦。"江师傅应一声，提起杯子与父亲的酒杯猛地一碰，发出清脆的"砰"的一声，像铁铲敲击在石头上一样。

箍　　桶

若不是看在老黑有个箍桶的手艺，又不想女儿嫁到远地去，四叔公是绝不会同意这门亲事的。其实这样的表述并不准确。应该说，四叔公瞅上了老黑这个女婿，让人上门说亲，就把我那个水灵灵未出五服的姑姑嫁到了村东头。

四叔公是爷爷的堂弟，他们有个共同的爷爷。应该说，以爷爷开水碓开药房做医生当教师数职兼营的家世，即便是堂侄女的婚姻大事，也绝不是可以草草而就的。可在那个特讲"家庭成分"的年代，早被划入"中农"的爷爷根本没有说话的"资本"。能说的也就一句："老黑，好，人实诚，话不多，又是贫下中农，又有手艺，小女过去就能当家，不会吃亏，好。"

小女是姑姑的名字，一嫁过去还真当了家。以她姣好的姿容，遇人就如桃花般的笑容，老黑的活计多了不少。用现在的话说，那时候的农村没有任何塑料制品，脸盆是木头的，脚盆也是木头的，杀猪桶、水桶、粪桶、马桶全都是，甚至用竹子打的火熜也能用木桶代替。遇到婚嫁，娘家更是要雇了老黑箍"子孙桶"，大盆小盆一大溜，一干就是十天半月的。老黑不但能上工挣钱，还能为家里节约不少粮食，小女一家生活成了村子里的滋润一族。

以今天的角度来看，老黑木讷，说话也不知轻重，憨憨得几乎有些傻，当时村里人说他就是"一根筋"到底，不知道拐弯的主。可这样的一根筋却特别听老婆的话。这个优点，其实也是缺点，让他在姑姑去世后一直未再婚娶，四十岁不到就孑然一身。当然这是后话。

桶匠手艺与木匠有些相近。唯一不同的就是，木匠是把木料撸平了以榫头的方式拼装起来，而桶匠则是把木料刻意做成一个弧度，围成圆形，用竹签拴牢后，再用钢丝或竹子打成箍，结结实实地套在外面。受工艺和技术影响，这样箍成的桶漏不漏水就成了评判一个桶匠手艺高低的标准。其实，如果不上一层土漆，把缝压严实了，刚箍成的木桶大抵盛不住水，因此，桶匠还得有些油漆工的底子。所谓土漆，都是老黑从山上的漆树上获取原料熬成的。漆树长着长长宽宽的叶子，割皮之后会流出乳白色的汁液，老黑取了这些汁液再回家调制。我没亲见过这样的调制过程，只能从老黑不多的话语里去想象加工工艺的繁杂和精密。我只知道，土漆不是任何人都能接触的厉害东西，许多过敏性皮肤会在接触后生"漆疮"，一大块一大块的红肿模样，奇痒无比。因此，家乡并不多见的桶匠里，老黑是能箍又能漆的大师傅，而别的桶匠却只能箍桶却无法漆桶了。有了这一优势，农家人为图方便，大抵不愿一事烦二主，老黑的生意越做越好，名气越做越大，一年到头有大半年都在走村串户上工干活。后来听说，我那个水灵的姑姑出了不少好点子。但关键一点还是老黑皮肤糙，不怕生漆疮，也生不了漆疮。没有这个做保证，一切都白搭了。

姑姑得病是在四叔公去世不久。如果没有记错的话，应该是1982年，当时生产队正在包产到户，也不再叫生产队，而改成了"组"，自然公社改成了乡，大队改成了村。其实也算不上改，只是叫回原来的名字。就像一个作家为发表一篇不愿署真名的文字而临时用上笔名一样。当时四叔公得了肺病，小女又嫁在本村，自然得经常回娘家照应。到后来，四叔公开膛吐血，小女更是寸步不离，直到四叔公仙游他乡。却不料她的孝顺换来的不是什么好报应，很快就染上了肺结核。有了病却又怕花钱，不愿去医院治疗，只当成一般咳嗽对待，直到走完自己年轻的一生。

姑姑育有两女一子，临死前，姑姑对老黑说，她怕死后老黑再娶别的女人孩子会受苦，最好就不要再续弦了。老黑握着妻子瘦骨嶙峋的手，含泪答应。

村里人说，本来姑姑死不了的，肺病在当时已经不算是不治之症，姑姑说不去医院，老黑太听话就没再坚持，才导致了这一结果。村里人说老黑太傻，在这样的大是大非上一个男人都没有主见，裤裆里的那点肉也就白长了。多少年以后再回过头去看，即便妻子死去多年，老黑也依旧把亡妻临死前的话奉为圣旨。

一个男人带着三个嗷嗷待哺的孩子，老黑的表现真达到了"哀而不怨，怨而不伤"的最高境界。苦只苦在家里，笑只笑在家里，一走出门，依旧一副从前的模样。箍桶，上工，赚钱，养家。无法想象一个身体健硕的男人，是怎样熬过一个又一个独处的黑夜的。

20世纪90年代中期，老黑的生意依旧红火。"子孙桶"的徽州传统让他大半辈子吃足了手艺人的甜头。可任何一种传统的加工手艺都不能阻挡历史前行的脚步。到了90年代末期，老黑也依旧避免不了五花八门的电器时代的影响。当一些富裕家庭开始从原来的老三件"手表、自行车、缝纫机"转到彩电、冰箱、洗衣机、空调的时候，"子孙桶"早已成为过往。一个百来平方米的单元格里，洗浴方便的器皿里再也找寻不到"桶"族的身影。让人欣慰的是，现在的老黑也已过了花甲，抡不抡斧头已经不再影响一个家庭的生活，他的孩子都长大了。老黑没有像其他手艺人一样，说一些有关时代变革的怨言。老黑从来没说过，或者说，我没有听到他说过。或许，木讷的老黑早已适应了时代的变化，偶尔有人请他上工，手艺纯熟如昨，就像他一根筋到底数十年再不婚娶一样。

打　铁

比我大上二十来岁的叔辈人中，大多会用上猪、猫、狗、牛等作为自己的名字。程小猪学会了铁匠手艺，在一间被烟熏得漆黑的老土坯房前，搭上几根木头、钉上木板，支起作坊，把风箱拉得呼呼作响的时候，他就被叫上另一个名字：程打铁。这个叫法来源于"上流社会"，或者说是从"上流社会"抄用下来的。譬如，姓江的当了老师，叫江老师；姓李的做了医生，叫李医生；姓汪的当了乡长，叫汪乡长……在当地的民谣"一劁猪二打铁"中，打铁仅次于劁猪，其身份地位之高，可见一斑。当程小猪被叫作程打铁的时候，他也成了有身份的人。其实，所谓的身份地位都是一个源里的乡村给的，得到的人更需用自己的为人和本事来挣下这一名分。因此程小猪刚被人叫作程打铁时，见着人就笑，一开口就说"好的，好的，您稍等，马上好"之类的话。他很有人缘。

从小说或是电视剧中看到的打铁匠大抵虎背熊腰，个子高大，气力非凡。毕竟是铁呀，要敲成这样那样的模样。程小猪的个头不大，人也瘦弱，比起他的弟弟程小猫来差远了。程小猫一担可挑300斤，也能扛起300斤的石头。到了扛水泥的时候，人家一次一包，他三包，惊得许多男人不敢与他共事。家里一些婆婆妈妈的媳妇在数落自家的男人时，就拿程小猫来做比较，总能羞红丈夫的脸。村里人都说，程小猫要是打铁会更合适。对于这些议论，程打铁只是一笑而过，不做任何说明和评价。作为家中的长子，程打铁怕说多了，会让人家误解父母偏爱他而让他从事了"第二好"的职业。

我从记事起，就去过程打铁的铺子。那是奉父母之命，把断了齿的农具送去修理。打铁不需要专门的铺子，手艺人难以被雇上门来。支起一个小作坊往少了说也要大半天工夫，还要运载风箱、铁鼎、大锤、小锤一类的物什。在我的印象中，程小猪似乎就没穿过上衣。一年四季光着膀子，不是拉就是敲，一张脸始终黑着，什么时候见了也只俩眼珠子在转。

我在前头带着维修的农具，母亲背着一篓炭后头跟了走。打铁需要炭，背炭去了就能省下柴火钱。农家人能省就省，母亲说这一篓炭能抵五毛、一块哩。自然也有不背炭的，就得多付一笔炭火费了。家离得远，没法子。程小猪的铺子前堆满了要维修的农具。上面连个标签也没有，真不敢相信他能全都记下是谁家送来的。维修农具是件比新打还费劲的活。那时候还没有电焊机，也没有电焊条，本来只需要几分钟搞定的事情，在一个手工作坊里，就得全部用火烧得通红，以锤打的力量再把断齿接上。稍有不慎，就会接不完全，断齿没有融入一个整体，会在下一次的劳作中再断裂。这是个考验手艺人的活。程小猪的从业生涯中就遇到过不少尴尬。

"这齿十天前接的，我才用了几回又断了，你可不兴这样害人，多费点工夫嘞。"程小猪一边被人数落着，一边替数落人重新接齿。那时候虽然没有现在的三包，可手艺人也得讲信用，十天半月就坏的，再重补，不但不能收到工夫钱，就连炭火钱也得自己贴。当然这样的事不是很多。农家人实诚，许多时候还是要再付上三毛、五毛的。"这锄头用了也多年了，齿也瘦光了，是不好接的，这钱呀我还继续付。"听到这话时，程小猪就会流露出伯牙遇子期般知音终觅的笑容。

修修补补的都是刚做起生意的头几年。到得后来，程小猪真正成为程打铁后，一般的修补就被拒绝了。"这玩意儿没法修了，卖废铁吧，挑个新的用用。"程小猪生意做开了，脾气也见长了。要是坚持着要修补的，程打铁努一下嘴，意思是搁边上，有空了再说。也许他再也没有空过，或者是有空了也不再为人修补。十天半月的，农家人熬不过季节，只得买了新的了事，农活谁耽搁得起呀。这样一来，就要多掏上两三块钱，觉得心疼，却没办法喊叫。

当时一斤粮食用购粮证购买，一毛三分九，两三块钱能让一个人吃上半月一月了。不经意间，就被呼呼作响、火苗乱窜的风箱和几声沉闷的叮当声吞噬了……

如果说，这样的事情会经常发生，必定是对程小猪的污蔑。但偶尔会发生，却是肯定的。

到了生意特别红火的季节，也就是春节后春耕大生产之前，程小猪就会雇上一大汉来扛大锤。一块铁烧红了，程小猪用左手持一铁夹子把它夹上铁鼎，右手一小锤轻轻地敲一下，大汉抡了大锤使劲敲下去，火花四射，像多年后过春节时家乡上空的烟花。程小猪的小锤不断地变换着方位和轻重，有时不敲击被打物，而是敲击铁鼎，显得悠闲。那个大汉却卖尽了全力，一下子就汗流满面了。我曾经很长时间一眼不眨地观察过这样的操作过程，却是一直也没有看懂过，程小猪为什么要敲铁鼎呢？铁鼎是垫铁，厚厚重重的一正方体（有的是长方体），外挂一块铁牛角（用来打造型用），少说也两三百斤，再敲也不会变形，可为什么还要敲呢？说实话，这一疑问我没问过程打铁，也没问过其他人。直到多年以后，在一个月圆的夜里，浮想儿时的画面，才悟了出来。程小猪的小锤并不真正是在打铁，而是在指挥和牵引大锤的落锤方向。小锤敲在被打物的某处，大锤就跟进；小锤敲铁鼎几下，大锤就敲击几下……我敢肯定，要是我能有更多的时间，更长久地盯着程小猪的那只小锤，我会早好多年明白这一道理。只是程小猪的铁铺只红火了十来年时间，就熄火歇业了。一些更加精制更加便宜也更加牢固的农具，在供销社的货架上摆得满当当的。他能做的，只能又回到刚支铺的时候——修理一些断齿的农具。到了20世纪90年代初，十年的包产到户富裕了一个农村的时候，损坏的农具干脆被主人卖了废铁，程小猪红火的打铁生涯宣布终结。

我没有看到程打铁真正歇业的那一天。排名第二的打铁手艺成了皖南农村夭折最早的手艺。

　　一次回家路过铁铺时，原本火星四溢的打铁铺子孤寂却坚决地立在原地，几根木架子歪斜着，没有了往日的精神。

　　又一个输给时代的手艺人。

　　当天夜里，我做了一个非常奇怪的儿时的梦，梦里头有程打铁，也有那个雇来的大汉，他们挥汗如雨的锤打身影清晰如昨，叮叮当当的铁与铁的撞击声清晰如初。

杀 猪

20世纪80年代初期,叶嫡获早已是一个白发苍苍的老人,架在鼻梁上的一副近视眼镜,让他显得气宇轩昂、仙风道骨。我记事的时候,他家的砖瓦房就已经老旧了。试想在那个年代不住土坯房而住得起砖瓦房的,不用说也是大户人家。

叶嫡获是村里有名的杀猪匠,那年的第一个腊月,父亲请了叶嫡获来家里杀猪,叶竹篙也跟着来了。母亲说,家里有帮手,来一个就行了。父亲用眼神制止了母亲的不满。

当时的杀猪匠都是一个人单打独斗,究其原因是猪养不大。那种黑白花纹的皖南花猪,一年养到头也就五六十斤重。人都没得吃,何况猪哩。可多来了一个人就得多一个人的伙食开销,就得多吃掉几块猪肉。于是母亲不乐意了。

叶竹篙应该叫叶祝高,反正一个音,全村人就把他当成撑船用的竹篙了。可也真名副其实,个子瘦瘦长长,脸也长,和他父亲一样架一副眼镜,配金丝的眼镜腿,如同假洋鬼子,怎么看也很难把他当成一个杀猪匠。那个时候,虽然没有人见过他杀过猪,但叶嫡获一坐下就滔滔不绝,再也不离座,大家知道,叶竹篙就是师傅了。

从猪圈里拖猪、上凳、捅刀、拔毛、分边、调肠、分肉……叶竹篙动作利落干脆。众人不得不喊出一个"好"来。一直陪着叶老先生却又牵挂杀猪进程的父亲悬着的心总算落了地。

在徽州地区,杀年猪是一家一户的大事情。特别是"捅刀"最关键。在众人的帮助下,叶竹篙马步一扎,左手抱住猪的尖嘴往后一扳,右手提了刀,从猪的咽喉部进刀,直没半尺余长的刀柄，随后把刀轻轻一拔，鲜血就随着刀口出来。起先缓缓的，接着就有泉涌之势，流进了早已准备好的木盆里。母亲看到一刀见红，就特别高兴，拿了碗装了一点猪血，洒在自家屋子和猪圈的门框上。我不知道为什么要浪费这些血，后来一想也算是给猪一些纪念吧。这猪辛辛苦苦养了一年，最后能留下的印记也就这么多了。

若是杀猪匠一刀进去没能刺中要害，东家是绝不允许进第二刀的，认为那样会不吉利。猪在板凳上挣扎，东家的脸色就会越来越沉，越来越不畅快。杀猪匠忙得一身大汗也不顶事。手艺人做的是名声，这样的手艺，第二年不可能再被人雇去上工了。要是这消息传得远，恐怕他的杀猪生涯也就宣告终结了。

其实一刀见功的杀猪法说起来并不算难，难杀的是"九老爷猪"。而能杀好"九老爷猪"的就是叶嫡获了。小时候不知九老爷是何方神圣，后来知道是汪公大帝的第九个儿子，也是一条源里众家族共同敬奉的一尊神。那时候家族都有祠堂，杀猪前，先焚香祷告一番。猪进刀后，立即放下地来，由杀猪匠和帮衬的人拉了头尾，在祠堂空地上绕着转圈，一直要转九个圈，还要在转完圈的同时，猪流完血倒地，快不得也慢不得。这是十分考验进刀手法的。

叶嫡获拥有杀猪权之后，逢人就大谈特谈九老爷猪的杀法。"进刀就得嫩，刀柄进去一点就行了。讲究，讲究着哩。"不过没有宰杀经验的村人，却是谁也不明白里头的意思。嫩，嫩到什么火候呢？却是只能意会不能言传的，说了等于没说。

小时候，我喜欢看杀猪。多年之后，我反倒见不得那样的场面了。小时候看杀猪看多了，就对进的刀子捅在了猪的什么部位有了兴趣。最后在杀猪匠剖解猪肚拿出猪的五脏六腑里得到了答案，那一刀捅在了猪心上。

有了答案就想求证。"当然是剪喉了，喉咙口都剪断了还能不死吗？"持这一答案的包括了许多大人和一条源的杀猪匠。起先我想告诉他们，却没有人相信，直到我指着猪心上的刀口时，大家才目瞪口呆起来。那个戴着金丝眼镜的叶竹篙蹲下身子来，看了我好半天，抬起头对父亲说："这小子眼睛尖，要是学杀猪，以后会有大出息。"

没两年，叶嫡获一家就迁到了淳安叶家。落实了政策，叶竹篙就有了正式的工作，进工厂当了一名工人。一开始的几年，叶家还经常有人来老家看看房子，通通风，走走邻居。后来就没有来过了，他们把房子卖给了本家侄子。叶家人一走，村子里原来的杀猪匠就获得了新生。怕是他们早就知道，只要有叶家人在，自己这点手艺是不能够挣下一块施展空间的。

现在，年迈的父母每年都要饲养一头猪，这一境况一直持续到 2017 年。后来父亲宿疾越发严重，母亲的重心转为照顾父亲，便停养了。每每小年前后宰杀时，二老就会来上一个电话："有空回家一趟吃碗杀猪饭吗？"

一年一度农家人的这一盛宴，我缺席了 20 年。

爆 米 花

那是一个铁块铸成的肚子浑圆、两头稍小一点的密闭容器，一头密封，一头有盖，密封一头安一手柄，几根钢筋制成的简易架子搁了，下面生上火，或柴或煤，一边摇滚爆米花容器，一边拉动边上的风箱以助火势。三五分钟后，手艺人起立，提了机器，一头装进一只麻袋里，用一根长长的钳子启动盖子，只听"嘭"的一声，装在容器里加热到高温高压下的玉米能量在瞬间得到释放，绽开了一朵朵白白香香的花儿，把个麻袋挤得鼓鼓胀胀的，一些调皮的玉米花还会钻出口袋，散落在地上。孩子们高兴地捡起来，吹一口气，放进嘴里，脸上开出了红润润的爆米花。手艺人提回机器，又为下一家装进玉米。这时东家在旁人的帮助下，把麻袋里的爆米花装回自带的洋油箱里，一边装一边喊："来，尝尝鲜，看看甜不甜。"大家也不用客气，一人抓上一把，几个害羞的孩子自然会分到他们的小手都盛不下去的分量，东家就往他们的兜里装，装得满满的。这时孩子的母亲就会说："够了够了，我们家也要爆的哩，不用那么多了。"东家说："孩子呀，都喜欢尝鲜哩，你管什么。"一个和谐快乐充满玉米香气的夜晚在偏僻的小山村里氤氲开来。

严格地说，爆米花算不上一种真正的手艺。虽然也要手工操作，多少沾了机械的巧。在农村人眼中，那个看起来有些老态和邋遢的爆米花人就是个手艺人。神奇的铁罐，神奇的风箱，神奇地摇啊摇，也就摇出了神奇的美食了。

我是在睡梦中被奶奶喊醒，惺忪着一双眼，亦步亦趋地跟着小脚的奶奶加入一场属于爆米花的盛宴中的。说那是一场盛宴，绝不为过。除了一日三餐,除了春节,农家人拿不出什么东西来果腹。而这场盛宴在一个秋尽冬来的日子里出现了。农家人收了玉米,掰成粒,阳光下烤上几天,装进五斗柜里的时候,心是安的。早上玉米糊,晚上玉米糊,午饭玉米馃老南瓜,一日三餐都是玉米,虽然单调,却也能够喂饱肚子,日子就能继续下去。仅有的一点大米是不能随便动的,那得一家之主的爷爷发话了,一家人才能吃上一顿白白的米饭。爆米花是那个缺吃少穿的年代农家人最大的快乐。

远远地就看到寿花孃的门口围满了人,嘈嘈杂杂中透着愉悦开心,像过节一样。尚未走近,只听"嘭"的一声,吓得我直往后退。奶奶一手提着一只小布袋,一手扯紧了我,说:"爆玉米哩,怕什么。"寿花孃眼尖,声音比眼光更尖,直叫道:"快来快来,我家刚爆完,先吃着。"应该说那是我平生第一次接触玉米的别样制品,像花一样的制品。爆米花,入口甘甜,松脆。味蕾随之一热,爆米花软绵开来,牙齿一嚼,满口生香。我吃了一捧,再抓再吃,欲罢不能。奶奶急了,用手一打,然后伴笑着把我拉开。那一年我四岁。

一般农家爆米花最多爆一锅,也就一斤左右。一家六七口的,留不了三天就吃完了。爆多了,一家的口粮就会受到威胁,加上还要贴二毛钱一锅的加工费,于一个农家人来说,是极为奢侈的。只是当时太小,并不理会这些细节。奶奶的强制干预,我以号啕大哭来应对。这一哭不打紧,手里就又多了一把热腾腾香喷喷的爆米花了。

轮到奶奶了,手艺人问要多甜。奶奶说多加点。手艺人漆黑的手往一个小袋里抓了几粒白白的糖精,随着玉米一起放进了锅肚子里,盖上盖子,在熊熊的火焰下摇了起来。手艺人边摇边不时地看着镶在机器上一起摇转的压力表。我在等着他起来喊"好"的时候,加热的这几分钟漫长得像蚕儿吐出来的丝一样,没个尽头。终于手艺人站了起来,终于在剧烈的响声中玉米开出了花,终于奶奶笑着一张脸把花儿分给如我般大小的孩子们,终

105

于我可以肆无忌惮地开口饕餮起来……

一个漫长的冬天，这样的日子会有很多，来的也并不是一个手艺人，而是一个群体里的一个人。他们或胖或瘦，或高或矮，设备却像是一个模子里出来的：圆肚子的黑锅，风箱和支架。自然，那样的日子却不是家家户户都能够去"捧场"的。往往这一回去个三五家，下一回再换上另外的三五家。作为一个孩子得到的宠爱是最多的，无论什么时候，都能吃上东家或西家的爆米花，哪怕这次自家人并不能去"捧场"。

遗憾的是，这些带给一个乡村芬芳和快乐的爆米花人，我始终不知道他们来自何方。可以肯定的是他们都是外地人，至少不是一条源里的人，因为大人们也不认识他们。他们说着古里古怪的普通话，在一个夜里出现，又在一个夜里消失。农家人白天要上山干活，没有闲暇去干这些闲事。爆米花人深谙此道，于是选择了黑夜。风箱助威下的火焰在黑夜里更加明亮，爆米花的香气在黑夜里也传得更远。这一切，温暖了一个个乡下孩子的童年。

许多年过去，我在辗转求学和工作的日子远离了家乡。再也没能亲历那种属于一个农村黑夜的盛宴了。爆米花依旧存在，存在于城市里的一个个摊点上。一个纸包包好了，逛街看电影时，都可以买上一包解解馋。或是几个朋友找一家"有意思"的分店，喝着奶茶吃着爆米花，却大抵吃不了多少就厌倦了那种甜腻口味。我感叹，虽然也叫爆米花，却再也寻不回曾经的味道了。到了起身离去时，纸包里存货还有不少，友人只顾着拎衣包，我却舍不下这些儿时的记忆，总要扎好袋口拎着走。

一次在群里聊天时，群友发了一张图片，让大家猜图片上的内容。图片上一个年约三十的女子，头戴一顶休闲帽子，着一件红短袖，神色专注地出现在了一只圆肚子的爆米花机前。下面的火苗把一张姣好的面容映成了古铜色。让我觉得已经成为历史的画面再一次在现实中重现，恍若梦中一般，人一下子温暖起来。

久违了，儿时的爆米花。久远了，曾经的手艺人。

修　榨

　　每年 4 月，油菜花落结荚时节，叶荣寿师傅就会被父亲请到榨堂里来收拾木榨。叶师傅秃顶，头的中间部分像砂纸打磨后一样光滑，一笑起来满脸的皱纹拥挤到一块儿——这样的形象我并不喜欢，只是他待人和善，说起话来滔滔不绝，像留声机一样——让我有了亲近的念头。其实我知道，我喜欢的是他被村里人冠以"吹牛"的故事。那些故事虽然并不神奇，也没有很多惊险成分，但是经过他那张嘴说出来，却让人听得那么津津有味。
　　叶师傅来了，后面跟了他的大儿子。叶师傅有三个儿子，他把修榨的手艺传给了老大。一搁下肩上的斧头、锯子、铁铇、手锛，早已候在边上的父亲立马递上一支烟，又掏出火柴来给他点上，留声机般的叶师傅也只小停了抽上两口烟的短暂时间，就又开始响了起来。
　　4 月的榨堂是寂寞的。叶师傅似乎是为了打破这种寂静，而不停地和父亲说着话。他的动作很慵懒，在我眼里，他不应该是个手艺人，而更像是个说书人。
　　先人在一个水草丰美的地方选定繁衍种族后代的标准是严苛的，其首要的条件得有水。家乡的水系不算发达，却经年流淌着一条溪流，父亲的榨堂就在溪流旁，由一条水渠引领，借助水力建成。在家乡，更有"竭川十三碓"之说。只是到了 20 世纪 80 年代中期，这些水碓大抵消失了，因此吃修榨饭的人也少了下去。叶师傅一年的光景也就在榨堂打菜油开工前和柏籽油结束后，才会忙上一会儿。他的慵懒是可以理解的。就那点事，真要起劲了干，岂不是自己把自己的活路断了。这一点修榨人明白，榨堂的主人兼打油师傅的父亲也明白，只是谁也不会真正说穿。一个师傅与另一个师傅都是有面子的人，可不兴为了自己的利益去撕了人家的面子。好酒好烟好饭地供着，一年四季的油就靠他了。那个时候，叶老师傅敲敲停停的做派，常常有人会向父亲打小报告。可父亲一次也没有理会过。慵懒，成了修榨人可以专享的权利。

在机械化程度并没有完全得到普及的农村，木榨在服役过程中的受损是严重的。撞杆、垫木会在石锁的重力撞击下变形，铁箍也会变形。叶荣寿师傅所要做的事情，就是把变了形的物件一一修好，等待着又一个油香四溢季节的到来。

在修榨人的工具中，手锛别具一格。一根手柄，柄头处安了一片薄薄的宽度半尺却极锋利的铁器，闪着冷光，手艺人马步一扎，双手举锛，一下一下修整变形的撞杆和垫木。只有这个时候叶荣寿的嘴是紧闭的，像受了一肚子气却又无处发泄的小媳妇一样，一脸严肃。他的马步很稳当，像一个圆心，手锛的长度就是半径，每一锛上下不差分毫，细碎的木屑从锛头掉落，薄若蝉翼。那架势直让人心里紧张，真怕一下没锛准，把撞杆垫木锛坏了去。

父亲曾对我说过叶师傅的手艺全在一张锛子上头。家乡的榨堂少，叶师傅就得四处跑江湖揽生意。除了周边的村落，就连浙江、江西的一些偏僻农村都曾留下叶师傅的足迹。手艺人在外揽活，势必受到当地人的排挤，而发难最多的是当地的修榨人。正所谓三尺之榻岂容他人鼾睡，同行只能成为冤家对头。叶师傅始终微笑着一张脸，白天干活，晚上就如走亲访友般与人交流。在他的整个游历过程中，不但把敌手一次次变成了朋友，逢年过节的，家里还会来一些外地的陌生人。一打听才知道都是来给他拜年的，真正不容易。具体的"收服"过程我都是从叶师傅的口中得知的。一张锛一上手，他们就服了。其实，内行之间是不需要多说话的，他们关注的是你的真本事。叶师傅轻描淡写。闯下了天下的叶师傅成了修榨手艺人中的一块金字招牌。尽管他一天干到晚木屑装不了一篓,尽管他时常坐下来喝茶抽烟海侃,尽管他被许多务实的庄稼人看成一个混饭吃的,可经他收拾过的榨堂却在应该开工的时候响了起来,一直响到停榨的时候再无故障出现。于是许多人又会再加上一句:"这老小子,本事也不全是吹的,有两下子。"

父亲是很尊重叶荣寿师傅的。究其原因,一来,榨堂离不了修榨师傅。二来,叶荣寿的手艺高。三来,叶师傅年纪比父亲大了十多岁。也正是有了这份尊重,常被许多村人误解的叶老师傅有事没事就常往我家跑,一坐就是大半天。上下五千年,东南西北中,随便你说什么,他都能说出个子丑寅卯来。就算多年后,父亲不再经营榨堂,他们依旧走得很近,近得如兄弟一般。长大后,我自然成了叶师傅的又一个聊天拍档。那个时候我喊他老叶。老叶说,做手艺的人首先要做人,人做好了,手艺自然好了。老叶说,他去一个地方,他就和那个地方的人做朋友,烟酒不分家,谁有用谁的,人是个感情动物,聚得久了也就成了朋友。既然是朋友了,别人也就不会再说三道四了。老叶说,你赚了十块钱,如果你全部放进口袋里,那你的第十一块钱就难挣了。如果你把挣来的十块钱用掉五块,你马上就能挣上二十块。老叶说,人生一世,草木一秋,其实看穿了也就四季轮回,并不复杂;若是看不穿,你就会觉得掉进了万丈深渊,没有一丝光亮,就会没了方向。老叶说,世事洞察皆学问,人情练达即文章,见人说人话,见鬼说鬼话。老叶说,宁可路路栽花,不可一路栽刺。老叶说……

古朴却十分有效的做人做事道理,从老叶那张宽宽的嘴巴里一句一句往外流淌,像流淌不尽的溪流。可也正是有了这么多学识见识,让他的性格定了形,不再相信任何新生事物,以至于在六十三岁那年犯了一个致命的错误。得了肺结核的老叶不相信西医西药,嫌看病太贵,坚持自己到山上采草药医治。后来病重不能采药了就让儿子去山上采,每天一大碗一大碗地煎服,却只能让病情越来越重,直到咽下最后一口气,他也没同意他儿子把他送进乡里的卫生院。父亲后来说，他的病并不致命，却让自己给耽搁了，可惜，可惜。老叶在放下手锛后的第三年去了别的世界。或许，离开了他一生中最得意的事业，老人早就厌烦了这个世界吧。

叶师傅的三个儿子口才也算不错，每逢回家，我还能在与他们的交流中依稀看到老叶的影子，只是毕竟相去甚远。或者儿子们只是重复着老叶的说辞，而我已经厌倦了。

再见了，那个手持手锛，扎着马步的修榨人。若是你所在的世界还没有推广机榨，或许你正兴致勃勃地干着你的老本行哩。若是心有灵犀，我会听到来自另一个世界的清脆的锛子声。

赤 脚 医 生

迁徙中的族长病了，病得很重。恍惚间，他来到了阴曹地府，看到了牛头马面，他觉得他的寿限到了。这个时候，他得赶快交代后事，他不能把一支正在行进的队伍留在半道上。他没有完成一个家族的迁徙任务。族长躺在临时支起的草棚里，雨水顺着草尖滴到他的脸上，他听到了"呲"的声响。他的脸就是一块烧红的烙铁。

整个族里的人都吓呆了，以自己的神圣方式四方祈祷。他们根本不知道，如果族长，他们的头儿，就这样死去的话，他们剩下的路该怎么走下去。正当大家不知所措的时候，族中站出一个人，他手捧着一小包叫不出名字来的花花草草。他说煎了服吧，也不知有没有用。大家用狐疑的眼光看着他。他也知道自己所担当的风险，要是喝下去，族长的病不见好，甚至撒手西去，他就得担下一个谋害的罪名。可在这个时候，众人却把他当成了救星，死马当活马医了。他成功了，当天晚上，族长的热就逐渐退了下来。调养了一周，族长恢复了生猛模样。他当着众人的面给了郎中一个紧紧的拥抱。此后，他成了族里人拥戴的郎中。

300年过去了。族人在一个两山夹一坞的偏僻地方落了根，繁衍生息了十余代。他们是从中原地区逃亡避难来的，因为他们再也不愿意看到战争，看到杀戮，看到流血，看到死亡。在这个小山村里，陪伴他们的有欢笑、炊烟、流水、青山，当然还有贫困，但他们不怕，他们用努力实现了一个家族的平安生存。他们最大的敌人是疾病，原本他们有良好的医疗条件，作为贵族、皇族，他们从来没有想过有一天会倒在一个不起眼的疾病上。但即便是面对疾病,也远比面对那成天的阴谋和血腥强。

郎中的后人世代沿袭着这一桂冠,一直到新中国成立。他们凭着认识山涧的草药,粗通药理,能够瞧病的本事,被招进了村里的医疗站,成了一名乡村医生,成了广大农村群众的健康使者。他们统称为"赤脚医生"。

人类与疾病的斗争由来已久。也许,自从有了人类,甚至人类并没有真正产生之前,疾病就存在了,并伴随着人类前进的脚步不断升级变异。新中国成立初期,农村和城市的区别是很大的。受西方文明的影响,大城市早已用上了先进的西药,而在农村,人们还在依靠"一棵草、一根针"与病魔做斗争。赤脚医生成了这一斗争的主力军。

爷爷就是村里的赤脚医生,他最擅长的病种是小儿科。我无法去追溯那些历史长远早已生上斑斑白菌的故事,也无意去炫耀多少代祖先凭着自己的胆略和经验治好族长的毛病。但有一点是可以肯定的,在一个家族的沿袭中,爷爷和他的祖辈们攒下了不小的名头。20世纪四五十年代正是天花麻疹肆虐的日子,爷爷一天到晚都着不了家,他宽大的双脚一直行走在一个村庄去往另一个村庄的路上。爷爷懂得辨证论治,即便是同样的病,却因个体的差异,在用药用法上都是不一样的。也有一些病人由于医疗条件不好,在天花麻疹上丢了性命,一些保住性命的,却永远成了麻子——一脸坑坑洼洼,再也找不回原先的俊俏模样。爷爷有过叹息,每一次成功和失败都在激励着他的进步。他成了一条源里第一个被人喊成"仙"的人物。"老月仙三帖药下去,必定有用。要是没用,那就神仙难医了。"

大字不识一个的奶奶,凭着从娘家带来的一剂偏方而享誉一方。那是专门医治新生儿"脐风"用的。许多孩子刚一出生,口中生疮,涎液黏稠,呼吸急促,如得肺炎一般。这时,孩子的家人往往抱了往我家跑。奶奶只需瞅上一眼,去田间地头找寻两三味草药,捣汁生饮,就能救回一条生命,而这个法子就连行医多年的爷爷都不知道。一人专治一行,爷爷奶奶成了村人眼里的守护神。我只知道，奶奶的草药只有三味，有一味叫"九层格"，因为都有剧毒，因此用量上特别讲究，多了必会害了孩子，少了又达不到医治效果，而用量的多寡全凭自己的一双眼睛。爷爷有个赤脚医生的名号，虽然不是吃公粮，却能拿到多于普通庄稼汉的工分。奶奶什么都不是，却也乐津此道，权当做好事修行积德了。

一条源有三个行政村，为了村村配上赤脚医生，爷爷带了两个徒弟，一个人守一个村。后来，爷爷的身份有了转变，成了乡卫生院的院长，一直工作到七十二岁才退休，一生的精力都奉献在救死扶伤的人道主义上了。而许多赤脚医生却没有爷爷那样幸运，他们奉献了一腔青春热血后，最后的结局只能回到村中，干起曾经的农事，化归为一个农民。

父亲不是赤脚医生，却跟着爷爷学了许多医书，识得许多草药。在那个困难年代，凭着挖草药贴补家用，把我们三兄妹拉扯大，也算是爷爷的功德了。奶奶的独门绝技她的子孙们都知道，而运用纯熟的当是小叔叔一家。

一天正午，我正与小叔叔下象棋，村人抱着个刚出生的女婴找了来。小叔叔不敢怠慢，用手电照着一看，满嘴红肿，白沫绵绵，随即去了家东的水渠边摘了几片叶子，捣碎后取了汁液让婴儿服下。三天后，村人提了烟酒过来感谢。除了医治小儿脐风，小叔叔的专长是妇科，在他多年的行医过程中，多少对不孕夫妇抱到了自己的孩子。他的这一本事，远比他教书育人强了不少。

我在下岗"归隐"无所事事的几年里，背起了"汤头歌诀"，研习了"濒湖脉诀"，许多名方验方也多有涉猎，却最终没能成为乡村医生。弟弟从卫校毕业后，专长是西医。他不太相信花花草草的中医，一旦他流露这方面的倾向时，父亲和我就会苦口婆心地向他讲述一个家族的历史，以及历史上如流星般闪耀的光环。弟弟当了 20 年的村医，现在一家区医院急诊上班。当赤脚医生的那些年，弟弟背着药箱，里面都是 20 世纪 30 年代战争片中梦寐以求的"盘尼西林"。如果不是查了一下百度，我还真不知道它就是普通得不能再普通的青霉素。自然，现在的药架上比"盘尼西林"名贵而更有效用的药物多了去了。作为现代人，应该是幸福的。而迅猛发展的科学为这一幸福提供了保障。随着医疗条件的转变，背篓挖药、荷锄南山的背影逐渐远去，赤脚医生成了过往，成了一个时代的代名词。

但愿世人皆无病，何愁架上药生尘。不为良相，便为良医，身为医生，能够悬壶济世、普救众生，什么身份也都是次要的了。哪怕前面加上"赤脚"二字。

第二部分 徽州手艺人

轧　面

　　叶出纳拥有全村第一台轧面机，在很长的时间里，他家的轧面机守住了村里的"唯一"。也正因其唯一，大多农家吃的都是手擀面。铺一块四方大木板，取上面粉，再端上一碗凉水，母亲撸了衣袖和粉擀面。很多年以后，我工作的小城的一家面馆挂出了"正宗手擀面"的招牌，广告语打出"母亲的味道"，以之招徕食客，也算费了不少心机。我去店里下过一回面条，因手工制作，价格不菲，只是并没有吃出多少"母亲的味道"，因此再也没有去过。也许开店的老板不知道，许多如我般整个童年在乡下长大，吃得最多的就是手擀面了。吃这类面食，主要原因在于大米供应不足。而和一团粉做成面条，连汤带水的，真正细粮不够了还可以放入嫩南瓜、青菜、山芋一类，怎么着也能对付个饱肚子。被手擀面喂大的孩子，尽管会在心底里留有一片空地，植入对家乡的思念，对母亲的挚爱，却并不会像着了魔一般，一天非吃上一顿手擀面不可的地步。我的想法得到了印证，这个打着亲情牌的面店，在很多时候生意都很冷清。我在想，终究有一天会因昂贵的房租而让他们把"母亲的味道"带回家去。

　　叶出纳是生产队里的出纳，管着一个生产队里的钱。我曾想他是不是用生产队的钱买的轧面机。后来确定我的想法是错误的。就算是出纳，也绝没有本事能不经队长同意而随意支出一百元钱来添购那么大的一个铁家伙。于是在很短的时间内我就在心里还了叶出纳一个清白。因为那并不是一台新机器，上面的油漆早已脱光锈蚀，整个机身漆黑泛黄。显然，这是叶家上辈人传下来的。轧面机的传动部分是一个大大的摇轮，里面带着两个轴

115

承，让加水揉搓好的面粉通过轴承的挤压，就能轧出一大块长如瀑布般的面皮来。反复几次，面皮轧光滑了，移到尾部的有凹槽的出面机上滚上一遍，粗细均匀且韧性十足的面条就出来了。面条的长短可以根据自己的需要掐长掐短。一家人吃的面条制作过程最多也就十来分钟。有时遇到轧面的人多，就要排队。不过这样的日子并不多。叶家的轧面机大抵清闲，只有到了过年前的几天里，才会排上长长的队伍。农家人吃了一年的手擀面，心里早就厌了，临过年了，便不再节省，掏出用鸡蛋换来的几个硬币，充当一回阔佬。

我曾不知道多少次去过叶出纳家轧过面。一到叶家，叶出纳问多少粉，我答爸爸给了5分钱。叶师傅答声"哦"，就把粉倒进一个如碗模样的大瓷缸里，加水搓粉。那个时候，叶出纳已过花甲，或者快六十岁了——我是从记忆中推断出来的——做事却十分老练，三两下，粉搓好了，用铁制的小箕一舀，往木板做成的斜槽里一倒，叶师傅说："开始。"我便手抓轧面机的轮盘转起圈来。也许是年少无力，也可能是他家的设备过于陈旧，一开始我还能转得动轮子，可没两下就气喘吁吁了。大多时候，叶师傅用手在轮盘的边缘带力，口中喊："加油！"实在没力气了，我便双手一放，边上喘气去了。叶出纳无奈，只得亲力亲为，口中说"你小子最会偷懒"。面出来了，叶出纳说："这次的面粉有3斤多呀，你爸爸不会只给你5分钱吧。"我说就5分。其实，我挺佩服叶出纳的眼光的。那时候轧一斤面2分钱，3斤就得6分。我能在办"公差"的时候掐点油，就能买到一粒水果糖。若是叶出纳问得紧，我便怕他在与父亲交谈的时候泄了密，一般只得乖乖地把藏掖在裤兜深处的一分钱拿出来，红着脸递上去。但叶出纳这样的"精明"却并不时常使用，我们这些小孩子也总能从他的手中讨到一点好处。或许，老于世故的叶出纳深谙"水至清则无鱼"的道理吧。三年后，又有一家买来了轧面机，出皮和出面是连在一起的，机器新，磨损也小，人也就省了不少力。可是他家的生意却总做不过叶出纳。究其原因，这家在轧面前都要用秤称一下粉的重量，然后再按量收费。许多孩子再也捞不到油水，只要是被父母派出"公干"的，就低了头直往叶家跑。多出点力不要紧，力气去了还会回来，可少了那颗糖的甜味，于一个孩子来说是绝对难以容忍的。

我初中毕业那年，家里也添了一台轧面机，算得上是村里的第三台机械设备。来了"生意"，父亲说："碗在柜里，水在缸里，自己动手吧。"父亲的轧面机没怎么收轧面钱。当然也有一些人搁上几个硬币就走的，父亲也就笑纳了。父亲说主要是图个方便，那轮子转两转还能转坏了，想轧就来轧吧。也正是家中有了轧面机，我在搓粉上下了点功夫。因为有时候是小孩子来，他们根本不会，我就得粉墨登场露上一手。搓粉看起来容易，真要搓好却并不简单。炒面要和得干一些，煮面就可以湿一点。还有的是来擀饺子皮的，若干了那层薄的皮会裂开，湿了还没拿回家就结成块了。为了在摇轮盘的时候省力气，和湿一些会省力。可有时水放多了，还得从自家的粉袋里掏出一些来重新和。有时想想，父亲的轧面机不但不赚钱，还让我往外贴面粉。好在父母亲并没为这事说过我。那时已是 20 世纪 80 年代中期，农村都已包产到户，生活在一个昼夜发生了变化，一星半点的也就不会在意了。

20 世纪 90 年代中期，七旬高龄的岳父还担当着一个村子里的手工轧面业务。那个时候单价有了提高，逢年过节的，岳父一天能挣上十来元。岳父家离我家有二十多里水路，村不同习惯也不一样。左邻右舍把面粉拿来了，往桌上一搁人就走了。岳父从搓粉到出面，都是一个人干，属于全程代劳。那时候，我就在离岳父家三里外的一个工厂上班，经常去蹭饭，遇到汗流浃背的岳父摇着轮子奋力劳作时，总要抢过那个多年不再摇转的轮盘，为老人家出点气力。

现在村村寨寨都有了专门从事面条加工的小作坊，也早已用上电机带动，那个费力的轮盘在电机皮带的驱使下，显得快速而轻盈。到了傍晚，一个人，一辆三轮车，载着一车的面条，走街串巷,四处叫卖。人们只需要掏出一两元钱,就能在很短的时间内煮上一碗香气四溢的面条来。在城市里,更有固定的店面从早卖到晚。分工越来越细的好处,就是让生活越来越方便。一个快捷的时代,从那一串串细长的面条上也能见到清晰的影子。

艄　　公

　　手持长篙，斗笠蓑衣地在船头一站，艄公如黑色的钟馗，喊一声"开船了"，船身在竹篙的作用下，缓缓离开了埠头。艄公把竹篙搁置在船沿上，放下挂起的长桨，用力向前划去。

　　一天的生意开始了。

　　斗笠下那张古铜色且爬了无数皱纹的脸上写着执着和坚韧。一双青筋暴突、漆黑有力的双手抓着桨柄，人前俯后仰，桨前后交换，那艘早已长满青苔的木头船，以它笨重而缓慢的前行划出了一道道波纹。两岸青山像个醉酒的老人，趔趄般迎面走来，又往后倒去。

　　这是生产队里的交通船，一天一班，从村子的埠头出发，终点站是一个叫深渡的小镇，25里水路，足足需要4小时，来回一趟就得8小时。为了留出人们在小镇上逗留购物的时间，交通船就得早早出发。大抵月亮高悬，或繁星满天的凌晨，一条静谧的新安江就被许多响动唤醒了。鱼儿嬉戏声，渔民收网声，风声，低语声，还有木桨击水声……天空在鱼腥味中慢慢变白变亮，江风裹挟着一把把磨得锋利的利刃，往人的脸上领口刺来。搭船的人恨不得钻进艄公睡觉用的棉被中，却终于被那刺眼的黑中泛亮的颜色挡住了寒冷。

　　艄公姓凌，具体的名字记不得了。只知道他就住在学校底层隔出来的一个十来平方米的地方，陪伴他的只有一个与他年岁相若的古稀老伴。房子是公家为他们提供的，他们没有家，他们的家就在一艘交通船上。他们应该没有孩子，也许有过孩子，却在很小的时候夭折了，因此我没见过。艄公凌算起来与爷爷是隔了好几代的老表，因此我喊他表叔公，那个成天佝偻着个身子的老女人也就成了我的表叔婆。

表叔公不善言语，若是你不主动，他可以一天到晚与你对坐而不吭一声。表叔公家三代撑船，干的都是艄公的手艺，因此他的摇桨功夫是从小就谙熟的。船尾有舵，他却从不用舵。船的行进方向，全在一把桨上了——用力不同，方位不同，就能让船沿着既定的方向前行。

表叔公的父亲并不愿意下一代人还干这日晒雨淋的活，却没想儿子那木讷的性格，除了持一根篙，划一划桨外，根本就干不了其他事。在他十八岁那年，表叔公接过了祖上的手艺。码头是个喧哗而热闹的所在，跑江湖卖货担的，都要搭上村里的交通船才能进进出出，表叔公的手艺让他可以在一个很短的时间内结识四面八方的人，自然当中也有没有婚嫁的女人。可就是这样的一个便利条件，于他也只是浪费了，直到四十岁头上还是孑然一身。他的父亲咽气前，拉着他的手说，一定要娶上一房媳妇，不能让凌家绝后呀。表叔公坚定地点了点头答应了父亲最后的期望。

表叔公捡了一个老婆，就是表叔婆。

表叔公是在深渡码头一个旮旯里发现她的。发现她的时候，表叔婆只有出气没有进气，一身衣服早已破烂，并散发着让人难以想象的恶臭。

她饿晕了。

表叔公救了她。

从此那个不知从什么地方流浪到这里的女人就认定了表叔公，再也没有离开过他。她需要一个家，不想再漂泊了。有了家的表叔公意气风发，在村人的帮助下摆了两桌酒席，就把女人娶进了门。从此，一艘交通船上会在每天的同一时间升起袅袅的炊烟。那些日子里的表叔公再也不会嫌弃漫漫的征程和征程上随时都会遇上的日晒雨淋。多年过去，就算表叔婆没能为他留下一男半女，困苦中磨砺出来的爱和对爱的坚贞，早已刻进了他的每一个毛孔,再也没有褪色过。学会了当地方言的表叔婆总会在一个个煤油灯下的夜里,借着黯淡的火光拉着表叔公的手说:"我要是能为你生下个儿子,那该有多好,你也不用这么辛苦了。"年事已高的表叔婆再也经受不起风浪的摇摆,从船上搬回了家。表叔公不是找不到合适的继任者,而是他丢不下这份操持了一辈子的工作。

她心疼他了。表叔婆颤颤巍巍地找到村里,要求配上一个人帮忙划桨。那时候,乡政府的称谓刚从"人民公社"中改过来没多久。原来的大队长、现在的村主任对她说用不着了,马上用上机器改挂机船了,老凌他也该退休了。表叔婆不知自己是怎样走回家的,当天晚上她一夜未眠,她不敢把这一消息告知丈夫。

一开始,埠头上的挂机船并不是村里制造的。而是源里头住在高山上的三个村民,联合起来造了一艘新船,没有箬叶竹匾纺织的篷,船尾上安了一台柴油机,连接柴油机的是铁制的螺旋桨。柴油机一发动,带着螺旋桨飞速旋转,挂机船飞快地跑了起来,扬起了雪白的水花。表叔公并不服气,三只"旱鸭子"(对不是住在水边不懂水性人的称呼)也能开船,笑话。可当他起了一个大早,笨鸟先飞撑了两个多小时的交通船,不到半小时就被挂机船赶上时,表叔公笑不起来了。只是一夜工夫,表叔公的交通船再也没有乘客——所有的源里人都自动选择了更加快捷又不用起早的交通工具。人未走,茶就凉。风光显赫的表叔公一夜之间被人们遗忘了。终于有一天,表叔公郑重地把交通船交还给了村里,他"退休"了。整个交接仪式简单寒碜。或者说,表叔公把它当成了仪式,而那个代表村里接受交接的村主任只说了一句"搁那里吧",就算完了事。没有了主人的呵护,交通船很快破烂了下去。表叔公的身体也在一个个悠闲的日子里老去,一张不再经受风雨的脸越发黑了。在很长的日子里,特别是狂风暴雨的夜里,人们还经常发现,有个戴着斗笠穿着蓑衣钟馗般的黑影来到船上舀水。表叔公用他最后的气力维护着那艘在江面上纵横驰骋数十年的交通船最后的尊严。

表叔公死了，死在了一个风雨交加的夜里，死在了被风浪击沉的交通船上。表叔婆用尽气力在交通船沉下的最后时刻，把表叔公拖回了岸上。后来我听说，表叔公的眼睛是睁开的，一直看着那个下着雨的渺茫的天空。表叔婆没有哭，也没有喊。她知道丈夫不喜欢喧闹，她在为他恪守着最后的宁静。直到第二天早上，人们发现了表叔公的遗体和奄奄一息的表叔婆。

人有轮回，万事万物也有轮回。表叔公的交通船在许多年过后，又在江面上时兴起来。不过，这个时候，这种又被称为乌篷船的水上交通工具不再真正起到交通的作用，而是成了游人们娱乐和体验的去处。一些没得划桨要领的游人，使出的力气只能让自己在江面上转圈，欢声笑语溢满一条江河。只是在这样的欢笑里，游人们并不知道，远远的天空中有一双眼睛正在看着他们，和他们一起欢笑。

那句"开船了"的号子，只要用心，就会听到。

筑　　墙

　　与砖匠相比，筑墙匠是卑微的。由此上溯个三五百年，其实也还可以再长远些，请得砖匠进家修建出存至现在的明清古建的，大多是官宦人家，商贾之户。农家人住的是土坯房。即便省出九成材料费用，盖间土坯房子，依旧不易。可再艰难，房子总是要盖的，儿孙们还要娶妻生子，总不能临婚嫁了，一间新房也腾不出来。大山里多的是泥土，漫山遍野的泥土取之不尽用之不竭，于是筑墙匠油然而生，并在一个乡间活跃起来。

　　爷爷带着父亲和两个叔叔，在老房子的后背陡山上挖出了一个地基，历两三冬夏，待得地基稳固，便请来筑墙师傅，商议着动工时间。三两盏茶落肚，老陆掸了一下飘在衣袖上的烟灰，爽朗一笑说，就这样。

　　师傅未进门，杂工要先行。雇来的杂工把一个红泥坑捣鼓得热火朝天。掏泥，过筛，挑运，添上少许石灰，和成松散的粒粒清晰的模样后，老陆师傅和他的同事们提着家什出现了。在地基的石料上摆好两块长板，再把两块短板两头一插，就组成了一个无底无面的长方体。喊一声"上料"，大箕小箕的，装了和好的红泥往长方体里倒，再喊一声"停"，老陆三人各持一根拄杖，由上往下奋力夯紧。每上一次料，都要夯上一阵子，直到满了木板的上沿。退了板，一块长五尺高二尺宽尺余的泥墙就筑好了。按着或顺或逆的方向，留出门窗空隙，接着拄好的泥墙扩展，一圈一圈地往上加去。

　　在我的眼里，那些筑墙的师傅应该都是高人，能够飞檐走壁，随着泥墙的增高，我只能仰着头才能看见他们的身影。依旧谈笑风生，依旧潇洒自如，依旧如履平地。他们不时地和工地上的几个婆娘说着浑话，一朵朵红云飘上女人的脸。可手中的挂杖始终保持着沉闷的嗵嗵响声，他们用一身的汗水建造一座土房。

老陆是个领头的，站在最边上，站另一头边上的属"二当家"，负责墙体与墙体之间的接合，中间的一个就算是苦役了。因为他的杖头最重，声音也最响。筑墙无师傅，全凭力来付。说的就是这个理儿。只要中间的师傅下了死力，筑牢了墙体，即便是散散的土坯房也能熬上百来个春秋。有时他们也会换一下位，轮流出汗出力，让中间的师傅得到一些休息。自然这样的轮流也只在老陆及少数团队里才能看到。

"来一根千筋柴！"别看老陆油嘴滑舌地开着玩笑，指挥起来却不含糊，极富号召力。他喊一声，父亲或是杂工就应一声："来了！"一根手臂粗细，长约丈余的松木就被安进了墙体里。我估摸着千筋柴的作用也就相当于浇筑水泥平台时的钢筋，牵扯着墙体一起受力，不致向任一方向倾斜。

一般的土坯房为两层，一层筑好后，安放几根横条，再让木匠铺上木板，人就可以任意行走了。也就一周时间，二层的屋脊成了形，两边两个三角形相对着，盖上瓦片就有坡度，檐水就能悉数流尽。在盖瓦片之前，先得上梁。上梁是房子落成前的一件大事。站在屋脊最高处的老陆像一位天神，他手持挂在大梁两头的五谷、铁钉、棉线还有米酒，再也不见原来的油滑，洒一样说一句，口中念念有词："洒上一包谷，发财又发福；洒上一包钉，发子又发孙；洒下一串线，入侯又拜相；洒上一杯酒，天长地久到永远……"老陆喊一句，站在边上的家人和雇工们应一声"好"。喊得越响，应得越响，大梁也在一声声"好"中缓缓落在了屋脊上。上梁仪式结束后，父亲早包了红包，给师傅们一人一个发下去。

老陆喊的话绝不只我所记录的这些，许多都忘却了。我想家乡的老人可能记得多一些，若是遇上了，我当认真记录下来，还原那个神圣庄严的时刻。

一天中午放学回家,父亲沉着一张脸,甚至连饭也不愿多吃就出去了。母亲说,老陆投河了,上午在江里找到了遗体。究其原因,竟是与女人有关。村里有人造谣说老陆与一个女人有染,没想到传到了他的妻子耳中,于是大吵了一架,老陆愤懑之下走上了绝路。老陆常常与婆娘们插科打诨的那些话,竟被一些人当了饭后的谈资,没想到的是,这些谈资带来的却是如此严重的后果。"说的人不做,做的人不说,我相信他是个好人。就这样走了,真是太不值得了。"老陆有着好人缘,大家都在为他的死喊屈。

我去看过老陆的遗体。几块竹匾围成的狭小空间里,老陆惨白着一张脸,静静地躺在那儿。他的妻子正在为他擦洗身子。这些入殓前的活,她想自己做。那时的我还没有见过死亡,因此也特别害怕死亡,只瞅了几眼就走了。上学让我避开了一个下棺安葬的仪式,只是喊的不再是老陆,而是村里的裹尸匠。裹尸匠也要说些"发子发孙、入侯拜相"的好话,那又是另一个话题了。

老陆走了以后,他所属的团队也就散了伙。散伙的原因,不在于找不到搭班的师傅,而是他的两名同事听惯了那声熟悉的吆喝。当这一切都不复存在时,他们的天空也跟着失去了亮彩,于是选择不再触碰那些曾经的快乐、嬉笑和伤悲了。

许多年后,我游览过歙县的阳产和休宁枧潭的土楼村。我并不是去看那熟悉得就像身体一部分的土坯房的,而是去拍摄那些从四面八方闻讯而来的游人,以镜头的角度去审视他们的惊讶、他们的发现。

墙体的红泥依旧泛红,历经数十年、上百年也没有一丝衰减。它们的存在,宣告着历史长河中的一段过往。它们的存在,也见证着在徽州大地上还有这样的一类手艺人,一类叫作"筑墙匠"的手艺人。

采 药

  一座大山，圈住了所有手脚，让一个村庄贫穷落后的同时又是慷慨丰厚的。比如，漫山的草草木木、花花朵朵，以及草木花朵中蕴藏的种种宝藏。采药人正是有了大山的馈赠，才在一个缺吃少穿的时代兴盛起来……

  父亲出生于1946年，三岁的时候就迎来了全国解放。加上有个懂医术、开药店、管水碓油榨的爷爷，他的生活本该是丰足快乐的。我曾在很多时候问过这一问题，父亲始终没有做出正面回答。后来才知道风光一条源的爷爷也有许多不足为外人道的酸楚事情。譬如，修成的水坝三年两头被水冲毁，花去若干大洋；又譬如，爷爷的妹妹我的姑婆遇人不淑惹上官司，花去若干大洋……总的来说，爷爷的确赚了不少钱，而花的速度却比挣的还快，以至一个中农家庭和村里的贫农人家没什么两样。唯一不同的是，父亲从小就跟着爷爷进山采药，研习药理，这一本事让他在那个艰难时代发挥了无穷作用。

  在榨了黄豆之后到柏籽开榨，有一个很长的间歇期。父亲的身份立刻从打油师傅，成了一个地道的采药人。父亲采药不为治病，而是晒干后拿到村里的药店出售，换上几角一元的，就能拿着供粮证去买来大米、面粉，维持一家人的生计。

  药材这东西，也算个精灵，并非一出门随便挖上一两锄就有收获。需要的是采药人一个山头接一个山头地转悠、寻找，需要足够的耐心和毅力。有时要走上几十里山路，清晨出发，天黑了才到家。为了不回家太晚，父亲出门的时候，我们兄妹三个大抵还在酣睡之中，母亲起得和父亲一般早。父亲整理装备的时候，母亲把昨晚的冷饭菜热一下端上桌子，扒上两大碗和着青菜、南瓜以及少许饭粒的早餐，父亲出发了。

村里的采药人并不只父亲一个。因此一个村庄周边山场一些常见的药材，如半夏、丹参、沙参、紫花地丁、六月雪等早已空空如也。父亲得向更远的大山深处跋涉。山林本没有路，如父亲一样的采药人硬生生地踩出一条路影来。穿越在这样的山林里，并没有想象中轻松。长满利刺的荆棘无处不在，还要注意野兽过境时滚落的松石，猎人布下的老虎夹，以及防不胜防的山蚊子……父亲的装备除了挖药的锄头、一只蛇皮袋之外，还有一把柴刀、一根棍子。柴刀用来开路，棍子用来助力行走，也为了赶走蛰伏的长虫。

一直十分惊叹中医中万物相生相克的理论。木火土金水，相对应的便是肝心脾肺肾。更有木生火、火生土、土生金、金生水、水生木之说，前后循环，对应着各种脏器之间的相生相克。而长在大山里的各类花草根茎，以它们的通经活络、活血降火、消炎止痛等功效，在长期与自然界的斗争中被慢慢知晓，最终成为人们战胜疾痛的左膀右臂。如果不是父亲一身风霜地出现在每一个清晨和夜晚，如果不是他背上的蛇皮袋中各种果实根茎，烙进了我小小的记忆，我在想，我也许不会去认真对待那些叫不出名来的花草。父亲挖来的药材中，有两样是全家人均需上阵帮忙的，一个是半夏，如花生大小，却生得浑圆，需要剥皮晒干。原本沾满黄泥的丑陋模样去皮之后，浑身洁白，临干时，白中透黄，还会散发出一股淡淡的清香。半夏的生长是最不计较地方的，甚至在房前屋后就有，这也是我们兄妹从小就采挖过的中药。还有一种就是状如纺锤的沙参了。父亲说我们这里的沙参叫南沙参，若是咳嗽了，取一点煎服或是放进茶缸里泡茶喝，就能润肺止咳。当然，有着这一作用的还有麦冬。被父亲视为珍宝的是丹参。父亲说，丹参功抵四物，活血化瘀，是味好药。至于能够抵上哪四种药物，我却没有深究。我想父亲是对的。对于那一根根细细黑黑状若铁丝虫般的威灵仙，父亲表现出的是一种敬畏。似乎记得

127

父亲说过，此药本身有毒，医家用之当慎之类的话。

在我眼里，父亲的蛇皮袋就是一只百宝箱，在这个简陋的盛装宝藏的箱子里，我认识了菖蒲、七叶一枝花、"九蒸九晒"、起死回生草……它们生长在深山之中，被父亲请了出来，成了一家人填饱肚子的本钱。

那时的家中总会有邻里光顾，他们会拿着一味药材，从外形到气味审视闻嗅一遍。父亲知道他们的心思，也就不厌其烦地向他们解说着药理药性。父亲的大度和慷慨，让一个大山里多了许多荷锄寻宝的采药人。也许有一点父亲并没有想到，这多出来的采药人，通过他们的寻觅的确达到了贴补家用的目的，可同时也让一些药材面临绝种。中草药的采挖是有时间限定的，用花入药的须得花开，用根入药的须等根熟。可惜的是，许多人刚认识了药材，就大开杀戒、涸泽而渔，无论季节，无论老嫩，一律采挖开来。父亲在痛心之余，又要在繁忙的农事之后抽出时间去做说服工作，才逐步平息了一场"三光"风波。

父亲的许多手艺我没有涉猎。作为一条源的榨油掌门人，他并没有传授丝毫油榨方面的技艺给他的后人。而采药，我也只是跟过父亲一回，太多的路程、过剩的汗水，让我的好奇在行走中消磨殆尽。那一回，我们父子的行程翻越了数座山峰，游历了两个乡镇5个行政村。过了午后，在一条小溪边就着山泉水，啃食母亲准备好的面粉粿时，那份轻松和惬意，才从心底随着山峦的薄雾升腾开来。那一天，父亲想把他认识的所有药材都传授给我，而行走的那些地方，或山巅，或低谷，或向阳，或背阳，都是不同药材生长时所需的地理条件。只是我的兴趣并不在于识记多少药物，我在意的是一次经历的感受。现在想来，真是愧对父亲的一番心思了。

随后几年，病魔缠身的父亲老得特别快，再也不能远涉山林。在他老人家辞世前夕，依旧戴着老花眼镜，研读着读了大半辈子的汤头歌诀、濒湖脉诀，以自己的学识和智慧以及一个采药人的坚忍，对抗着爬上身体的疾患。

补　　鞋

　　我始终觉得鞋子是对脚的一种束缚，尤其是在寒冷的冬天，穿了袜子再穿鞋，却并不见得寒风就无法侵蚀。因此整个童年憧憬着对夏天的热爱，那是一双脚得以解放的时候。只是现在想起来，我却不知道那时的稚嫩脚掌为什么那么耐磨耐磕：光着脚丫在山村逼仄的小道上狂奔，在小溪里自由自在行走，更有甚者随父母下田上山也不用鞋子，却依旧不会起泡更不怕藤蔓荆棘……多年之后，当我再想重新演习儿时的赤脚行走时，却不得不皱着眉头咬着牙，忍受着那一个个小石头给一双脚带来的刺痛。我们的脚在多年的行走中，不但没有变得更加坚硬耐用，却被无所不在的代步工具和质地绵软的鞋袜所呵护，退化成了不堪一击的婴儿模样。

　　八岁上学的时候，我有了自己的第一双凉拖鞋，褐黑色，仅前面有帮，五个脚趾和一大截脚面都能畅快地露在外面，如同没穿鞋子一样。这是我最钟爱的一双鞋，穿着它可以下河摸鱼，可以上山干活，还能在学校里引得同伴羡慕的眼光。一个夏天，甚至到了深秋时节，也没舍得换下。可惜的是，在我无节制地使用下，秋天还没过去就断帮了。母亲说："你这孩子脚太野了。"父亲说："没事，我来帮你补。"父亲搬出了火盆，从灶里掏出火来，找来钢锯条在火上烤红了，便往断处烫去。一股刺鼻的塑料味道升腾起来。很快，断帮处再次黏合一处。再之后，鞋帮断裂的补救工作我就自个儿上了。有时也会因为没有把断处对整齐而使补好的鞋子磨脚背，却终于可以不怕它们罢工了。其实这样补好的鞋子的牢固程度并不可靠，往往在一次奔跑中，突然发现脚

129

下面的鞋子不见了，鞋帮的再次断开让它和脚分离开来。一双鞋到了四分五裂，再也无法下手的时候，只得找鞋匠代劳。

村里只有一个鞋匠。能代表他是鞋匠的其实不是他有多好的手艺，而是他拥有全村人中唯一的一台补鞋机。补鞋机的工作原理和缝纫机一样，只是动力不同，缝纫机是脚踩的，补鞋机是手摇的，用的也是稍粗一些韧性极好的尼龙线。在一阵嗒嗒声中，断帮处被丝线连接了起来。只是这样补好的塑料拖鞋并不好穿，塑料是硬的，丝线的连接点处特别磨脚背，一天下来又红又肿，赌气之下，干脆把鞋子扔在了门后，依旧光起脚来。后来才知道，那样的补鞋机是用来修补布鞋面和皮鞋面的鞋用的。母亲做的布鞋自然用不着机器，而一个农村能买得起运动鞋的几近为零，所以鞋匠要修补的也只有为数不多的几双解放鞋。为了讨要生活，村里的鞋匠一年中有大半年是在一座座县城度过的。就算回到家里帮忙农活的那段时间，也必会在雨天里一个担子挑了四邻八乡地转悠。屋檐下，祠堂里，补鞋机一搁，小凳上一坐，掏一块沾满油污的皮垫子搭在双膝上，补鞋匠的工作开始了。他知道，雨天里是一个农村最为热闹的时候，精力过于旺盛又找不到发泄出口的村人，只得三五个、七八个地围了，说着永远也说不完的家长里短，那声浪一阵高过一阵，以至淹没了雨点的声响。而补鞋匠却有着自己的自信，他知道他的吆喝声足以吸引一个村子的注意。只需喊上几句"补鞋啰"，他的摊子前就会在很短的时间内被围个水泄不通。果不其然，只一小会儿工夫，村里的女人们逐渐围拢过来，有来补鞋的，有来瞧热闹的。补鞋的把手上的鞋子递过去，然后问价。讨价还价后达成统一，商讨下一双鞋子的修补费用。

"五角。"补鞋匠说。

"两角。"想补鞋的人说。

"那不成，至少四角。"补鞋匠再说。

"最多三角了。你做手艺的要讲规矩，上次来了一个补鞋的，三角我还不给补呢。就是瞧你手艺好。"想补鞋的人再说。最后各自退让一步，三角五分，搞定。相当于双方首报价格相加的一半。我在很多时候都认同这一理论，那就是对半砍价，比如，买衣服的时候就必须这样。后来才知道，衣服的原价一般为标价的三成左右，就算对半砍，卖家依旧利润丰厚。无怪乎，那些开了店铺的人成了最先富起来的一拨。不用技术，不用学问，只要开个店就行。直到"一铺旺三代"的传说被互联网取代。

村里的补鞋匠大家喊他鞋匠平。鞋匠平个头矮小，力气却很大，我见过他抬过大石头，四人扛，一点不含糊。和众多的手艺人不同，鞋匠平虽然被村里人称作跑三江四码头的，却并不擅长言语，也就是话不多，还认死理。若是遇到一两个价砍狠了，鞋匠平二话不说，收起摊子就走，一点不留余地。因此大家也都知道他的脾气，对半着砍一下价也就满意了。毕竟一双解放鞋好几元钱，修修补补地对付上一年半载，还是划得来。水至清则无鱼，手艺人，多少要给赚头。

我在读高中的时候拥有了自己的第一双皮鞋，那是一双尖头高跟皮鞋，一双脚缩在里面，像裹脚一样难受。可那是一个时代的标志。为了不至于脱离生活的时代，我只好忍了。不知道是为了听那一声声清脆的笃笃声响，还是怕那高高的后跟被磨低了，那个时候的人，无论男女都喜欢钉鞋掌，把一块形同半月形模样的铁片钉在鞋底上，走起路来清脆响亮。直到一次考试，监考的是一位穿着尖头皮鞋的男老师，装模作样地在教室里肆无忌惮地行走，那一声声清脆的笃笃声搅得大家头脑发疼，之后我便深恶痛绝起那块鞋掌来。好在这样的年份不长，男人的鞋子又恢复了平跟。

记得补过几次皮鞋，大抵是鞋面脱胶了。去修补的时候，一般都不上线，补鞋匠只是用胶水重新粘牢了，然后嘱咐一声"这两天别穿"就完事了。于是自己也买过502、一粘灵，可这样的牢固度是经不起一双脚的摆布的。于是，补鞋成了整个学生时代经常要去完成的一件事情。

20世纪90年代，在县城的大街小巷，补鞋匠随处可见。只是我没有碰到过鞋匠平，后来打听到他去了南方的一座城市。那里穿皮鞋的人更多，补鞋的人也就更多，一天到晚能挣上百元……

时光荏苒。不经意间时代也在悄然发生着变化。而感受最深的是一个个鞋匠们。他们发现，现代人不再补鞋了。在一个个垃圾桶里，一些看起来还算不错的鞋子静静地躺在那里。那些鞋子甚至等不及走向破损，就被主人扔了出来。补鞋手艺逐渐式微，乃至消失。

前不久一次回家，路过鞋匠平的家门口时，他正戴着老花眼镜在院子里摆弄一双破了好几个口子的胶鞋。见我过来，抬起头笑了笑。我招呼一句"补鞋呀"，鞋匠平答："嗯，给自己补"。他的妻子走过来，悄声说扔了好几回了，又都被丈夫捡了回来。

望着鞋匠平一边摇轮，一边修补的认真样子，我沉默了，心头不禁泛起一股酸酸的味道。

第二部分　徽州手艺人

打　　猎

　　皖南山区地少山多，两山夹一坞也就夹出了几户人家，数个村落。有了狭窄而幽长的溪流，为了找寻一两处稍微平整的地块建造房屋，人家也就分得很散。而散落的人家，却成了一座山连接另一座山的驿站。大抵走上一两袋烟工夫，就能在影影绰绰的山峦间看到熟悉的灰墙黛瓦、乳白炊烟。而真能一脚不赖地走遍方圆数十里上百里的每一条山道和每一个村落的，也就只能是一个村庄的猎人了。

　　打猎，从古至今都是一门讲究技术与技巧的手艺。在人类的蛮荒时代，我们看到的是扎着树叶兽皮遮住私处的一群人，手持石矛石块，围攻落单的野物。他们有着精确的分工，他们必须让每一个参与的个体使出浑身解数，才能让一个家族填饱肚子。这一集合众人之力的狩猎场景，一直延伸到近代史上土铳时代的到来。

　　斜挎土铳，挂着水鳖（水壶）和一个黄黄的布包，一束短身打扮，精神头十足的猎人一出场，必定前后有跟着他的忠诚的伙伴——数只猎犬——昂着头，呲着一口黄牙，伸着舌头，一会儿前一会儿后，互相追逐着，把一条山道占得满满当当。这个时候若有人迎面而来，必得一个身子往路里边的山上靠去，好腾出道来让行。猎人出征的威严用不着开道衙役装模作样地喊着"回避"，路人会自动自觉自愿地避让起来，甚至唯恐避之不及而受到猎犬的攻击。

　　程小狗是村里有名的猎户。他的有名在于他总是一个人独来独往吃独食，他的有名也在于他有5条健硕的猎犬，他的有名还

133

在于一两个晚上就能捕到一头野猪，兔子、黄麂、果子狸一类的小动物更不在话下了。而他能引起我惊恐的却是他挂在身上的土铳和5只猎狗中毛色纯白的那只。那只纯白的是狗中的头儿，平日里看不出来，可主人一喂食，众狗都要看它脸色，非得白狗吃剩离开了，其他的才敢近前抢食。即使在群狗们十分快活嬉戏的时候，只要白狗低哼一声，大家立刻规矩起来。说得玄乎的人道，在追赶猎物的时候，头狗的作用是巨大的，它能够按照主人的意愿去分配猎犬们的追赶方位，更懂得多路包抄、合众而围的道理。即便野猪块头大，在山里的行走速度也十分快捷，却往往着了猎犬的道，就是这个理。狗比猪聪明，狗更有着十分灵敏的嗅觉。一切野物在猎犬面前是无处遁形的——除非你把身上的味道弄没了，否则即便拿着传说中的隐形草，也终究逃不出猎犬的鼻子。因此，在很大层面上，很难说清是猎犬成就了程小狗的威名，还是程小狗让他的5只猎犬扬名一个村一条源。

程小狗是个昼伏夜行者。待到夜幕降临，一个村庄的其他人或是正在吃着晚饭，或是洗了身子躺进温暖被窝的时候，程小狗出发了。此时他的头顶戴着一个套，安上了射程甚远光亮十足的照明灯。猎人的手是必须空出来的，照明物具只能用头部来解决安置。这一时刻的出行是悄无声息的，5条猎犬仿佛通了人性般不再吠叫嬉闹，它们知道主人的意愿，并与主人保持着高度的默契。

我曾透过窗台的玻璃仔细观察过这一庄严的出行。程小狗和他的狗们就是一个个夜行的侠客，在我的眼前风一般刮过，光亮就消失在了黑黑的夜里，他们仿佛去一个危险的地方惩恶扬善。而第二天白天，那个被"惩罚"的倒霉鬼就会在众人的帮助下抬下山来，然后在刀斧的切割下，一块块鲜血淋漓的鲜肉被前来购买的村民提回家去。

按照农村的规矩，即便是普通的村民，只要提着锄头追赶了几步，或是大着嗓门吼叫了几声，就算参与到狩猎的过程之中，也就必定能够分得其中一块肉。而分肉的标准在于参与程度的深浅和贡献的大小。程小狗有一个绝技，那就是查找兽迹。无论什么野兽总得在水边饮水，也就会留下足迹。程小狗往往能够根据兽迹找到野物的大致藏身之处，并把猎犬带至它们的嗅觉能够发挥作用的地方，在猎犬的帮助下，把野物堵在它们的巢穴里。程小狗的整个狩猎过程讲究的是主动出击。他并不像一些小说里描述的那样，找一个密密的藏身之处一天一夜或更长时间地守候着，纹丝不动地等待野物送货上门。待到猎犬们找到了野兽的踪迹，在凶狠的吠叫下，程小狗的照明灯一眨不眨地直射野物的眼睛，然后当头扣响扳机，野物应声倒地。若是偏了准头，野物便会拼命逃窜，这时猎犬们蜂拥而上，不出半个时辰也必犬到擒来。自然，若是遇到大型野物，比如，二三百斤个头的野猪，狩猎过程也就惊险刺激许多。这样的庞大野物若是被铳伤了，便会发起威来，向人向狗疯狂反击。一些雄性野猪长了长长的刁牙，狠劲冲过来，就能刺穿攻击者的肚皮。

终于有一天，这样的惨事发生了，那条毛色纯白的头狗软绵绵地趴在程小狗的肩上，腹部淌着血，后面跟着垂头丧气的伙伴，缓缓地走下山来。后来得到的消息称，头狗追得最狠，被伤铳的野猪一个回马枪，猪牙刺穿了肚子……后来，程小狗以家人的待遇安葬了白狗，只是没有立碑，但那高高隆起的坟堆很长时间也没有凹陷，仿佛向世人诉说着它的历史和功绩……

父亲尚在襁褓之时就曾经历过一次险情。那一天，奶奶背着父亲上山锄草，父亲睡着了，奶奶就把父亲放在一块岩石下睡觉。这块巨石不仅挡去了太阳的灼热，还为父亲挡去了一次灾难。一只受了铳伤的野猪从山上直冲而下，到了父亲身前时，幸好有巨石挡着，野猪一个箭步从父亲头顶一跃而过。野猪的后面是几只猎犬、十多个壮汉和两名猎人。壮汉都是山上锄地时突然发现有野猪过来，于是发了疯般扛着锄头就上阵了。奶奶被眼前的景象吓呆了，一见父亲毫发无损，不知受了什么刺激，或者是想发泄对野猪胆敢侵犯她孩子的愤怒，竟也提了手中的草刨，踮着小脚参与到追逐猎物的行列中……最终的结果是奶奶分得了两

135

斤野猪肉。在一个数月不知肉味的年月里，这两斤野猪肉让一个家的几张嘴巴，包括锅碗瓢盆在内沾了一回荤腥。意义更为久远的是成了奶奶一段极其光荣的历史，连带着父亲也被冠上了些许神奇色彩，一直让一个真实事件如传说一样，在乡村里流传了好多年。

　　正当大家都已经熟悉并习惯了在深夜时分听到深山之中的一声枪响几声狗吠的时候，土铳的上缴工作开始了。那些山里人餐桌上的美味也被冠上了保护的名头。猎人在一个时间点上凝固成了一块寒冰，并在强烈的阳光下慢慢融化，消失于无形。直到21世纪初，一些深山地区的村庄，野猪疯狂繁殖危害到了山区所有农作物的时候，才又在当地公安机关的管理下成立了狩猎队。只是这时候，那些简易的枪支不再归属某一个体所有，而被收缴到一起统一管理。传统意义上的猎人消失了，作为一种传承了数百年、上千年的手艺，不会再有存在的可能。尽管这一狩猎过程还会在一定程度上存在并一直存在下去。

第二部分　徽州手艺人

木　雕

　　这种与斧凿刨铲打交道的手艺人，大抵是须眉男子。却在一个不经意的时间，让一个花季少女陈秋香着迷上了，便误入尘网28年之久，至今没有退隐之意。她的这一执着和坚忍，也成就了一个徽州木雕女掌门的头衔。

——题记

　　爷爷的爷爷在修建花厅屋的时候，表情依旧平静，内心早已汹涌澎湃，但他得始终保持着徽州人内敛谦逊的姿态。唯有如此，方不会被人背后笑话。这是一个叫灵山的村子里的第一间花厅屋，有偏门，有正门。走过偏门，绕上两个小弯道，还有一个硕大的厨房，随意摆放四五锅灶依旧宽敞。爷爷的爷爷，我的太太爷需要这样的安排，或者说成排场。他的用意是明显的，自他起往下数代再不会为繁衍生息而拥挤了。一个厨房都如此讲究，正堂自不待言。从正门入口，不能直视内堂，一道屏风挡住了视线。或左或右绕上两步，跨过高高的门槛，才能见到照壁下的八仙桌和桌子两旁的太师椅。自然，照壁上还配有字画、对联，正堂两边的木壁上各有两幅吊屏，早先为梅兰竹菊或其他风景。到了20世纪中叶，红色漫天时节，大抵换成了毛体写就的毛诗词。花厅屋虽只上下两层，房间却多达十余间。粗壮的立柱和冬瓜梁之间，雕琢了诸如狮、虎挂件，显得大气磅礴、庄严肃穆。

　　在整个房子基本建成时节，木雕师傅上场了。他们拿起竹子做成的丈量工具"五尺杆"好一阵比画之后，在一个天井里，借着天光，开始了他们的工作。从树桩的去皮开始，锯成细料，用一支木工铅笔勾勒出各种图案，恭请太爷爷定夺。自然，荷花和螃蟹是必需的，那是"和谐"的谐音。徽州人自古讲究与人和谐，与自然和谐，而和谐的真正意图在于赢得发展的环境和机遇。一匹马和骑马的人也是必需的，那叫马上成功；蟾蜍和桂树也是必需的，那叫蟾宫折桂……诸如此类，为的是讨个好彩头。我的太太爷以其文治武功，一举夺得了清末的文武秀才，那份轻狂和自得被几个木雕师傅雕成了图案，做成了屏风，一直流传至今。

许多时候，我就是盯着那些雕工精细的花朵枝条、走兽人物来想象祖宗的模样和他们当时功成志满的心情。叔公常常指着上面的一两个图案，旁征博引地介绍着里头的寓意。然后，摇摇头说这得多少工夫呀，五个一流工匠足足干了三年。

父亲在很小的时候就被山外的祖父母抱养，花厅屋的好歹就与我们无关了。但并不妨碍我在一个童年的串亲时节，一味地和堂兄弟、表兄妹捉迷藏，一个大房子曲径通幽地成了我们孩提的乐园。只是那时候，太太爷的花厅屋有几个房门前堆满了柴火，他的子孙中有不愿意留守的，就搬出去建了新房，而用一堆木柴代替门神，替祖上守业。透过柴火的缝隙，隐隐可见里头雕琢精致的图案，一只鸟、一棵树，或其他图案。镂空雕、双面雕随处可见，即便掩埋在柴草中，也不失其原来的高贵。

在歙县县城西园，现在叫作徽商大宅院里，木雕作品散见在各个门楼、房屋之中，这里应该算作木雕之集大成所在。或是小时候对那些图案早已烂熟，而多少没了猎奇的快感。只到陪着一拨拨客人观赏并从他们的嘴中发出唏唏啧啧的赞叹声时，才能让我强打精神，并顺着他们眼睛的方向，定格在一扇扇花窗上。精湛的图案，一流的刀工，层层叠加起来的镂空工艺，原本它们的产生、流传以及引发的感叹，绝不是我等粗俗之徒所能窥其一二的。

一个徽州是不乏这样的精美的。黟县的宏村、西递，徽州区的潜口、呈坎，休宁的万安老街、三槐堂，均是国字号文物集结的地方。在歙县，这样的村落就越发多了去了：许村、北岸、昌溪、三阳、杞梓里……随便一个村口停下脚步，然后抬起头来，就能看到梁柱、门窗之上的先人功课。

按理说徽州大地上，从事木雕技艺的人不在少数。他们大多是从县级的工艺厂里走出来的。不知从何时起，这些怀揣技艺的师傅们一夜之间下了岗，成了有力无处使的弃儿。历史总是惊人的相似，如合久必分分久必合一般，从事美术工艺的一群人在经历了很长时间的茫然之后，就又被重新唤醒了。他们所遭受的遗弃，在于一段时间内少数人重视他们存在的价值；而他们的唤醒，更在于一个族群的重新觉醒和价值取向的重新认定。民族的才是世界的。一个古老徽州又该用什么作为民族的认定而走上世界呢？无疑就是存在于我们周边的目力可及的非物质文化遗产。一间间挺立着历经数百年风雨而依旧存在的建筑，自然是无须高声语的活化石。作为徽州三雕之一的木雕也就在那一刻复活了。一间接一间标榜着传承的工艺加工厂也雨后春笋般复活过来。陈秋香也正是在20世纪90年代中期，毅然决然放弃沿海城市优厚待遇，回乡创业的那一拨手艺人中的一个。

我们的交谈只是拉家常。初中毕业后，陈秋香便不想读书了，想当个画家。川湖，休宁县城边上的一个村，横江东流，景色旖旎，那段时间总有一个老人来作画，陈秋香着迷了，竟然就当起了老者的学生。后来才知道老者是一名木雕师傅，作画只是出来为木雕写生。许是爱屋及乌吧，少女成了一名木雕学徒。凭着吃苦耐劳和聪颖伶俐，陈秋香一下子就成了县工艺厂的木雕师。只是这碗饭没吃多久，工艺厂就关门了。陈秋香只身去了广州打拼。几年后，在稳住阵脚并有丰厚待遇的时候，家乡的徽派建筑修复工程开始了。手艺人成了一个时代的骄子。陈秋香回到了家乡，办起了自己的木雕工艺厂，参与了一个徽州一府六县重大工程的修复工作，一个个配件从那双纤手紧握的钎凿中流淌出来，流向一个个屋脊、梁架。三槐堂、唐模民居、潜口民居、齐云山太素宫……一个个名字响亮并足可代表徽州的建筑，都与她有了血肉的关联。我在与她的交流中,没有过多关注挑、挖、刺、镂的木雕技艺,而是把目光停留在了她那双修长的手指上,上面布满了疤痕……陈秋香说,手是女人的第二张脸,做了这一行,她的第二张脸没有了。

是的,那一手深深浅浅的疤痕里,塑造了属于她,一个徽州木雕女掌门更多的脸。那些更多的脸,正接受着来到徽州这片土地上的远方客人更多的赞誉。也许,这样的回报应该够了吧。

茶　贩

"银针碧螺漫自夸，玉壶沏煮胜紫砂。夏至日长行人少，担歇柳荫闲斗茶。"诗句说的是宋代一茶贩上街贩茶的情景。这个卖茶人卖的是茶水，即冲好的茶。自夸为银针茶、碧螺春，都是上品佳茗。只因没有紫砂壶，便又自吹自家的玉壶沏茶更好。可烈日炎炎的夏日，却少有行人顶日游街，卖茶人只好找个树荫之地与他人斗茶歇息去了。陆羽《茶经》引晋代《广陵耆老传》云："有老姥每旦独提一器茗，往市鬻之。市人竞买，自旦至夕，其茗不减。"茗，就是茶水。上述的宋代茶贩和这名老姥算是最早的茶水小贩了。茶叶，作为东方的神奇之叶，不知流传了几千年。而这种以茶水为业的生意人，却是茶贩的鼻祖。发展到现代，虽有茶馆茶楼无数，却不能算作茶贩。真正意义的茶贩，是以收取茶叶贩于外地销售而赚取利润的人。

徽州多山，除了种植少量的水稻、玉米等农作物外，最主要的经济来源就是山前屋后的茶园。在徽州，叫得响的茶叶牌子就有不少：黄山毛峰、老竹大方、滴水香、祁门红茶、太平猴魁、休宁松萝……自然，有着庞大加工作坊的厂家便成了公司，也与一个"贩"字再无瓜葛。尽管这样的公司的创始人曾经在十年二十年前，只是一个小小的贩卖茶叶的生意人。我却更愿意称其为手艺人。这手艺不全在手上，更在一双精到的眼睛里，灵敏的鼻子里。

20世纪90年代后期，在父亲的极力反对下，我还做过一次茶叶贩子。当时得到的信息是，歙县新溪口有几个老板连夜大量收购一批茶叶下沪杭，若赶在老板们出发之前收购一批茶叶或许能赚几个差价钱。当时正值春茶毛峰开采，市面上的价格每石7000元左右，前来报告消息之人是一名长者，也是我的朋友，刚从粮站退休下来，于是立马放价。不到两小时，收得干茶40余斤，划着小脚船便往十里水路外的新溪口赶。两人一身汗水赶到目的地，老板在打包茶样的时候，眉头一皱说太潮了，不能收。至此才发现，为了赶时间，在收茶时没有注意干燥度，大袋一装之后，茶叶吐潮，全变软了。这一急非同小可。一小袋茶叶价值3000多元，是我当时一年半的工资总和。只得赔着笑脸，央求老板开恩。最后，老板颇不情愿地点了头，却去除了多斤水分，一举生意不但没赚到钱，每人还亏了50元。父亲得知后说亏得不多，买个教训。自然以后更加小心，做小本生意之人更是经不起亏折的。只是不久，类似的亏折又上演了一回。那时，春茶接近尾声，村人所制毛峰茶个头奇大，开秤收购者已少有人。当时我正下岗回乡开一小店，为了招揽顾客，照常收购，倒是赢得了好名声，最后在处理收来的茶叶时遇到了麻烦，以收购价把三大袋茶叶交给一个小学同学。那个小学同学没付现金，打了一张300元的欠条。至今20余年过去，小学同学再未谋面，欠条成了一张废纸，时日一久也不知丢于何处了。有了两次的教训，便不再做茶贩，自知不是那块料。后来在与各类从事茶叶生意的人接触后方觉，什么叫"沉舟侧畔千帆过，病树前头万木春"了。正是有了如我一般的失败者，才有了一个个崛起在争过独木桥时的胜利者。

　　那时候，大多茶贩贩得一定数量的茶叶后，便前往一个叫繁昌峨桥的地方销售。乡镇一级政府工作人员在水路、陆路设了许多路卡，检查出境的茶叶是否开了茶叶增值税发票。一些有门路有靠山的茶叶贩子，往往采取少开税款的方式赚取差价。正所谓马无夜草不肥，门路大得能够遮天的少数人，更是一路绿灯放行。如此三五年下来，便掘得了人生的首桶金，之后摇身一变，步入人生鼎盛的逍遥时期。

　　而在茶贩这一阶层中，他们中有更多的人是凭着自己的胆略和阅茶的本事，由一个个"扁担贩"成为一个个企业家的。众多的茶贩首先得是一个村子里的制茶高手。有了制茶的功夫，才能学会看茶，茶叶中是否掺了假，自是一闻便知。一些狡黠的茶农在一双双锐利的眼光和灵敏的嗅觉中露了原形。这样一来，茶贩们有选择地收购经得起市场检验的茶叶，以滚雪球的功夫慢慢壮大自己的腰包。歙县溪头镇汪智利、柯德平等人，借助南云尖千米海拔的高山茶优势，经多年钻研打拼，高高举起了大谷运滴水香的牌子。歙县三阳镇冯全根五代人只为一口茶，在机械化高速发展的今天，依旧手工炒茶，守住了老竹大方最后的味道。

更多的茶叶经营者借助着祖宗的荫护，传承着曾经的断层和辉煌。2008年4月15日，对大多数人来说，那只是一个已经过去的日子，绝大多数人不会去记一个普通的日子里发生了什么。而对休宁松萝人来说，那却是一个永远载入松萝绿茶史册的日子。当天下午一时，美丽宜人的杭州西湖畔，烟雨朦胧中的中国茶叶博物馆显得尤为迷人。由中国茶叶博物馆、中国国际茶文化研究会、休宁县人民政府共同举办的"哥德堡号松萝茶回娘家"活动正在这里举行。一个茶叶品牌与一艘沉船相联结的故事在这里上演。1745年9月12日，哥德堡号在驶入瑞典哥德堡港口时沉没，当时载有370吨中国茶叶。茶叶在1984年——距沉船239年后被打捞上来。有关茶文化专家惊叹：谁能想象，被海水与泥沙掩埋239年的沉船还能再见天日。更令人惊奇的是，分装在船舱内的370吨茶叶一直没被氧化。其中一部分还能饮用。一些亲尝过两百多年前茶叶的人道出体会：轻啜几口，虽茶味淡寡，似有木屑香气，口味依旧悠长。于是关于瑞典"哥德堡号"沉船古茶原产地就成为人们关注的问题。后经专家考证，沉船茶样的品种就是松萝茶，是安徽休宁地区的一种松萝茶。王光熙，松萝茶第二十五代传人，把曾经断档的历史"焊接"了起来。

历史的车轮从来没有停歇过，按其惯有的频率，平缓而迅速地碾压着。从茶贩中成长起来的企业家们并没有改变他们真正的手艺人身份，如果说有，那么他们只是变成了更大的茶贩罢了。

143

留下的真空,自然会有新一代的扁担贩们来填充。而他们中的一些,也会发酵成长,产生的泡沫在湮没"一只只沉船"的同时,闪现出束束炫耀的光芒。优胜劣汰的自然法则,似乎更准确地在茶贩这一行当里得到了佐证。

烧　窑

　　游走徽州大地，不经意间，就能在一条清澈的溪流旁边发现一个高高隆起的山丘，透过密集丛生的杂草缝隙，就能找到一两个缺口。这就是一座废弃的砖窑。那个缺口，是砖窑的门和添柴的灶口。一块块打磨平整的泥坯从这里进去，关上门，灶口处弥漫起数日炊烟之后，再把烧硬的泥坯掏出窑口。这时的泥坯子就成了砖头，青砖或红砖，都是建筑房屋的材料。一块块整齐地码成一堵堵矮墙，把个原本荒芜的砖窑四周点缀成了生气四溢的街巷。等待着它们的新主人赶着牛车马车来装运。抟几块土，出几身汗，荒凉劳累上一段时日，烧窑人就得赶在霜降时节回家。那时候，他们的腰包里虽不丰盈却也不干瘪，那透亮的汗水和红通通的柴火烧出来的几块银圆，足以让一家老小乐滋滋地过上一个春节。

　　当走进一幢幢庭院深深的徽州古宅时，那静静砌在墙体里的砖头不时让我产生幻觉，那过往的日子里，被烈日烤裂皮肉的汉子，正用力摔打一块泥土。他不停地举起来又摔下去，僵硬的泥土慢慢变得柔软。最后一次，汉子把柔软的泥块摔进了一个长方体的匣子里，用手拍实，再用钢丝做成的弓状物把多出来的泥尖刮去，提起匣子用匣沿的木板往工作台上一拍，一块成型的泥坯砖就完成了。我不知道，一座窑一次能容纳多少块砖坯，500或者1000，或更多，数个汉子光着上身，任一个脊梁流成一条小河时，窑主说一声"装窑"。于是众人停下手头的工作，蜂拥而至，把一块块泥坯装进小翻车里，两三个人成了一个工作小组，填塞着那口巨大的肚子。我没有亲见过窑里面的陈设，但我的想象肯定是见过的。那个原本黑暗却又要经历炼狱般炙烤的窑洞里，必定有着一排排耐高温的如梯子般的架子，这些架子在一个农村，只能用随处可见的石头砌成。然后，把最后一道关的烧窑手艺人，小心地一块块地把坯砖搁放在上面。所有的这一切都结束之后，便是关紧窑门。这时的砖窑成了一个密闭的容器，唯一通着容器的是一炉灶膛。这是一个凤凰涅槃的过程。一块块随处可见的泥块，如那只传说中的阿拉伯美丽而孤独，接受着每500年自焚为烬，再从灰烬中重生的神鸟一般，成为永生。一块泥土，名不见经传的泥土，从此与一幢明清古迹相连起来。

砖头的加工虽然比不上陶瓷一类的精细用品，但凡是通过窑口烧制而成的东西，都会由于一个不经意的差错，使一窑砖头成为废品。它们失去了平整的外表，失去了应有的硬度，变成了一堆让烧窑人脸红心乱的怪物。这个时候，需要一个人出来承担责任，或者大家一起来扛起一次事件的过失。那一刻，天应该是阴沉沉的，黑云压顶，窒息得让人透不过气来。只有等到一场突如其来的暴雨过后，天空才会重新清明。雨过天晴，汉子们甩一把汗，就把忧愁甩到了地上，渗进了泥土。他们重复着单调的动作，选土、抟打、装窑、烧制……这样的工作场景，像一幅流动的画轴，从一头打开，缓缓舒展到另一头。

江华杰是村里的窑工头子，他带去的是一个村子的劳动力。到了盛夏，农事忙过了，正是庄稼人一身力气无处挥洒的时候，江华杰说一声"烧窑去啰，明天动身"。一个晚上，母亲的叮嘱，妻子的不舍，孩子的挂念，都要迅速画上一个句号。他们需要轻装上阵。一个包袱，就背起了一家人殷切的目光。那些尚未明确的挑战，容不得烧窑人分去一丝一毫的精力。第二天凌晨，村里的五六个汉子，趁着夜幕行走在宽不盈尺的小道上。脚下的路从小道变成板车道再变成汽车道，他们越走越宽，分明感觉到经过了一个繁华的城堡，继而再次转向板车道、小道——从一个山坞走向另一个山坞。他们不知道走了多少天，包裹里的苞芦粿即将食用干净的时候，在一个窑口处停了下来。开工之前，得先安顿自己，几根新斫的木架架起了一个个栖身之地，挂上几块塑料布，一个窝棚就成形了。江华杰把窑主提供的床板往地上一搁，丢下包袱，就又四处溜达开来。他在审视这里的泥质和厚度，查看窑口的大小和密闭程度，然后，和窑主一道，一个人一窝烟袋叼了，谈起了合作中的细节。比如，烧制的进度，出货量；比如，窑工的分成……农村里有句话叫作先小人后君子。事事考虑周全了，才会少些麻烦，而这一切都是一个窑工头子所需要的本事，他得对跟着他一道出来的窑工负责。而这种负责却会因为一次过失，他的话语就会失去感染力和号召力，那么这个群体也就消散了。

一切准备就绪，工作就开始了。从第一锄锄开被荒草掩盖结实的泥土开始，一个流程就走向了正轨。每天的日出到日落，从一个斗士般昂首挺胸再到精疲力竭地回到窝棚里躺下，他们的肌体和他们的意志力一道，消磨着一个个日子，从一块块烧制成的砖头里计算着属于他们的微薄报酬。

我是在上了小学之后，才知道父亲在很小的时候就成了一名窑工。而这一段经历父亲却从来没有向我说起过。许是那段与年龄和体力都极不相符的重体力劳作让他再也不愿提及。而在其后的一段日子里，父亲为了赶制一间柴房，重新操起了旧业。父亲的一次示范性的劳作，也让我亲历了一块砖头是怎么来的。

回家时我曾与父亲聊起窑工的生活。父亲只轻轻说道："在家务农的，什么事都得会干一点，否则又怎么能够养活你们哦。"一句话，说得我鼻翼生酸。父亲说，在农村里砖窑特别多，几乎村村寨寨都有。而窑工却是一门学问颇深的手艺。有的人干了一辈子窑工，只知道敲打几块泥坯，而烧制时的火候才是最终决定砖块成功与否的关键。我便问道："那为什么出了废窑之后，却要大家一起分担责任呢？"父亲说："一个群体里只要有一名精于火候的窑工，大家分得的钱就会多上不少。可谁也不是完人，还能不出一两次错哩。只有窑工们合成一个团体，再重的担子也就挑得起来了。"

我不知道那些废弃的砖窑始于什么年岁，但我可以肯定，它们辉煌的日子就在昨天，一个离我们并不久远的日子。我更知道，在一个个徽州农村，还有众多如我父亲般的窑工存在。只是谁又会聊一座废弃的砖窑和一个多年不再从事的职业呢？

　　如果可以，我的这一陌生却又能勾起些许记忆的话题，你就把它当成一次人生经历的回放吧。别了，赤膊上阵的窑工们。别了，那一个个被历史淘汰的手艺人。

第二部分　徽州手艺人

赶　　骡

　　那是一幅流动的画轴：在长满松杉庄稼和野草的山脊上，一头全身乌黑的骡子负重行走，骡子的身旁或身前滚动着一粒扁长的黑豆，若是目力可及，那应该是一位上了年纪的赶骡人。他的头上戴着草帽，肩上披一块如骡身一般乌黑的毛巾，一手牵一缰绳，一手捏一根小木棒。远远望去，如一只蠕动的蜗牛。从骡子踏上负重的征程，他们似乎从来就没有停歇的时候。一个人和一头骡子，组构了皖南山区峭壁山道上的一幅水墨山水，从晴天走到雨天，从早走到晚，从春走到冬……走着走着，骡子老去了，赶骡人老去了，脚下的山路却依旧年轻。那些路面上的石子和叫不出名来的野草，已经把根深扎大地。裸出地面的石子棱角虽然已经打磨浑圆，却依旧硌着脚底，那青了又黄、黄了又青的野草，让生疼的脚稍微感受到路的柔和。一头骡子和赶骡人不能改变什么，即便一条有着数十年交往的山道。

　　从新安江码头到一个叫上汰的村落到底要走上多少路，走上多少时间，怕是没有人能比骡子和赶骡人知道得更加清楚。当然，知道脚程的还有挂在骡子背部两侧的篓筐和篓筐里不时变换的货物。赶骡，这一手艺似乎并不包含多少技术成分，唯一的要求是一个人要有骡子一样的体力、耐力和脚力。重复着来来回回，重复着丈量一座山的高度，一条路的距离。

　　赶着骡子驮运货物原本是一个十分传统的行当了。沙漠戈壁的马帮、驼帮，古道夕阳里孤独寂静的行走画面，早已通过影视画面烙进我们的记忆。而在徽州农村，这门行当却因少了许多电影明星的加盟，至今没有走出群山去震撼山外的心灵。在他们生

活的村落里，赶骡人带给大家的不是艰辛而是富足、荣耀和忌恨。一头骡子抢走了人的肩膀的生意，畜生与人抢起了谋生的饭碗。骡子以其强大的体魄和耐力以及日复一日的行走本事，以更加低廉的价格取代了一条条扁担。它和主人的付出却很难换回一束怜悯的目光。那些被解放出来的劳力在没有找到合适的谋生手段之前，只能以乞怜的目光和比骡子更坚忍的行走，在与牲畜的竞争中分得一杯羹汤。但是一个人的体力怎么可能强得过一头牲畜呢？在一个烈日当空的白天或是风雨交加的夜里，他们倒下了，躯体发着高烧，腿脚变得哆嗦，用以惩罚他们自杀式的透支。赶骡人借助一头骡子的力量取代了一个个壮汉。其实，壮实汉子的后人，后人的后人，终于在活络的政策支撑下，从一个集体经济的束缚中解放出来，凭着优良的坚韧基因，在一个个大中城市站稳脚跟，挣下名号。而这些都得益于一头头骡子和一代代的赶骡手艺人。当后人的后人衣着光鲜地回到生养他们的家乡时，原先的骡子早已作古，赶骡人也不知换了多少茬，而所有的行进路线和劳作方式却没有丝毫改变，通过没有尽头地行走，日日担负着一个村庄的供给。现代化的进程可以在十年二十年间，让一个个城市发生巨变，而那些力量还不足以影响边远山区的道路、农村和一代代的赶骡人。骡子的命运，也正因了它们的负重能力而存活在山间的小道上。唯一不同的是，它所在的村庄正在萎缩，村庄的需求正在减少，为了获取足够的食料，它必须担负更多村庄的驮运任务。从一座山头下山，再从另一座山头上山。它开始学会警惕那些未曾涉足的山道上的一个个陷阱，保持着一个健康的体魄走完属于一头骡子的一生。

赶骡林早已让人忘却了他的名姓。和他的父亲一样，取上名字中最后一个字，就成了他的新名。赶骡林真正接过父亲的缰绳时早已过了不惑年纪。这一年纪却是一个行当的必备要求。人过四十，正值壮年，体力充沛，心境却宽和了许多，能够容忍一条山道的漫长，受得住各式各样的目光，或猎奇，或怜悯，或嫌弃。这样的年纪，更懂得人情世故，哪怕身边一张张脸上的笑容并不真实。赶骡的收入是以货物的重量来计量的。这一天他所能接到的任务就是往山上的一家主顾运送两袋大米，正好一百斤，运费是八元钱。赶骡林接电话的手有些颤抖，甚至有些气愤，而气愤之后，心中弥漫起些许欣慰。这是一种自己说不清道不明五味杂陈的感觉。这样的生意是亏本的，倒贴一程的脚力不说，就连骡子的饲料费也没挣上，他还得准时出现在一条山道上。这是祖上多少代人的宿命，也是他的宿命，这样的出现证明着一个家族世代驮帮的行当还在延续，还能让静谧的山体流动起来。

怕是赶骡人有了少有的停歇空闲，人们才能近距离长时间地去审视一个行当。赶骡林那顶无冬无夏从不离身的草帽遮去了大半张脸，却遮不住岁月在脸上的刻痕。这一天他不在状态，从半山腰的家中走到码头，就已经有些乏力了，轻松下来的人是最容易乏力的。在装货上骡背之前，他得好好享受这春天的阳光。他把别在腰间的旱烟筒掏了出来，两根手指从上衣兜里夹出些许烟丝，掏出打火机点燃了，美美吸上几口，烟雾在身边缭绕。不时摆动后腿和尾巴的骡子，眼光迷茫地对着碧蓝的江水发呆。这是一头个头硕大的骡子，比它的母亲，前山一个村子的黑驴高了整整半个头。这是赶骡林相中不久的骡子，一头骡才三岁年纪，有着旺盛的体力，一天可以不停地驮运货物而不知疲乏。精力旺盛的骡子与显出疲态的赶骡林成了鲜明的对比。赶骡林完全明白他的宝贝的心思，于是收了烟筒，站直身子。他开始从船上运货物，两袋大米，一百斤大米。骡子认真地看着主人的搬运过程。显然，它也十分清晰地看到了主人慢慢倒下的过程。在搬运第二袋大米的时候，赶骡林倒了下去，腹部压在了落下的大米上，像一只下了油锅弓起腰板的虾，不再动弹。骡子嘶叫起来，那叫声让一个安宁的码头变得异常悲恸。赶骡林死了，死于脑出血突发。在赶骡林走完人生最后一程的时间里，他应该是欣慰的。那头他选中的骡子以悲凉的嘶叫为他送行，他走得并不孤单。

此后不久的时间，陪着年轻骡子行走的是同样年轻的赶骡人。她是赶骡林待字闺中的女儿。从此，漫漫山道上有了滚动的红黑两色。又一个十年过去。赶骡林的女儿因了一件红衣,有了另一个名号——赶骡红。十年坚守,赶骡红的名号叫得十分响亮。

第二部分　徽州手艺人

放　电　影

　　在农村，一年到头少有娱乐活动，突然听说村子里晚上要放电影，那可是件等同过年一般的盛事。一个村子的男女老少，那张张紧绷的脸像沾了蜜一样盛开成甜甜的花朵，好比一个打了多年的老光棍娶上了梦中的媳妇。太阳还没有完全西下，就能看到扛了板凳去祠堂坦上抢占位置的身影。去得早了，白银幕还没有挂上，却不影响大家的好心情，嗑着瓜子聊着天催促着夜幕的到来。等待是有结果的。首先，村里指派的几个村民——更多是自愿加入的活跃分子出现了，他们拿来了那块正方形的白银幕，抬来了一张八仙桌。一会儿工夫，就在两根笔直的杆子上拉平了银幕的四个角。这时人群中有一些骚动，来自摆电影放映机用的八仙桌的位置，那里早就摆上了板凳。一个说："你这里不能摆凳子，要留电影机。"一个说："你不知道往后挪挪，偏和人家过不去。"即便是争吵，也是开心的、高兴的。我的父老乡亲在这一刻变得特别大度。往往几句玩笑之后，碍事的板凳自愿地移到了别的地方。他们知道，电影机的位置是固定的，射出去的光束得占满整个屏幕，不能前也不能后。八仙桌一落地，它的前边及左右两边就会被一条条板凳所包围。放映机周边是看电影的最佳位置，不前不后，又能清晰地看到放电影的人换带子（胶片）。一些想和放映人拉关系的，还能近水楼台先得月。递上一支香烟，然后聊上几句下场电影在什么村子放、放什么片子等机密话题。

　　我的童年，便是随着奶奶一个村子一个村子地看电影。奶奶踮着一双小脚，一手牵着我，一手拿一束葵花秆子捣裂后沾了煤油制成的火把，在乡间小道上走。为了节省燃料，往往早吃了晚饭,在夜幕到来之前赶到放电影的村子,火把要留到回家的时候再用。小时候,觉得奶奶特别有劲也特别有人缘,若是去一个较远的村落,奶奶都要邀上几个邻居,五里十里的山路,踮踮脚、说说话就到了。到了地方,自然有众多相熟的当地人好生招待。有的喊"先生娘",有的喊"老月嫂",更亲切地直呼奶奶的名字:"桂梅,你来了,快,这里有凳子。"爷爷是一条源里的医生,奶奶又是个豁达大度的人,源里的人来看病,有钱没钱的都不计较,一些路远的,奶奶还时不时地贴上一餐饭。如此一来,方圆数十公里的地盘上,就没有她不相熟的,在我看来,奶奶就是一个能呼风唤雨的人。

我记不得看过多少电影了,而记得起来的电影名就更少,充其量也就《地道战》《上甘岭》《红楼梦》寥寥几部片子。其实,一个童年算起来也没真正看过多少电影,真正的快乐在于丈量一个村子与另一个村子的距离。在农村,电影毕竟是个稀缺物,许多时候一年半载的也看不上一两回。而放电影的人就成了人人羡慕的职业,当时我就想,长大了放电影去,想看什么电影就看什么电影。这一儿时的梦想左右了我很长时间。我的这一愿望终究没有实现,同村的汪金宏实现了。他比我大上十几岁,读了一些书,认识好多字,加上为人务实,二十岁出头就放上了电影。同村人当了放映员,好处就是能在第一时间得知电影放映的确切信息,然后做好一切看电影赶场子的准备。有一回,奶奶和我一个晚上就赶了三个场子。记不得是个什么电影了,反正片子很难调到手,相邻的三个村子都要求放映。可片子停留的时间只有一个晚上,最后以抓阄方式决定放映顺序。一些精力充沛而又无所事事的年轻人一下子来了劲,电影放到哪人赶到哪。奶奶和我,一老一少夹杂在一堆人群之中,无形地把欢乐时光拉长了好几倍。

比我们大上几岁的江根旺,用一台投放机填补了我们儿时的闲暇。那是一个能发光的小盒子,能把胶片投映到白墙上,在我们看来那就是神器。有了神器,也就有了跟班,在大家的簇拥下,江根旺在桌子上摆好机器,关上门窗,拧上开关,然后把一张张卡片往机器里插，墙壁上便出来了图像。有房子，有女人，有小孩。就算那是一幅幅静止的画面，也让我和小伙伴们惊艳不已。在我眼中，江根旺就像奶奶一样能够呼风唤雨。现在想来，几节与电影有关的记忆片段点亮了我们的童年。

20世纪90年代初期，火爆了好长时间的电影《妈妈再爱我一次》终于在乡政府边上的电影院里上映。连续几天，从早放到晚，依旧场场爆满。那时候汪金宏的妻子成了电影院的检票员。她身体往电影院的门口上一靠，一只脚抬起来，搁在另一边的门框上，像个旋转了90度的"丁"字。当时的票价大抵是一两元钱，可对农村人，特别是学生来说，却是一笔不小的开支。汪金宏妻子抬起的脚就是为调皮逃票的男学生准备的。谁想趁浑水摸鱼，就得从她的胯下溜过去。有两个调皮蛋还真不顾羞耻地钻了进去。汪金宏老婆认识我，大声叫了我的名字，示意我进去。她的这一慷慨，让我受宠若惊了好长时间。

20世纪七八十年代，凡是乡镇和稍大一点的行政村，都盖了电影院，结束了那种露天放映的历史，只是人们再也不能随处瞻仰免费的电影了。与没得坐和淋一场雨比起来，露天电影依旧是农村人的最爱，直到村子里第一台电视机的出现。连续播出的电视剧如同一根魔杖，点了众人的死穴，牵着一个村子的眼球。那时候正在播放《霍元甲》，人人嘴里头都能哼几句"万里长城永不倒"，一些半大孩子更是哼哼哈哈地摆弄拳脚，打上一段迷踪拳。随后的几年，分得田地单干的农民鼓了腰包，电视机的普及特别快，家家户户安了天线。看之前，要不停地旋转天线位置，尽管还是许多雪花点，却能看到不少好看的电视剧。电影，在之后的好长一段时间里成了一段过往。那一间间庞大的原本人气十足的电影院，也在一夜之间被一把锁锁了，随着锁上的锈斑老去。汪金宏和他的妻子回到了村里，干起了生疏多年的农活。

比起众多消失的物事，电影的轮回是最快捷的。放映员，我们叫作放电影的手艺人，不但没有消失，还在一定时间膨胀起来。电影下乡成了民生工程之后，农村里又放上了久违的电影，只是再也看不到赶场子的人了。一个硕大的放映场上，掰着指头就能数清观众。我在想，仙游多年的奶奶倘若活着，还会如痴如醉地赶场子吗？但有一点可以肯定，若是奶奶依旧痴心不改她的这一爱好，那么在那一条条逼仄漆黑的山道上，一定是我搀扶着她老人家了。

罗　盘

在众多的手艺行当中，罗盘制造者是一个神秘的群体，由木匠、漆匠、毛笔书法师等不同专长的手艺人组合而成。罗盘的制作有着多项工序，作为手工流水线作业，每人负责其中一项，以至终老。这样的分工合作除了能够保证一个产业的良性发展之外，亦不会因为某一个手艺人的离开，而把一个家族传承的技艺带走。

罗盘的大小取决于木料的尺寸，选材成了关键。徽州绵延的群山和八成以上的森林覆盖率，为选材提供了足够的保障。罗盘的料只认准两种树，银杏树和虎骨树。随着需求的增多和古树名木保护力度的加大，可选的材料逐渐捉襟见肘。供求关系的改变，让一株料树从几年前的数千元涨到了数万元，乃至更贵。买者和卖者在一株银杏树前站定，在双方主事人眼睛的考量下，卖者说一句"三万"，树还站在那里，估着堆开价。买者来一番讨价，"一万五"。漫天要价，就地还钱。这是生意上的规矩。双方谈好价格之后，请来斧锯，运出大山，搁在了仓库里，一搁就得三年。待到三年期满，树中的水分阴干了，才能锯板取料。锯板的是木匠。架一段圆木，平放在木马上，铆钉钉紧了，左右两人持一把长约六尺的长锯，引着弹好的墨线，一拉一推间，木屑纷下，圆木也就成了一块块厚度均匀的木板。树心处的木板料度好，可以制成大尺寸的罗盘，下脚料也能做不少小尺寸的半成品。手艺人因材取料，一棵树的不同位置都能在他们的一双巧手中幻化出不一样的半成品来。半成品就是一块圆形的木胚。如果说这一过程只需要一个粗糙的木工就能完成的话，那么接下来的就都是细活了。从光滑的木胚开始，再到均匀刻画出圆心角为30度的12条角平分线，又用不同的半径把这些平分线画成大小不一的样子，不但需要细心，更多的是耐心。线条刻画好之后，交由下一道工序：上色。手艺人持一块黑木炭在线条上磨搓，再用面巾擦净，炭屑就永远留在了刻线里。接着又要再一次打磨。在没有砂皮纸的年代，打磨用的是一种草，叫木贼草，晒干切段备用。木贼草柔中带刚，摩擦中发出"沙沙"声响，它的功效还真能媲美现代的砂皮纸。一个光润如玉的罗盘是少不了时间的打磨的。木贼草在光润他人的同时，让自己成了一堆细屑，连同木贼草一起消失的是手艺人的年华——他戴着一副老花眼镜，鬓角处几缕银发从严实的落了尘埃的毛线帽中露出头来。正在打磨的手不住哆嗦，却没有停止下来过。从早上旭日东升到傍晚夕霞满天，以一种淡定、从容和执着赶着时光在走。

罗盘上分成的格子是用来填字的。用的都是毛笔，或者准确地说成"眉笔"——专供画师画仕女时勾眉所用，在这里手艺人持了笔尖细细的眉笔写字，写天干、地支、时辰……最小的如蚁般大小，大一点也就黄豆模样，的确需要不俗的功力。

最后一关才交由这一行业的传承人"上针"。罗盘的作用是指向，只是四大发明中的指南针与民间堪舆学相结合的产物。针的精准与否，直接影响到风水大师对一块土地一个朝向是非价值取向的判断，因此才是罗盘中的核心要素。而这一技术向来是传子传媳不传女的。

罗盘产业的发生发展是与一个特定的外部环境息息相关的。特定的外部环境就是辉煌明清三四百年的徽商。在外获得成功的徽州人回到故土，兴建祠堂修桥铺路都离不开风水师。而风水师们的唯一工具就是罗盘。市场和兴趣取向，决定了罗盘产业的兴起。

徽州罗盘从明代肇始，在清中期到达鼎盛，徽州府所辖一府六县的大街小巷，处处可见罗盘手艺人的身影。位于休宁县万安古镇西头，始创于1723年的吴鲁衡罗经店，至今已有300多年历史，成了徽州罗盘的重要代表。随着徽商的式微，罗盘产业也迅速萎缩。20世纪70年代，作为封建残余几近消亡。罗盘手艺人各自转行，不复再见。那个时候，吴鲁衡罗经店传到了第7代传人吴水森的手上。吴水森出生于1949年，3岁便从父学艺，可惜的是父亲在他12岁的时候就辞世了，故从母再习，待至手艺纯熟，却早已没有了用武之地，只好进了县里的一家工厂。待至更深人静，方从床底下掏出一块罗盘面板自习祖业，直到80年代末，春风解冻后，才让祖宗的绝活重现天日。20世纪90年代初，吴水森辞职返家，做起了罗盘手艺人。从一个人干再到招集工匠，支起了万安街上首个罗盘作坊，一晃就是20年，吴水森也由壮年步入老年。传到其子吴兆光手上时，年轻人有胆识也有眼光，斥资500多万元建起了徽州地域上的首个罗经博物馆。不但收藏了明代以来吴氏家族各传承人的精品罗盘，尺寸大小也是应有尽有。走进馆中，静谧处仿佛能够听到数百年前的手艺人斧凿敲打的声响。

罗盘生产是一个漫长的过程。即便一块尺寸中等的罗盘从取料到成品，也要历经45天左右。吴家的罗盘作坊里常年有20来名工人，日夜生产，年生产能力也不过区区2000片。而市场的需求量是生产量的3～5倍。低生产和高需求之间的矛盾，从罗盘兴起的那天起，似乎就没有得到过有效缓解。吴家人坚持了一个原则，那就是无论需求多大，绝不让一块不达标的罗盘流向市场。他们坚守着一个百年老店的荣耀。

历经数百年的演变，罗盘早已从定方位看风水的原始功能中蜕变出来，无形中成了一个地域的文化符号，成了人人趋之若鹜的收藏品。吴氏罗盘成了国家向国际友人赠送的礼品，走进了北京奥运会、上海世博会，并屡屡在国家级工艺美术大赛中获得殊荣，大有"一盘握手，如握乾坤"一般。而一代代熬白了头发的手艺人，以他们的不懈努力，再次让罗经文明在徽州大地上绽放异彩。

如果说，受了时代变迁社会进步的牵拽，诸多手艺人不得不放弃本行另谋生路，那么罗盘的制造者们正迎来一个明媚的春天。

挑 山 工

一条扁担，一头搁在一只煤气罐上，一头搁在一袋米和一扎矿泉水上。她在休憩，就是休憩的时候，一双眼睛也在不时地审视那些衣着光鲜、装束不凡的来往人群。

她坐在景区的一个山洞里，身后是历朝历代的碑帖石刻。块块都十分有名，极富价值。可她并不关心这些，也不屑在意。山洞其实是一条过道，阴凉，不少客人从此处经过或坐下休息，这才是主要的。20年了，她每天都要经过这里，少则三五趟，多则七八趟。山洞的位置叫象鼻崖，对着象鼻崖的地方是"天开神秀"四个大字的摩崖石刻。这里是齐云山最繁华、最热闹的所在。沿着石壁有着四五处深达数米的山洞，洞里供着各种求雨、求学、求平安、求富贵、求姻缘的神像……自然，这里的游人就不会少，她的生意也会好上许多。

2011年4月19日中午，我路过象鼻崖的时候，她就以这样的眼光审视着我，看看我是不是能给她带来生意。其实，我更在观察她。她面前的那条竹扁担深黄近褐，显然有了年份，上面更是沾了主人不少的汗水——那些汗水和一个个日子浸染了它，也让它稍显弯曲变形……我是知道一罐煤气的重量的。我的家在6楼，一罐煤气扛回家，我会喘上好长时间才能调匀气息。

不用猜，眼前的女人就是一位挑山工。她的个头不算小，脸上棱角分明。一头长发显然疏于打理，又或是经受太多的风霜雪雨，虽然被一根头绳扎了个紧，却依旧凌乱。额前发束裹在一起，发梢处湿漉漉的。两只裤脚卷了起来，小腿肚子干练结实。脚上套一双半旧的解放鞋，鞋面看起来还好，脚底却磨下去了一大层,似乎用不了再走多远,它就会宣布罢工了。

这是我第一次上齐云山,也是第一次见到挑山的竹扁担和它的主人,这让我产生了极大的好奇。但在交流的过程中,挑山女人却并不十分配合。我在她的眼里并不够分量。她从一个包里掏出了一本《初中生必读》和一张老旧的报纸,上面介绍了她仅靠一双柔弱的肩膀,挑山挣钱养育三个子女的故事。她开始讲话,讲起2007年的时候湖南卫视的编导、记者来齐云山做她的报道的经过——我回单位之后,曾上网查阅,她所言不虚,湖南卫视所做的报道十分精彩。但报道的重点却并不是她,而是拿她做个榜样,教育一个嗜赌的女人,让那个女人跟着她挑山,感受生活的艰难。我从她拿出来的宣传资料上知道了她的名字——汪美红,齐云山最后的挑夫。

显然,这些宣传她的资料成了她介绍自己的证件。而我却不觉得她的这些行为有多张狂,有多炫耀——尽管周边熟悉她的人都曾经这样置疑。她的炫耀或者张狂,只是为了向游人多卖出几瓶负重上山的矿泉水。仅此而已。我看到了一个挑山女人的质朴。

汪美红被我的真诚打动了,我们获得了采访她的机会。她的家就在齐云山脚下的岩脚村,一间两层楼房挂满了斑驳的黑点和蛛丝。家中就她一个人住。她的大儿子是个白化病患者,眼睛近乎失明,去上海学了盲人按摩的手艺,并在那里找到了一份工作,算是能够自食其力了。剩下的一对双胞胎在休宁两所中学读书。他们的学习都很优秀,但小儿子却没有进当地的重点高中,原因是进普高能够减免部分学费,能为一个家节省一大笔开支。

从岩脚村出发,上到山顶就有十来里的登山路。汪美红的脚步很稳健,却经不起漫长陡峭的山道耗磨,时间一长脚步就缓慢下来。她在不停地搁担歇气,不停地调整自己的气息,一张脸像被暴雨浇过一样,汗水不住地往下流。一个初春的日子,正是游人踏青观赏风景的好时光,落入一个挑山工眼中的只有一级级褐红的漫长台阶。那些嫩绿的枝蔓和满眼的山花与她无缘。

161

挑山工，作为一个职业或者手艺人来说，不需要什么技术，只需一身好力气、一双好脚板，需要的是进取。在挑山工的人生理念里，没有退缩，没有抱怨。他们流着汗，却始终保持着微笑。因为他们只想让自己的汗水，为一个家撑起一片温暖。如果说，每个挑山工的家庭都会有各自不同的境况，那么汪美红负担上山 20 年痴心不改，带给大家的就是震撼了。

自从丈夫一次意外溺水身亡，丢下 3 个嗷嗷待哺的孩子，她就别无选择了。好在家门前就有一座名山，山上还有许多人家，她能从这一原本属于男人的重体力活中寻找到自己生存的希望。一百斤 20 元，是现在的价格，以前就更低。一低就想挪位置，她去了黄山。在黄山挣得比家里多，但放不下孩子，只干了很短的时间就回来了。她知道，她只属于齐云山，只属于自己的家。尽管赚得少，孩子放学回家后能吃上热饭菜，没有比这更让她舒心的了。

孩子一天天长大，一个家的生活开销一天天加剧，汪美红肩上的担子也就越来越重了。她必须加大挑山的频率。就那几年，超负荷的劳作让汪美红的身上处处积伤，一到晚上躺在床上的时候，舒缓的肌肉带给她的只有痛楚。为了节省开销，她甚至连买一瓶红花油也舍不得。过年的时候，孩子们只能从窗户里钻出头来，看别人家的烟花升上天空，开出五彩的花朵。说不清楚多少年了，汪美红没有为自己置办过一件像样的衣服，她的衣服都是隔壁邻居给的。给了就穿，有的衣服过于艳丽，与自己挑山的身份和年龄不合适，汪美红从不计较这些。

这些年，走了多少路，磨破了多少双鞋，挑断了多少条扁担，汪美红记不清。一些媒体人却十分想搞清楚，于是就开始计算和想象，企图得出一个准确的数字。而这些看起来能够说明问题的数字，却永远说明不了一个从 34 岁守寡挑山，一直坚持到 54 岁仍没放下扁担的女人的心酸。

我采访的新闻在安徽卫视及全省多家纸媒中报道了出来。犹如向平静如镜的湖水扔进了一块石头，溅起了不小的浪花。

2012年的夏天，对汪美红来说是值得高兴的一段日子。她的一对双胞胎子女纷纷考上了一本线，上了大学。她的事迹引起了目前中国好多大牌栏目的关注，接受了包括央视在内的众多媒体的采访和报道，上海沪剧团以她为原型创作了沪剧《挑山女人》。只是她在剧中的名字叫汪美英，艺术创作的需要，给汪美英加入了一段美丽的爱情。而在现实生活中，寡居的汪美红几乎没有什么能够点缀生活的故事，仅有的一丝情愫也在三个孩子一个家的牵扯下断了红线。红线断了，鞭炮却响了。这年春节，她高兴地买了几串鞭炮，让孩子们在家门口燃放。这是她的孩子第一次燃放鞭炮，自己的鞭炮。那刺耳的声响和刺鼻的硫黄味道，让一个年年味十足。

　　新闻让汪美红成了全国的知名人士，成了挑山工中的传奇人物。更让人不可思议的是，现在有不少游客来齐云山旅游，其中一个愿望，就是能在这座道教名山上见一见汪美红，见一见一名普通挑山工负荷登山的风采。更有许多人从她的身上得到鼓励。

　　从聚光灯下演播室里回来的汪美红还是原来的模样。她的扁担永远搁在煤气罐和大米、矿泉水上。一到饭点，她依旧从一只挂在扁担头的帆布包里掏出一只大茶缸来，里面装着她的午饭，冰冷的米饭上盖着萝卜干、豆腐乳，最好的菜肴就是当地的竹笋。无论春夏秋冬，她都吃得很香。

第三部分 徽州民俗

土　箭

　　土箭是家乡方言。土箭不是箭，却比真正的箭还要厉害，它无声无息、来去无踪，人是不能防备的。土箭最喜欢攻击人的腰腿部，一旦中矢，则疼痛难忍，睡觉也痛，咳嗽也疼，更是不能行走，说不出的难受。说这话的人是寿花婆。寿花婆敢这样说"土箭"，不担心得罪它，是因为她就是村子里"拔土箭"的高手。这一技法是她从娘家带来的，从小就会，从小就和一支支来无影去无踪的土箭打交道。寿花婆早已驾轻就熟，有恃无恐了。

　　土箭攻击村人大抵是在晚上。村子里要是有人晚上有个腰腿痛了，第二天一早就会歪斜着身子，在亲人搀扶下一步步挪到寿花婆家来，叫一句"他婆，帮我拔一把，土箭伤人啦"。寿花婆无论在忙什么都会停下来，眯着眼笑着，招呼来人坐下，问一问情况，晚上哪个时辰中的箭，中哪个部位了，怎么个痛法。患者龇牙咧嘴回答完了。寿花婆要说一句"真是土箭伤人，你就有救了"。接下来，寿花婆就会按部就班地进行"拔箭"。她若是说不是土箭打的，请个医生看吧。来者就愁眉苦脸了，则又苦苦相求道："他婆，您就看在孩子的分上，当一回土箭给治了吧。"一般地，寿花婆要推脱一两下。可又经不住来人的纠缠，也就治了。却必要说上几句"不灵不怪哦"。来人必道："谢还来不及哩，谁还怪您。"

　　寿花婆于是用那只专用的搪瓷碗端出清水来，用手蘸了，朝疼痛处洒上一洒，口中念念有词，边念边洒，边洒边念。这时的寿花婆一脸专注严肃的样子，一反她平日爱笑的习惯，空气似乎在瞬间凝固了。好在时间不长，寿花婆停止了口中的咒语，用指尖在地上画上一个圆圈,手心用力一抓,狠狠地向圈中掷去。最后,拍一下患处,大喊一声:"起!"那个来时还在忍着痛的人,十几分钟后,就像换了个人似的,神清气爽了。说上一大堆感谢后,走了。乡里乡亲的,寿花婆不收拔箭费,乡亲们也不给,给的是应季的蔬菜。辣椒、黄瓜的一大堆,都是村人感谢寿花婆送来的。寿花婆不能拒绝这样的好意,要是拒绝了,别人还以为送少了。因此,寿花婆总是笑着收下,又从自家的菜园子里摘上一些别样蔬菜送还。

我记事的时候,就经常睁着一双大大的眼睛站在边上,一眨不眨地看着寿花婆拔土箭。寿花婆在结束时,总要摸摸我的头,说:"学不?我教你。"我总是摇着头说:"不学不学。"现在想来,我是被那种神秘的力量吓着了。爷爷是医生,是个无神论者,却也没能解释得了寿花婆"技艺"的奥秘。小时候,我的腿也在一个有风有雨的晚上被土箭"伤"了。母亲背起我就去了寿花婆的家。已经睡下的寿花婆立马起身为我拔箭。完了之后,寿花婆问:"痛不?"我说痛。寿花婆说明儿就不痛了。母亲又背着我回了家。第二天还真不痛了。寿花婆口中绵绵不断的口诀或者说咒语,真的就把土箭驱走了。

遗憾的是,寿花婆却在五十岁多点就得病走了。她走的时候我还小,小得不知道留恋也不懂悲痛。只是这技艺却并没有失传,寿花婆传给了她的小女儿。

一个元宵节的晚上,我又一次记起寿花婆来,是因为我又一次中了土箭。当时我已离开家乡,在一个叫深渡的小镇安了家。那天晚上,多日没能写成一篇像样文字的我,总算完成了一篇小小说。当我在键盘上奋笔疾敲的时候,人还是好好的,一点感觉都没有。文字完成发上博客之后,左腰开始疼痛起来。起先只是稍有一点痛感,我没在意,后来越来越痛,只得回家休息。那时候,家中没有电脑,没有网络,我一直借用朋友的电脑。挪到家中,我想躺下休息,却痛得更加厉害,只好弓着身子看德甲。一名中籍球员进球的时候,我大喊了一声"好"。就这一声"好",

自己却大大地不好了。疼痛瞬间加剧了，折腾了一个晚上。

寿花婆看似大大咧咧，见谁都是一张笑脸，却也有着自己的狡黠。她在为人拔土箭前，总要说上一句："我也不知道有没有用，试试看吧。"我在想寿花婆此话的潜台词。按理说，寿花婆对自己的技艺是十分相信和肯定的，怕是不愿被人当成封建迷信的余孽扣上一两个帽子吧。再有就是，万一真没什么效果，她也好有个脱得开身的说辞。总之，寿花婆的态度远比一些医生好多了，一脸微笑就能让病情减轻不少。

我记不清被寿花婆治好土箭的具体人数了。我想她自己也不会记得清楚。一条源数千人口，天天面朝黄土背朝天地干着农活，即便是铁打的身子也难免伤筋动骨，一般的肌肉劳损更是避免不了。现在想来，就算寿花婆的技法没有丝毫科学的依据，却在一个精神层面给人以希望。这一精神疗法有时会胜出药石百倍。

在徽州，并不只是我的歙南家乡有土箭伤人，歙北上丰一带拔土箭也特别盛行。当地人扭了腰，就认为是被土箭打伤了，于是立马请懂得拔土箭的鲍师傅来拔土箭。鲍师傅左手拿5根竹筷子，右手拿一把切菜刀，让扭腰者端坐在凳子上，用5根筷子点最痛处，嘴上轻快地念道："一斩天地灯，二斩鬼神灯，三斩来魂箭，四斩四矮人，五斩汝只刀，六斩汝只箭……"语毕，猛然举刀斩向筷子。事毕伤者痛感顿缓，说是土箭被拔掉了。记录这段文字的人是拔土箭的胞弟。现在摘抄下来，算是揭开了"拔土箭"的神秘外衣。我依旧不能肯定寿花婆口中念的是否与之相类。那段时间，我的好奇心无限放大。只是听寿花婆说过，秘语不可外泄，否则就会失灵。真是个两难的决定。

白 蛇 圈

汉高祖在村子里意外受到了尊重。他被郑重地画在一堵白墙上，双手执刃，怒发冲冠，向一条白蛇斩去。那把利刃在离蛇身一寸距离停住了，可那剑锋所发出的寒光足以震慑长虫。我曾多次仔细端详过白墙上的这幅画。画面上的那个人着古代衣冠，边上注解"汉高祖斩白蛇"字样。这样的尊重都与一个叫作"白蛇圈"的疮疾有关。

刘邦出身农家，相传其母刘媪时常在河边浣洗，累了靠着石头休息，一日休憩时睡着了，梦见自己与神相会。斯时电闪雷鸣、天昏地暗，刘邦之父刘太公不放心，就去河边找她，看见一条蛟龙附在刘媪身上。不久刘媪有了身孕，生下刘邦。给自己的出生笼罩一层神秘光环，古代将相有之，作为帝王的刘邦也一定要有。待至皇冠加身，自然不同凡响。加上萧江氏先祖萧何，前后左右跟着高祖打天下，又为他月下追来了大将韩信，自是深得帝王倚重。即便2000多年过去，萧江氏后人依旧给予了汉高祖特别的尊崇地位。

相传有一回萧何不幸患了疮疾，此疮环腰而生，药石久攻不下，命在旦夕。刘邦甚急，遍访名医，却收效甚微。其中一医官曰："丞相斯疾，乃山涧白蛇妖作祟而至也，故独用药石攻之，效不显也。需主上祭拜上苍，用斩龙剑劈之，方能救丞相一命。"刘邦自不敢怠慢，立马斋戒、沐浴、更衣，执剑作法，须臾，萧祖醒转。自此，"汉高祖斩白蛇"医治"白蛇圈"之法竟流传下来。

萧江后人有了祖上的一次生还经历，自是把医治"白蛇圈"

的手艺烂熟于胸了。小时候，我就曾亲见过这样的疗法。村人若是得了白蛇圈，就会找到父亲。父亲拿了毛笔墨汁颜料，在村中涂了石灰的白墙上画上一条白蛇，上面悬空一剑，直指蛇之七寸，并书"汉高祖斩白蛇"字样。数日后，患者佐以清毒药剂必可痊愈。

白蛇圈生于臂膀和腰间为多，由两头向中间扩散，慢慢围成"圈子"形状。一旦疮疽满腰，则无生还之望。后来从做医生的弟弟处得知，所谓白蛇圈，只是一种带状疱疹病毒而已，少了特效药物医治，的确很难断根。若任其发展，亦有生命之忧。就是这样一个极其简单的疮症，却在村子里演绎出了一个以德报怨的感人故事。

歙南小川乡江氏始迁祖可慈公为避战乱，带领子孙在一个叫灵山的村子里落户。灵山三面环山，只有西口一道与外界相通。江氏后人进出时都要受到村外人欺侮，说是要交买路钱。若无钱可交，那就帮他们担水，水缸挑满了方可通行。可气的是，外村人只要前桶之水，称后桶之水为屁水，均要倒掉不用。挑满一缸水，就得挑两缸的力气，江氏村人敢怒不敢言，毕竟初来乍到，总是想着以和为贵。一次，外村程姓族长之子患了白蛇圈，药石久攻不下，一时束手无策，无意中得知江氏有祖传医治之法。先是程氏族长派人相请可慈公，公因气其百般刁难而不理。族长无法，只得亲自上门相请。公见其诚，更从救人性命之大局出发，力排众议，来到村外为其医治。公之德行赢得了村外诸姓敬重，从此江氏进出不仅不再刁难，每见公及家人通行，必奉茶于路，两村村民世代友好。故事讲到这里，实在不必在意高祖斩蛇之法是否迷信、灵验，若是怀器施技者，意为修好，后人无有不敬之理。

还有一种说法也得补上。这里的汉高祖斩白蛇则与"白蛇圈"这一疾患无关了。说是有一天，汉高祖醉酒夜归，见一白蛇挡道，遂挥剑将蛇斩为两段。白蛇死后，一农妇跪地大哭。旁人问其故。答曰："我儿被人杀了。"旁人不解，再问。农妇答

"我的儿就是化身为白蛇的白帝子,现如今被赤帝子所斩,叫我如何不悲痛。"自然,赤帝子就成了刘邦的代称。现在看来,这也仅仅是刘某人的另一则广告而已。

我不知道汉高祖斩白蛇是什么时候成为治疗真菌感染的"方剂"的,或许其中免不了"死马当活马医"的成分——既然汉高祖身为一代帝王,能将白帝子斩为两段,那么一条普通白蛇引发的疾患还有他老人家搞不定的?往事越千年,我无意考证这种治疗手段的科学性,怕是一个缺医少药的困难年月,能够寻求一种治疗方法,至少可当作自我慰藉的一碗鸡汤。

账 房 先 生

　　账房先生虽说是门手艺，却任谁也不能凭此赚钱吃饭。故此当作民俗风情来叙述。

　　在农村，红白喜事可是村里头的大事。红事也就是喜事，诸如讨媳妇、嫁闺女、屋上架（新屋落成）、乔迁、做寿一类；白事也就是丧事，若是死者上了八十，也可以当成"喜事"办了，俗称喜丧。无论是红事还是白事，几乎是要整个村子出动的，一边贺喜或吊唁，一边出劳力帮衬。少则数十人，多则一两百人，如此宏大场面，没有一两个有头有脸有威望的人主事，恐怕不行。而那些被东家郑重其事地请来的管理者统称为"账房先生"。

　　一般来说，账房先生为两个人。一个记账，充当会计角色；一个管钱，充当出纳角色。账房的职责还有很多。一般是办红白喜事的头一天，东家就要把账房先生请到家里来吃晚饭，商谈操办事宜。账房则根据东家的操办规模，决定雇佣多少劳力。大到所有开销物品的采购，小到厨房里的每一道菜肴，事无巨细，必亲力亲为。

　　在农村诸多大事中，喜事的账房先生是最难当的，难就难在排座次上。若是一个座次没有排好，就会弄得掀桌子打板凳，甚至不欢而散，多年亲戚老死不相往来。这样的事在一个讲究礼数的徽州农村虽不多见却难以避免。因此，账房先生这一角色非普通人所能胜任。

　　记得奶奶做七十大寿的时候就闹得不可开交。那时候我也读了小学，算是懂事了，亲见了那个闹场的过程。闹事的是爷爷的亲外甥，我们喊他老表伯。爷爷本来就是一条源里的老账房，可自家的事却也不好自己做主，依着农村规矩请了年近六旬的老德来帮忙。农村里有"舅舅贺寿外甥大，丈母贺寿女婿大"的规矩。奶奶没有女儿，大伯却认了一个曾经到队里插过队的女知青为妹，这就算是奶奶有了女儿，到了寿诞之日，知青的丈夫以女婿的身份坐了宴席的头把交椅。在安排的时候，老德犯了嘀咕，还问过爷爷及父亲叔叔们，大家一时也难以决断。本想等老表伯来了之后与他商议着办。可一等等到午餐开始老表伯还没到。于是爷爷说不等了，开席吧。正当大家举杯庆贺的时候，老表伯到了。账房立刻安排他坐了次席。一餐饭虽说吃得顺利，老表伯却明显有些反常，只一味地喝酒，大有来者不拒的味道。饭未吃完，人就醉了。老表伯等的就是醉酒时刻的来到。只见他趔趄着身子，离了席位，走到坦上，便下跪叩拜起来。

　　贺寿虽说也叫拜寿，却不兴真的跪拜。若是一些年纪尚轻者被人跪拜了，就会折寿，也可以理解成跪拜者在诅咒被拜者，在村子可是大忌。老表伯一跪到地，众人立即前去搀扶，他却一概不理，谁搀扶就拜谁，惊得众人纷纷躲避。父亲、叔叔也去扶，老表伯一反常态，指着父亲就骂，然后又把矛头对着我，似笑实癫地一概辱骂了去。父亲脸色一变，迅速离开了。由于是抱养关系，父亲本来就觉得矮人一等，今又被老表指着鼻子骂了一通，心中气闷却又不好发作。我的两个叔叔都是老师，特别是大叔叔，说话总是轻声细语的，从不动怒。这一次却是发了火，与小叔叔一人一只胳膊把他们的老表架出大门，并大叫一声"滚"，算是为父亲出了气。这是大叔叔为数不多的一次动怒，也是我仅见的一次动怒。只是这一闹，亲老表竟然多年不再走动。甚至爷爷去世时，老表伯也没有过来吊唁。多年后，我在乡下代课时，一次学校运动会在姑婆的村子里举行，顺道去看过一回，之后姑婆辞世便与老表伯一家断了来往。想来还是那次贺寿时留下的阴影吧。

　　父亲是村里的老账房了，对于婚宴寿宴的座次排名烂熟于心。就说婚宴吧，说起来有句口诀："一舅舅二姑父三排师傅四媒婆。"若是男子结婚，头天夜里坐头把交椅的是娘家舅（新郎的舅舅），第二天中午的头把交椅才是新亲舅（新娘的兄弟）。可有的女方家人并不认这个理，仗着嫁女儿的优势，提一些无理要求。父亲总要在头几天去对方家中与其交流，说一些没有天哪有地，没有地哪有家，没有娘家舅哪来你家婿的道理。大抵对方也就认了。真有不认的，父亲也是强硬做派，放话说，今天就是他说了算，有气要撒有理要讲事后找他便行，谁要是酒席上闹出动静，他必率全村人一起维护秩序。更狠的话就是，"你都把女儿嫁我们村了，该不会想让她一辈子被人指指点点吧。"女方一见男方账房强硬，便也只好打消念头，聪明一点的，说一句"入乡随俗，你怎么安排怎么好"。

不过，闹出大动静的人家依旧有，那一回包括父亲在内的几个账房在座次安排上竟然没能摆平事态，午饭拖到了下午两点还没开席，最后不得已在一张八仙桌上铺上了圆桌面，所有座次不分大小。这也是我所在的村子里仅有的一次圆桌婚宴。

我的村人后来大多把家安进了城里，也就在城里办酒席，可还是坏不了账房的规矩，总在门口摆一桌子，请上亲人或朋友代行账房之职。这个时候的账房相对来说是轻松的，只是负责记账收款罢了。座次不用安排，除了几张正桌，大可随意坐，哪桌坐满了，上菜开席。

还有一点是需要补充的，农村里一家账房先生当好了，东家还要拎上烟酒一类的东西来答谢账房。这一习俗至今未变。

婚嫁红装

男人和女人确定了恋爱关系,男方就得提着四色礼,由亲人、媒婆带着上门说亲。这是一个严肃的仪式,也是绝不能省略的。所谓四色礼,是指四样不同的礼物合在一处,总之要厚重。一般的老亲老眷,过年时一包顶市酥、一包芙蓉糕也就打发了。亲近一些的亲戚,加上两瓶丰乐酒、光明酒,或者一兜水果,就算丰盛了。相比之下,四色礼自然是十分厚重的礼物了。酒无须昂贵,也得是外带盒子装的。烟再劣也得好几元钱一包的。算下来,总要百十来元吧。20世纪七八十年代,有了这样的礼数,只要上门的准女婿再勤快一些地见人发烟装笑脸,三两次下来,亲事也就基本算是开了一个好头。有了好的开端,还要继续下去。这就是三时三节了。农村里叫"拿时节"。每年的端午、中秋、春节,准女婿就得赶着日子再上门。家乡有"早端午,晚中秋"的说法,意思是,端午节要去得早,而中秋可以迟一些,甚至中秋当天拿节(方言,指在节庆日向上辈人送礼)也是适合的。在一轮皓洁的月亮下,即将成为一家人的两家人坐了,或许会产生更多的共鸣。春节是国人最大的节日,因此得有两趟,一趟是节前,叫拿年节。一趟是节后,那就是拜年了。一个准女婿甭管你有多忙多没时间,一年中的四次上门,就像律法一样刻进了徽州民俗。若是道路走得便当,接下来就是定亲,再就是双方商谈"过门"的日子。

即便在新社会,领了结婚证,已经成了法律层面上的夫妻,在徽州农村,男女双方还是不可以以夫妻身份在一起的。还得等过门。所谓过门,就是男方选出一个黄道吉日去女方家迎娶新

175

人。那才是传统意义上的结婚，双方的夫妻关系才算真正被人们承认下来。到了选定过门的日子，男女双方就会忙碌起来。特别是女方，得为即将嫁出去的女儿置办红装了。

请来木匠、桶匠、弹棉花匠，那嫁妆制作过程中的演奏曲，让一个村庄跟着一夜之间喜庆起来。

在歙县新安江山水画廊景区有一个漳潭村，在一株十人合围的千年古樟旁，有一个红妆馆，里面存列着各式各样的婚嫁红装。由于年份长久，一些红漆漆成的嫁妆早已被岁月涂上了暗紫色。子孙桶、子孙盆、梳妆台、大花轿……洋洋大观，一应俱全。人入其中，穿越百余米的红妆馆，犹如穿越了一个数百年前的世界。

新人过门当天，婚嫁红装随着一支迎亲队伍走进夫家。搁好了大大小小的红装后，就得由男方请来一个三五岁的小男孩往茅桶里撒尿。我至今尚未明了这一风俗的真正缘由。小时候也缠着问过一些大人，比如，母亲。可惜他们的回答总是显得含糊。到了自己结婚的时候，也就不好意思再去问了，以至一直一知半解。可能的意思是，这小男孩的童子尿能祛邪扶正，祈福新人早生贵子吧。

凡是闹洞房的人都能领到喜糖和花生。而花生却没有炒熟，大人知道这个风俗，一进嘴就笑了。一些孩子不明就里，大声嚷道："生的，生的。"原本这是主人家讨的彩头。

三朝回门也是一个必经的仪式。过门后的一对新人提着礼物，在第三天再次回到岳父母家。有着丰富经验的岳父母，可以从新人的眼睛里读懂他们的幸福或不幸。自然，那是在一个媒妁之言、父母之命的年代里。那时候，男女双方只有在入了洞房掀开盖头的时候，双方才能见上第一面。好也好，歹也好，眼前的这个人就是你的终身伴侣了，更改起来可没有现在这般简单。像张生崔莺莺般寺庙私会，祝英台梁山伯学堂生爱，大抵都是违了规矩的。也正是这坏规矩的事情太少，才被戏文一而再，再而三地编排成故事代代传颂。

红装中，合欢桌是值得一提的。自然这样的桌子在现代红装中已经绝迹了。合欢桌合起来 6 条腿，中间以榫头相接，造型古朴。分开后每张半圆形桌子各 4 条腿，依旧可以独立。婚后丈夫出了远门，这桌子就得分开来放。男主人回家后，桌子才重新合拢归圆。分分合合之中，蕴含着牵挂、坚守和等待，见证了无数徽娘被时光荒芜掉的岁月青春。

叠 罗 汉

请让我放纵地想象一次吧。因为,所有有关叠罗汉的史料记录,均把起因归结到一个叫惠安的和尚,成了各式各样报道这一民俗的佐证。

相传,三阳镇叶村村郊和尚寺有个叫惠安的和尚,适逢乡试,忽想起出家前屡考不中、受人讥笑的往事,心有不甘,遂游戏风尘,以原先俗名去南京应考,居然中了举人头名——解元。朝廷欲封他为官,他却上本自承"欺君之罪"及报考的种种苦衷,请恩准他仍回叶村寺庙为僧。皇帝念其诚实,不但没治他的罪,反而御赐亲笔题写的"解元寺"匾一块。自此解元寺名声大振,乡人纷纷把子弟送入寺内习文习武。话说某年来了一群强盗劫村,乡人避入寺中,惠安带领僧俗子弟奋起御寇。强盗攻寺,久攻不下,放火烧毁。惠安与众子弟搭人梯帮助乡人翻墙脱险,结果寺焚,惠安等僧罹难,乡人叠罗汉以纪念,此后遂成叠罗汉民俗。

叠罗汉,古称"踏肩",为百戏一种。三阳镇叶村叠罗汉始于元末。三阳曾被林语堂称为"东方小瑞士",郁达夫在《出昱岭关记中》就有记载。在徽州很难见到一个聚集了3000多人的村落,一个因当地百姓聚集而自然形成的集市以及繁华。站在村头的高处,放眼望去,密密匝匝的白墙黑瓦从东头到西头,绵延两公里。若不是后来修建的徽杭高速在村子的腰部一劈为二的话,那份气势俨然更甚。

一年一度的元宵节到来之际,叶村被灯火点成了白昼。他们沐浴更衣斋戒,他们焚香点烛祷告,他们把一张张脸绘成七彩模样,像门神,像金刚,像钟馗,绘成凶恶和搞怪的模样。他们剃着短发或光头,戴上僧帽……他们称自己为罗汉。他们换上以黄色为主色调的服装,或者赤着膀子,显露着骄人的肌肉,以一身力气和技巧叠成一面面高墙。以自己的一张张花脸和大无畏的勇气,守护着一个村子的平安。

我曾多次亲历叠罗汉的壮观场面。夜幕一降临,罗汉们手拿明灯,随着锣鼓的节奏沿街游村,每家每户均不能遗漏,包括安放在村后的解元寺。一支长长的队伍游走一遍,就要数小时。临近午夜时分,叠罗汉才会正式登场。等待是煎熬的,却没有人舍得提前退场。

能够参加村里的叠罗汉是村人的荣耀,选"罗汉"是一个精挑细选的过程。罗汉们都是村里的纯爷们,不要求五官端正,却必须手脚麻利灵活,外带一身功夫。演出前要举行祭台仪式,焚纸烧香、罗汉扫堂,然后众演员相继登台表演。只见"罗汉们"装扮成大肚、肥胖、矮腿、嬉面、怒容、哀怨、哼哈等奇形可笑模样,逐一亮相。众"罗汉"用身体堆砌起各种造型,先易后难,分别表演"童子拜观音""金鸡飞""斜角旗""仙人桥""石猴出山""凉心水阁""水帘洞""刘海戏金蟾""六柱牌坊"等六十六套叠罗汉造型。每一架势进行时,都用大小唢呐、京胡、笛子、琵琶等伴奏《小开门》曲牌;待造型完成,则以锣鼓《四击头》作结;而在两种架势之间,众罗汉上下场时,均以锣鼓《慢长锤》过渡。

由于叠罗汉讲究起伏跌宕,动静兼备,亦惊亦险,因而其表演趣味无穷,特别是"水帘洞"中的筋斗,"六柱牌坊"中20余位演员叠成的六层造型最为精彩。所谓"六柱牌坊",即为六个人叠人的柱组合,中间二柱下架,肩上各站四个,最上层是一个六至八岁的小男孩,向大家合掌祝福:"众生吉祥!"

叠罗汉共有66套造型,取六六大顺之意。叠罗汉意在庆祝一年的收获,企盼来年五谷丰登。其表演近似杂技,气力之大,用力之巧,气势磅礴,令人叹服。

叠罗汉是叶村的不传之秘。20世纪80年代始，叶村的叠罗汉作为徽州传统民间艺术，多次参加省、市民间艺术调演、献演，并屡获大奖。参加表演的村民虽没有经过特殊训练，却显出极高的技巧和平衡能力，受到国内外文化艺术界的高度评价。

资料记载，2008年9月文化部在福州举行第五次"中国民间艺术之乡"命名暨现场经验交流会，以叠罗汉为特色的歙县三阳乡（后改为镇）名列其中，获"中国民间艺术之乡"殊荣。次年，叶村叠罗汉被列入安徽省省级非物质文化遗产保护项目名录。如今叠罗汉已成为全国历史文化名城歙县极具观赏性、参与性的民俗节目。

以上的文字记叙，简略介绍了叠罗汉这一民俗的表演和发展过程。至少有一点是叹为观止的，这一民俗表演只在20世纪六七十年代有过短暂的停歇，这在传承的徽州民俗中并不多见。

打 秋 千

我之所以浓墨重彩地介绍歙县东大门三阳镇，在于洪氏一族衍生出了令人炫目和震撼的民俗。与叶村叠罗汉同样有名的就是三阳村的打秋千。

"墙里秋千墙外道。墙外行人，墙里佳人笑。笑渐不闻声渐悄，多情却被无情恼。"东坡先生的《蝶恋花·春景》把一个秋千写成了千古名句，流传至今。

三阳村的打秋千与传统的荡秋千有着不同，那是一个村子数千人共同参与的集体行动。秋千架亦非固定不动，其下有四个轮子，左右六名村民红绸缎肩上一架，拉着秋千游走。秋千架高约丈余，核心部位是一个"十"字形的木架，十字架四端用绳索各悬一块秋千板。底盘架四边用细杠支起小巧玲珑的彩篷，遮于十字架上方，底盘架及彩篷皆装饰精致华美。这种犹如四个小型秋千的有机组合可以坐上四个孩童，他们穿着白、红、绿、紫四种服饰，秋千架游走过程中，里面的十字架也在不停地转圈，如风车一般。十字架转动停止时，白衣童子始终保持顶端高位。四童中，着白衣者扮为观音，其余三人为其侍女。扮演的孩童叫秋千姑，听起来应该是女孩子，其实却是容貌俊美的男童，这与封建社会中男尊女卑的观念有关。

打秋千是三阳的祭祀活动。相传三阳洪氏外出经商，在海上遭遇飓风，正值船毁人亡之时，一白衣女子飞落船头，稳住了即将倾覆的船只。洪氏返乡后，觉得救下大家的就是观世音，于是便着孩童扮成白衣模样，以打秋千的方式纪念他们的救命恩人。

只是这一古老民俗其盛行和式微过程大抵无从考证了。我们只能给出一个大概时间，或可归结到明清徽商的鼎盛期。2009年腊月，三阳村打秋千重新面世。这是一个盛大的节日，秋千架踩街时，锣鼓开道，舞龙助兴。身穿古装，脸带彩妆的少男少女称为"地兴"，跟在秋千姑后面保驾护航。行进时，众人簇拥在秋千架的二腰杠边，或拉或推，驱动秋千架前行。队伍浩浩荡荡，全村的老百姓纷纷走出家门，跟着秋千姑行进，把三阳村的大街小巷挤得水泄不通，好不热闹。

行到村街宽处或空阔的坦场，即停下秋千架，奏响管弦乐，观音与侍女开始演唱昆腔、徽调时曲。主要有《采莲》《赏荷》《采桑》《人间美景胜天堂》《八仙聚会齐来到》《普陀庵》等十套曲子，音带吴侬软语，婉转如出谷娇莺，煞是优美动听。

有一点是需要说明的，那就是现在的秋千姑不再是清一色的男童了，村里八至十岁的小姑娘，终于坐上了神圣的秋千架，扬眉吐气了一回。在我看来，原本这样的荣耀是属于女孩子的，要不词句里娇嗔俏笑、声传墙外的佳人，就不会引发少年人心中的"多情却被无情恼"了。

而在一个数千人口的村子里，小姑娘当以百计，为了争坐上那架秋千，却也是很不容易之事。这里边多少有着繁杂的手续，自然被选上的秋千姑必是积善人家。如果说，一个村子人人为了脸上的光彩而学着处处与人为善，让一个村风淳朴和谐起来，这也算作打秋千民俗的又一功德了。

第三部分 徽州民俗

游嬉大红马

年俗嬉灯于一个古老徽州来说,是再寻常不过的事儿,我只挑一些意义非凡的事儿或者在别处不是常见的事儿来讲。比如,游嬉大红马就是其中的一种。

姑父姑妈婚后一连生了两个表妹。小表妹尚在襁褓之中就送了人。目的很明确,想再生一个儿子。而是否就能生下儿子,有知识有文化的姑父是拿捏不准的。于是,他决定嬉大红马。

姑父要嬉大红马,就在今天晚上。

大街小巷上都在传播着这一消息。而我得到的途径却是由母亲转达的。那是一个偏僻山村的古老习俗,已经停办了数十年的习俗。停办的原因很简单,糊饱肚子都难了,谁还能尽兴地玩呢。姑父要嬉大红马,就得承担比其他组织者多得多的费用。

1982年元宵节,姑父在为传宗接代做最后的努力。

我家离姑父家灵山村有5里山路,路面由清一色石板铺成。灵山村均为萧江后人。清兵入关时,下起了剃发令:留头不留发,留发不留头。先祖可慈公从北岸大阜携老带幼避难到了歙南新安江畔一山坞中。据称,可慈公到灵山的时候,正逢雨后初霁,山间天空突现双条彩虹,中间云朵酷似莲花宝座,隐约间观世音端坐其上,正用柳枝蘸甘霖洒向这群逃难的人群。可慈公遂以灵山名村。

我的观礼之路要经过一个路亭,充盈着诸多鬼怪传说,总结起来可以分为两类,受侵袭的和没有受侵袭的。受侵袭的不是肩膀上被人用力拍了一下,就是自个儿用手抓了泥土往自己的七窍里填塞。前一种情况下,人还有自主能力无不奋力地逃跑,后一

183

种情况大抵是人事不知，需在他人的帮助下才能回到家里……这样的故事听多了，一个独自走在夜里的十来岁少年，可就禁不住全身哆嗦了。

快到路亭的时候，我犹豫了。

回去？那可就看不到姑父骑大红马了！不回去？那就得经历一下传说中的鬼怪侵袭。我解开裤扣撒尿，传说中，鬼怕人的尿。谁知人小尿也少，还没有高潮就干涸了。我依靠着自己撒的尿壮的胆走过黑夜中的路亭，一口气跑到姑父家里。

这时的姑父正在做着最后的准备工作。只见他穿上大红袍，人往大红马中间一骑，走起来马头频点，马尾左摆右摇，十分神气威风。我一时间竟看傻了眼，早把路上的恐惧丢到了脑后。

嬉马嬉灯开始了！姑父走在最前面，后面跟着大大小小的花灯，有狮子、老虎、山羊、鱼等各类图案，每到一家都要进得堂前来摇摆一番。主人端上糖果，泡上热茶，还把早就准备好的鞭炮点燃——喜庆的氛围还真不是三言两语说得清楚的。因为家家都有灯，户户都出人，还有四面八方如我般赶热闹的人，整个队伍一眨眼工夫就破千了。让我高兴的是，这支大队伍还要到我的村子去嬉。因此我不用为一个人过路亭而担心了。灵山一结束，一支上千人的队伍就向家的方向进发。一路的人气和响亮的鞭炮早把孤坟野鬼赶得落荒而逃了。

第二年，姑妈怀了孕，生下了表弟。为了不受影响，姑父和姑妈离了婚。也就是说，姑妈整个的怀孕和生产过程都是以一个单身女人的身份完成的。

之后的几天，嬉马嬉灯一直进行着，一直嬉到正月十八朝。按照农村的风俗，只有真正过了十八朝才算把年过完。其中的热闹，单单只是从人气上也绝不是现在的一些民俗表演可以相比的。

让人遗憾的是，这是我平生第一次也是唯一一次见识到的游嬉大红马民俗，至今40年过去了，灵山村再也没有重现过儿时的壮观表演。有了儿子的姑父天天乐呵呵的，只是天有不测风云，小表弟三岁时，姑父得了不治之症辞世了。姑妈带着两个孩子走到现在。欣慰的是，小表弟天资聪颖，高校毕业后已在一家金融部门工作，也算圆了姑父辞世后留下的遗憾了。

嬉 鱼 灯

　　汪满田地处歙东大谷运的大山深处。汽车在群山中绕行，最后围绕一座山头的"之"字路线盘旋而上，像不断盘旋升空的飞机，人有一定的眩晕是可以理解的。升到山巅的颈部，道路便平缓下来，这个时候也就进了大谷运的地盘。大谷运原来是一个乡的建制，后来成了溪头镇的一个村，和汪满田一样。传说中，这个地名的由来还与明太祖朱元璋有关。话说朱某人兵败时逃至徽州，退至大谷运，全队军马饿得头昏眼花，只见四面八方白云朵朵从天际飘来，一时间，稻米香气袭人，朱某人不由大叫"稻谷涌呀"！这稻谷涌经地方方言一喊，喊上个几百年就成了大谷运了。四面群山围成个盆地，就是大谷运。车子上得山巅再下得谷底，也就到了我们的目的地——汪满田。

　　一个闭塞得让人寻找不到的地方。汪满田如徽州其他偏僻山村一样，一条经年不息的溪流贯村而过，村庄就建在溪流两边，几座桥梁就把村子连接了起来。溪流叫布射河，为练江众支流之一。

　　我们是来观鱼会的。每年的正月十三、十四、十五、十六，连续四天，这里都要举行浩大的鱼会，俗称嬉鱼灯。迎面走来一位上了年纪的村民，有人介绍他曾经是村里的老支书。我是个喜欢刨根问底的人。老支书的话像翻开了一册厚重的典籍。

　　那是一个伸手不见五指的黑夜。在那样一个夜里，山是静的，水是静的，村庄也是静的，唯一的响声是淙淙水流。猫儿狗儿牛儿猪儿的，和它们的主人一样，呃吸着大山里的清新空气进入了梦乡。叫醒他们的是噼里啪啦的大火燃烧的声音和被烧焦的房屋农具的焦味，呛人的浓烟。村庄失火了。一时间，整个村子从火光中醒来，入眼的是一个烧红的天空。在族长的带领下，大家拿着脸盆、水桶汇聚到了起火点，用他们力所能及的方式取水扑救。自然这样的扑救是无济于事的，大家束手无策。正在这时，汪满田村中的布射河水慢慢涨了起来，一条巨型大鱼足足六米多长，它的身后跟着或大或小成百上千头鱼儿，在经过烧焦房屋的时候，鱼儿腾空而起，张嘴吐水。很快地，大火被扑灭了。老支书说，这是一群神鱼，是他们村的救世主，是上苍派来拯救村人的天兵天将。从此以后，鱼成了汪满田村民心中的图腾。每年的元宵节前后，这里也就嬉起了鱼灯，还被冠上了"不嬉不行"的雅号。

在这之前，我一直在揣摩"不嬉不行"的含义。听了神话般的故事后，心中也就释然了。村民们是在感恩，感谢那些神鱼。村民们也是在祈福，祈求风调雨顺、少灾多福。不嬉不行，一嬉就嬉了数百年。

不过，这样的神话传说自然不足为信，更有后人杜撰之嫌。村里还有一种传说，嬉鱼灯的目的在于镇住村后山坡上的一块大石塔。这一大石塔高悬村西西山降，平滑如镜，村民称为"火镜"。也是村中不时发生火烧屋的祸根所在，须以水克火。在清光绪初年，村人兴起"鱼灯会"，每年正月十三至十六夜，合族男丁抬鱼灯游村。俗话说，有鱼的地方必有水，火镜之石见了数百斤六七米大小的鱼类在游走，以为下面就是大江大河，因此也就断了邪念，汪满田从此太平无祸。

正月的江南寒风刺骨。而寒冷的天气却被鱼灯会的热情所驱散，变得温暖起来。汪满田鱼灯以竹为架，用棉纸糊，彩绘鱼鳞，头有"王字"，嘴有双须，并装有流星喷管。最大的鱼王灯长约七米、五节，高三米多，内点蜡烛百余支，二十多人抬游。此外尚有大小不一的鱼灯，或六七人抬游，或一人举游。配以其他动物形状的小灯和花灯无数，真正做到了全村出游，盛况空前。

汪满田鱼灯每年按顺序轮值，共分成祠堂、田街、里村、柏枝园、上六家五个鱼会。轮值的地方负责宗祠的"鱼王"灯的制作和游嬉。这嬉鱼灯还得有规矩，由村里有威望的老者点亮指路明灯。游灯时，每个鱼会鱼灯前由松明照亮，一盏菜刀形大扁灯气势威武，打前开道，灯三面各书"五谷丰登""风调雨顺""国泰民安"字样。后面是两头狮子，边走边舞。狮后面是大锣大鼓，再后面是花灯、鱼灯、五谷灯。每盏大鱼灯后皆锣鼓助威，最后是孩童所提的各式小灯跟随。一路鞭炮齐鸣，鼓乐喧天。

每盏鱼灯经过宗祠均要对祠堂门点头摆尾三次，行至柏枝园空坦上，鱼灯要依次打转、舞蹈，谓之"滩花"，喻鱼打子，兆村族丁兴。鱼灯游村数转，最后出村口、神庙，返回祠堂灭烛放置，然后锣鼓开台，演戏酬神。到正月十六晚，所有的鱼灯都要游到村后的小山墩上，将鱼头对着西山降的"火镜"摇头摆尾一番，此乃鱼灯最后的高潮。在墩上面对"火镜"鞠躬，祈福来年"平平安安、年年有余"。每年的鱼灯花费数千元，均为村民自愿捐款。娶新妇之家更愿另出钱为本祠堂鱼灯点烛，并宴请抬鱼灯者冀新妇早生贵子，生子之家又买烛点灯还愿。鱼灯活动在1964年破除迷信时暂停，1979年恢复延续至今。

在歙县瞻淇村也有嬉鱼灯的传统。村名"瞻淇"更是来头不小。《诗经·卫风》有句："瞻彼淇奥，绿竹猗猗，有匪君子，如切如磋，如琢如磨。"瞻淇村已有1300年的历史，历史文化底蕴深厚，村内古民居基本完好，保存完整的明清古建筑约40幢。元宵节当日，当地村民家家燃放鞭炮，人人手持鱼灯涌向街头，万人空巷，热闹非凡。瞻淇鱼灯与汪满田鱼灯相较，个头略小，却也彰显着一个千年古村的底蕴和风采。在此，我虽只略提一笔，却没有丝毫慢待之意。

舞 龙

　　一个地方的民俗脱不开本地的自然和物质条件。在古徽州的土地上，土著人为山越人，当时称得上是蛮荒之地。为了逃避战乱，中原地区一支支迁徙队伍在这里落脚，也把先进的中原文化带到了徽州。而刚刚经历了长途跋涉，在物资的极端匮乏条件下，民俗的发生发展也就自然受到了限制，而一些平日常见的，能够不花费或少花费的民俗也就自然流行开来。

　　中华民族自称龙的传人，在节庆日子里总有舞龙的习俗。徽州也不例外。徽州地区的舞龙表演大抵有板凳龙、稻草龙和华丽十足的布龙，最常见的当数前两种。

　　板凳是家中司空见惯的简易家具。即便再穷苦的人家，也能有上几样。我不知道，是哪位先祖冥思苦想，最后大脑一热，就创出了一种能够让一个村子，甚至多个村子一起游玩的大众娱乐。400年、600年……甚至更长一些时间，村民们用一块块木板首尾相接起来，几十人、上百人举起相接的木板，舞起板凳龙，从村头走到村尾，再从村尾走到村头。笑声、爆竹声、打闹声，在沉寂了一年的山村里，在长满蒿草的小径上，肆无忌惮地洇散。一定有一个人，或者几个人，他们可以是观赏的老人，也可以是正举着板凳的表演者，甚至只是一个幼稚孩童，不经意地说了一句话，"龙太黑了，要是点上蜡烛就漂亮了。"接着有人附和，取得意见一致，大家把这一想法付诸实施，于是龙身上就有了插香的、插蜡烛的、安灯笼的——不同的村子有了不同的板凳龙——而快乐是一样的，祝福是一样的，就连一张张脸也都笑成了一个样子。

这样的龙是不是得有一个像样一点的出身，人们在舞龙的时候又该带着什么样的心境，是值得商榷的。我们永远不要低估了古人的智慧，他们的想象力和创造力一点也不比今人差。于是私塾馆里的先生和刚刚考上秀才的几个年轻人，成了一个村子的智囊团，他们得为这样一条龙谋划出一个经得起摔打的故事，更能让他们的后人在舞龙的时候时常说起这个故事，以一颗虔诚的心去传承他们对民俗的发明创造。

于是，在几盏昏暗的煤油灯下，故事有了雏形。

"大家还记得那一年干旱吗？所有的田地颗粒无收，大家敲着脸盆去龙王庙求雨。"一个人说。

"当然记得了，那一年旱得太厉害了，若不是后来下了一场及时雨，庄稼有了一点收成，怕是要饿死半村人。"另一个人说。

"对呀，我们何不从这里找找灵感哩。"

大家似乎看到了那线曙光，可以在以后的日子里长期照亮一个村子的曙光。大家用小楷在白宣上奋笔疾书。第二天，族长看到了私塾先生和秀才们的成果。

那张白宣上写着："我们的祖先迁徙到这片土地上来的第一年，刚种上庄稼，天就一直不下雨，长达月余。一阵风吹过，就能扬起厚厚的一层土，那土呀早被太阳烤得像面粉一样轻了，田里的裂痕宽得可以放下去一只脚，种子就像进了储藏室一样发不出芽来。老百姓天天焚香祷告也无济于事。"

"话说这时，天上有一条龙看到了我们村的百姓民不聊生，就不顾天规私自降下一场甘霖，村里的百姓得救了，可那条好心的龙却遭了殃。玉帝一怒之下，让刀斧手把龙身一节节切断开来，抛向他私自下雨的村庄，好心的龙悲惨地死在了不可违逆的天规之下。当地百姓看到好心的龙惨死眼前，痛不欲生，为了表彰其功德，就把切断的龙身一节节接起来掩埋。后来，村子里的男女老幼都会在正月元宵节这一天，舞起板凳龙纪念，表彰它以生命为代价降下甘霖救护村民的丰功伟绩。"

故事浅显明白，一节节板凳在村民们心中化成了一段段龙身。有了这份感恩之心，人们在舞板凳龙时，欢悦中透露着虔诚，虔诚中洋溢着希望。

在休宁县右龙村、田里村，板凳龙很有名。田里村的板凳龙龙头部分很有意思，如豹头一般，还在上面添画一个"王"字。我曾问起过缘由，却连村里年纪最大的老人也说不明白。但有一点是肯定的，这造型他们村已经沿袭了400余年。

歙县霞坑镇舞的是稻草龙。稻草龙，简称草龙。中秋节当天起舞，祈愿来年风调雨顺、五谷丰登。在人们收割了田野的水稻之后，一年的农事也就画上了句号。这个时候，乡村闲了下来，村民们有着大把的时间筹划民俗。舞龙是一个集体性极强的活动，邻里之间就算有了摩擦，也会在一年一度的民俗表演中相逢一笑，恩怨俱泯。

草龙以竹木为框架，除了一个龙头和龙尾需要精心制作之外，龙身都是稻草扎成。中秋节前一周，家家户户按人头交上相应的稻草，再由村里德高望重的一群老艺人，在祠堂里焚香沐浴之后，开始扎龙。村中的小伙子也被有意安排到扎龙的工作之中，他们就是一个村子的后备力量，一种民俗的传承自然离不开年轻人的参与。老艺人有着过硬的扎龙和舞龙手艺，他们会用大声呵斥和谆谆教诲两种方式，感染着后生，同时把一身本事悉数传授。

开舞当天，草龙全身插满香火，远远望去就像一个滚动的火球，那架势足以让每一个外乡人震撼。舞草龙的大抵是年轻人，他们穿上节日的盛装，戴上黄帽，束着红腰带，透着喜庆和干练。一样的锣鼓开道，一样的鞭炮连天，一样的欢天喜地。草龙的足迹在舞动中，按照行进路线在每户人家门口驻足嬉舞，把平安和祝福送进千家万户。

跳 钟 馗

　　近代著名画家张大千画了一幅钟馗画,题名为《画钟进士》,并配诗曰:"破帽蓝袍事有无,年年点笔费功夫。人间幽愤知多少,政要先生鲁莽驱。"在这幅画作中,钟进士身材魁梧,虬髯布面,不怒自威,却多少带有文人的儒雅气度。不知是大千先生手下留情,还是钟进士本身就当如此,毕竟有关钟馗的雅士画像却是不多见的。在民间,钟馗早已化为辟邪扶正的象征,因此画师笔下的钟馗,大抵是青面、翘眉、圆目、红髯,着一套文官服饰,其样貌却无半点文士味道。说得直接些,这样的形象比人们印象中揣度的鬼的模样好不了多少,甚至有过之而无不及。若不如此,怎么能成魑魅魍魉的克星呢。

　　跳钟馗是一种民间舞蹈,又称"嬉钟馗"。古时"嬉钟馗"是以木偶架在肩上嬉耍,后来发展到由人扮演,在村中巡游嬉耍。跳钟馗含《出巡》《嫁妹》《捉蛇》《除五毒》等多个内容。在徽州,自北宋始,历元、明至今,钟馗就以护佑百姓平安而在民间广为流传。端午节前后,歙县就有徽城渔梁、雄村义成、郑村堨田三班跳钟馗队伍,上演各具特色的民俗表演。

　　跳钟馗演出时,先由五位头系白毛巾,身围红、白、绿、灰、黄诸色包肚,手持棍、叉,脚蹬软底绣鞋的邪恶小鬼,在锣鼓声中群丑跳梁似的狂奔乱舞,嘶叫逞威。此时,钟馗面涂青色,长髯,身穿紫袍,右手执宝剑,亦步亦趋,口喷狼牙焰火,踏着锣鼓节奏,与五鬼较量。作为进士的钟馗,即便捉鬼驱邪时,也是享受一定"待遇"的:前有"蝙蝠"引路,后有侍者撑罗伞,另一侍者肩挑酒罐。这"蝙蝠"多由一上了年纪的妇人扮演，她手上一把破得不成样子的"芭蕉"扇，不停地左右前后舞动，形若蝙蝠飞舞，深含"福"至"鬼"祛之意。罗伞也是千疮百孔，日不遮阳，更难挡雨，却是紧跟钟进士，那跳跃的步法为整个仪式添了情趣。肩挑酒罐的侍者是必不可少的。钟馗生性张狂、豪爽，而这一性格的人必有一好，那就是酒。民俗表演中，五小鬼手中棍、叉乱舞，奋力反抗。钟馗与其厮斗，不时把酒畅饮，正所谓酒助英雄胆，人虽为醉态，却更添斗志。激战数分钟，五小鬼色厉内荏，终于在畏缩逃避中束手就擒。

跳钟馗既有徽州浓厚的乡土气息，又有很广泛的内涵意义。表演时大抵沿街巷游走，家家户户的门前都要走上一遭，目的是把钟馗的福气带给众生。无论何时，这一除邪灭害、消灾降福的民俗要义，都是人们所需要的。

沿街行走时，钟馗依旧忘不了饮酒，依旧前后醉步，依旧左右舞蹈。这时候，跟在后面的五小鬼就可以边走边休息一下，无须太多表演。毕竟主角只有一个。遇门前空旷处，众小鬼便来助兴，刚平静下来的争斗又重新上演一番，引得众人燃炮叫好。整个村庄成了"跳钟馗"的大舞台，演员与观众水乳交融，同欢共乐，生发出强烈的艺术共鸣。

我曾亲历过"渔梁版"和"义成版"两种跳钟馗形式。这两种形式在人物造型上虽有些许变化，但基本一致。不同的是场所。徽州古城景区曾把渔梁一干表演民俗的村民邀集到一起，开出工资，犹如养了一个"戏班子"，对外来游客开放，演出场次依游客多寡而定。遇上黄金周这样的节假日，场次多达十多场。别的不说，光一天到晚着一个花脸装，人也会受不了。可既然受雇于景区，也就多少得遵从合约，故此在整个演出时间上和激情上大大打了折扣。一般情况下，针对游人的跳钟馗一场也就十分钟左右，钟馗表演者显得斯文，少了不少张狂动作。观者大抵为外乡人，时间虽然短促，或者表演者不甚卖力，但也足能让他们在异域大开眼界，好好过一把徽州民俗的瘾头。在这样的商业演出中，自然也要吸引游人捐上一点"爱心"。钟馗在持酒罐痛饮时，一手抓罐，一手掀起衣服前襟，露出护心镜来。这时的导游便会适时做好鼓动和解说工作，凡掷中护心镜者必有大福云云，引导游人用硬币往护心镜抛掷。如此下来，一场表演也能挣上数十元。自然这些钱就是表演者的利市了。只是后来，景区并没能把这群艺人留下来，徽园内那间专供艺人表演的大房子早已落锁，时日稍久，落满灰尘。

义成版跳钟馗依旧保持着原来的古香古色。特别是钟馗的扮演者，虽说年逾七旬，却给人活力四射的青春感受。让人欣慰的是，五小鬼大多二十出头，为了这一民俗，在端午、春节等重大节日里，提前返乡参与其中。当地的民俗专家介绍，新一届"钟馗"都要从"小鬼"中产生。只有全身心投入其中的艺人，才有可能坐上"钟进士"的宝座。而一个千人村落的年轻人，更把能够跳钟馗，能够为众乡邻带来祝福作为一项重任代代相传，这种浸入骨髓的"大义"让这一传承有了可靠的人力保障。

还想再说一说钟馗斯人，他的声望地位，特别是捉鬼保平安的传说，又是如何深入徽州及其他地方人们心中的。钟馗是中国传统文化中的"赐福镇宅圣君"。据考证，钟馗为陕西省西安秦岭中段终南山下户石井镇人，生得豹头环眼，铁面虬髯，相貌奇异；然而却是个才华横溢、满腹经纶的人物，平素正气浩然，刚正不阿，待人真诚，肝胆相照。公元712年，钟馗赴长安应试，作《瀛州待宴》五首，被主考官誉称"奇才"，取为贡士之首。可是殿试时，奸相卢杞竟以貌取人，迭进谗言，终致其状元落选。钟馗抗辩无果，激愤难当，拔侍卫之剑自刎，此举惊天动地，泣鬼恸神。唐明皇以状元之礼将其安葬于终南福寿岭。为正妒贤之罪，发配卢杞至岭外。有一年春天，唐明皇久病不愈，一日睡梦中见一小鬼偷了杨贵妃的紫香囊和他的玉笛，上蹿下跳，绕殿而奔。这时，一相貌奇异，头戴纱帽，身穿蓝袍、角带，足踏朝靴的壮士，将小鬼撕扯一番，囫囵吞食。他对唐明皇说："吾乃终南山下阿福泉进士钟馗也，貌异状元落选愤亡，因念皇恩，今誓与陛下除尽天下之妖邪。"唐明皇梦醒后很快病愈，遂下诏画师吴道子按照梦境绘成《钟馗赐福镇宅图》，封钟馗为"赐福镇宅圣君"，批告天下，一年四季遍悬钟馗像，以祛邪魅佑平安。更让人惊奇的是，吴道子也做了个同样的梦，所以"恍若有睹"，一蹴而就。

"少小名惊翰墨场，读书无用且佯狂。我今欲借先生剑，地黑天昏一吐光。"诗出清代画坛名宿高邕《仗剑钟馗》，字里行间无不透露着后世诸生对钟馗的敬仰和怀念。钟馗更以以德报怨的开阔胸襟捉鬼降妖报皇恩，在中国百姓中挣下了万世盛名。或许，跳钟馗的真正意义在这里吧。

抢 婚

不久前，与一个婺源的朋友聊天，无意间听他说起了婺源的夜婚习俗。所谓夜婚，简单地说，就是午夜出嫁。娘家人在午夜零点燃放鞭炮，让前来迎亲的新郎把新娘子接回家，看起来挺折腾的。那一晚，除了新郎新娘两家人之外，还有更多的亲朋好友，怕是不能睡上一个安稳觉了。

现为江西管辖的婺源在历史的长河中，更多的时候是作为徽州府治下的一个县域出现的。婺源人心中的徽州情结更是根深蒂固，难以割舍。简单的行政区域划分，分不掉那些深入骨髓的喜好和民俗。从午夜婚嫁这一民俗就能看出一些端倪来。

休宁与婺源毗邻，休宁县的板桥、龙田、岭南等乡镇的村民，更是与他们周边的婺源人相交甚笃，不仅能说一口流利的婺源话，就在菜肴上也是互相影响。比如，板桥一带的粉蒸菜就是一个佐证。无论鱼肉还是时令蔬菜，统统用米粉搅拌蒸食。一座道教名山齐云山上的100多名村民，祖籍全为婺源人，他们平日里的交流都是婺源当地的方言。之所以如此隆重介绍两地区域位置毗邻相依，是为了更好地讲述那些存在或消失的民俗。

我曾把婺源夜婚的习俗与多位徽学专家交流，他们大抵认为这就是徽州抢婚习俗的遗存。

古徽州多山少田，自古不是什么富庶之地，却是个风光奇佳的风水宝地。徽州的繁荣与一支支迁徙的队伍有关。在历史上有三次大的迁徙，中原望族为避战乱，选择走进偏僻的大山……越偏越好，越能不见外人越好的理念，让徽州的山区在一个白天或夜晚升起了炊烟。最为偏僻的有歙县的狮石、长陔，休宁的白际、璜尖等乡镇。在公路没有修通，汽车没有出现之前，这些地域的人们要想进一回城，就得徒步数日。

于是抢婚开始了。中原大族初来乍到，自然成了掠夺的对象。其中谁家有女初长成，早被徽州当地的土著——山越人盯得严实。受了中原文化的熏陶，山越人也学着文明起来。他们会请上一个能说会道的媒婆，提了礼物上门说亲。媒婆口吐莲花，却无法说成亲事。男方受不了这样的轻视和打击，便纠集族人中的骁勇者，在一个月黑风高、更深人静的夜里，潜伏进村，以迅雷不及掩耳之势撞开女方家大门，把熟睡的新人连同被子裹在一处，抬了就走。待得女方家弄清缘由，再去上门理论，显然为时已晚。这是一种情况。而这种违背他方意愿的强取豪夺，在一个时期占据了主流。这一时期，主要体现在迁徙的外来家族立足未稳，无力抗争，只能接受屈辱的姻亲，用以加强族群的势力。

还有一种情况，就是伟大的爱情通过暴力手段向不通人情世故的女方族人"宣战"。一个女子在不经意的一次集会中，无意邂逅了一名青年书生，双方顿生爱慕之情，玩起了锦书频传的游戏。虽然只是自作主张的私下定情，却经不住两情相悦，一心想着共浴爱河，却终究不能的苦楚，经媒婆三番五次商讨无果后，男方只能选择借助家族势力，抢回新娘完成夙望。在暴力和血腥中，挫败一方只能忍受，他们把这一切归结到命运头上，日日焚香，希冀先人庇护。

如此看来，暴力手段在一个文明尚不普及的时代，对大多妙龄女子来说，她的人生和梦想全部寄予了上苍，唯一的希望就是抢夺她的新郎，在日后的生活中能够善待自己。爱情离她们太过遥远。

我在一个山村接着一个山村游走，总能在一张张皱褶里寻找到与抢婚民俗相关的故事。那些故事，有凄婉，有美丽，有诙谐，也有惊涛骇浪，震人心魄。

先说一个烈女子以一己柔弱之力向命运抗争的故事。女子汪氏，年方十五，出落娉婷，只是家道中落，父亲早殁，与母相依为命。一次,汪氏赶集,被当地一吴姓恶少相中,从此一家人便生活在了惶恐之中。汪氏知道,终有一天吴家会动强相迫。果不其然,一天夜里,吴家带了十多个强汉上门抢婚。

一到汪家门口,只见大门洞开,八仙桌旁两张太师椅上坐着汪家母女,竟然面带微笑。这让吴家抢婚众人面面相觑,无所适从。吴少上前探问。汪氏道:"妾身今日便随了君去。不过,妾身夜里好梦,梦里时常挥剪乱刺乱扎,伤了自身且不打紧,若是伤了郎君,妾身万死难辞其咎。是故妾身年方十五尚未出阁,盖知者无人敢娶耳。今妾身幸遇郎君,三生有幸。"

吴少一听,脑门瞬间轰炸起来,冷汗直冒,只是不信。汪氏道:"你且吩咐他人门前等候,待妾身去了衣袖让君细看。"吴少便斥退抢婚众人。汪氏捋了衣袖,只见两条玉藕一般的手臂上,疤痕累累,其中有新伤,也有结痂旧伤。至此,吴少完全相信了,于是带着众人离去。自然,这是汪氏的一个自救法子。为了避免一生错嫁,汪氏自是两害相权取其轻了。

再说一个诙谐有趣的传闻吧。话说一家有姐妹两人,姐姐被人相中,却又不是她的意中人,而这一男人却被妹妹看上了。抢婚的时候,妹妹替代姐姐被抢上了花轿。男方一看不是自己看上的女人,便大叫:"错了,错了。"妹妹边往轿里钻,边大笑说:"没错的,没错的。"男方一看,眼前女子不仅面容姣好,而且胆大敢为,瞬间就喜欢上了。后来,姐姐终于嫁得意中人,于是皆大欢喜。

徽州抢婚习俗几经演变,到了后来就成了一种形式。自然,这缘于文明的进步。大抵男女双方各自欢喜,取得双方家长同意之后,选择一个良辰吉时,在夜里上演抢婚一幕。女方一头也要约了众亲友在后追赶,待到赶至男方家中,那里早就备好酒席笑脸相迎了。于是觥筹交错,一醉方休,欢歌笑语洒满一座山村。

纵观华夏五千年文明史,抢婚一事不是发生在一个时代。也不仅仅发生在一个徽州。这主要在于当时的社会境况。战火频仍年月,也正是抢婚民俗的盛行期。而其中的成因也是众说纷纭,不一而足。其中最主要的一点，或者说能够众味可调的一点，那就是母系社会向父系社会的过渡时期。是时，体格健壮的男子主宰了物质的生产和分配权，抢婚民俗也就跟着产生了。自然，在法制健全、文明程度高度提升的今天，抢婚民俗早已消亡殆尽。人们所能做的，也就是如婺源现存的民俗般，选择在午夜时分嫁娶罢了。

虽然婺源的夜婚只是古老民俗传承下来的一个仪式，我们依旧能够从那一个个灯火通明的夜里，回味和想象那些流逝的故事。

第四部分 特产小吃

发 喜 粿

即便再穷困的山区，人与人之间也是有交流的。这交流，除了语言、情感之外，还得有实实在在的载体。发喜粿就是其中的一种，即喜庆、经济、实用，又很好地维系了邻里之间的质朴感情。

年前的十来天时间，是徽州农村最繁忙的日子。人们放下扛了一年的锄头、挑了一年的扁担，抖落一身灰尘，开始着手过年的事情。制作米粿就是其间的一件大事。

母亲把浸泡了一夜的一大篓米淘洗干净了，背到村里的水碓舂粉。水力舂捣，虽说省了人力，却不见快，三十来斤大米也得大半天工夫。母亲在石臼边蹲了，就着碓头起落的间隙，用手掏出一把来，粉筛子筛了，把没能舂碎的米粒重新倒回石臼。那时候，母亲一头乌发齐颈长短，虽说个头小，却显得灵活。站在边上的我，总担心碓头会砸到母亲的手。显然这样的担心是多余的。母亲筛完最后一捧粉后，过了晌午时光，肚子饿得擂起了战鼓。做粿的农家人是不另烧午饭和晚饭的，我们的饭食就是那篓变成了米粉的大米。

母亲烧了热水，找出一个大木盆子，用热水和粉。粉和匀润了，揪一小团，手中心一搓，轻轻一按，就成了圆圆的米粿。这时候，一年也用不上几回的几个蒸屉洗刷干净后，铺一层透气的纱布，装着满满的一屉米粿放进烧开了水的大锅里，盖上锅盖。不一会儿，就能闻到诱人的米粿香气。

米粿是农家人为自己准备的，大人小孩都能做，即便搓不了圆形，观感上有了瑕疵，却也并不影响它原来的作用。米粿蒸熟之后，晾凉了，再找一大缸子来，放进米馃，盛上满满一缸水。这样的储藏方法可以吃到来年的茶季。

好多年份，在做米馃的时候，母亲都要留出一大团米粉来。那是专门用来做发喜馃的。母亲拿出一个早已褪尽颜色的红馃印，取了米粉在馃印里拍实，然后翻个面，在台子上一拍，一个发喜馃就完成了。发喜馃造型讲究，不圆不方，长着四只兔耳朵角，其中一头的上方中间部位还有一个类似弥勒佛般的脑袋。馃的中央是花朵图案，更讲究的还有"双喜"字或"寿"字。发喜馃蒸熟之后，都要用新毛笔蘸了红红的食用色素点在弥勒佛的脑门上，真真地透着喜庆。

在农村，发喜馃的作用很多。结婚、祝寿、生孩子、过满月、庆周岁……不一而足。村里人叫"送发喜"，合祝福大发大喜之意。单就一个个体而言，他或她这一辈子能收到的"发喜"就有不少。出生的时候，就能收到外公外婆、舅舅舅妈、姑父姑妈，包括众多能扯上亲戚关系的邻里的"发喜"。那些日子，一只只糊着红纸边的小竹篓里装着发喜馃，馃上面盖着祝福一生"青青吉吉"之意的青枝柏叶，还有五个或九个或更多的单数的鸡蛋，用箬叶缝出多个角来装盛着，一下子涌进家门来。谁家的发喜馃收得多，也就预示着谁家的亲戚朋友多，人缘好。若是哪一方亲戚在规定的时间里没能送来发喜，那有了喜事的人家就要上门去"讨发喜"。讨发喜，虽用了个"讨"字，却不用真开口。只是把新人——刚出生的孩子或者刚娶进门的媳妇往亲戚家里一带，人家就会明白来者的意图了。

一般来说，下面的故事在发展上会有几个版本。一种是：早就准备好了发喜馃，正要送过去哩。吃过饭，我陪你们一起回家。这是皆大欢喜的。讨发喜就像讨彩头，就算是争抢也不为过。如果哪位粗心的亲戚没有事先准备，必会忙出一身大汗。那一天，粗心的亲戚就得放下所有事情，淘米、舂粉、做馃、蒸馃，怕赶不及的，还得请来左邻右舍帮忙，直到把发喜馃装进篓里，放上鸡蛋，盖上青枝柏叶，背了护送着新人回去为止。在制作发喜馃的过程中，在护送的路上，粗心的亲戚都在一边检讨，一边找出许多说得上桌面的理由，为自己开脱。讨发喜的一方也必说些那只是个久远的规矩，真正忙了也不必当真的一些话。

我的孩提时代这样的仪式是神圣的，神圣到容不得半点马虎。一些人家就算为送发喜而饿上几天肚子，也不愿带头坏了规矩。

对处在徽州山区的农家人来说，大米就是个稀罕物，山高少田，即便种了水稻也要靠供粮证维持生计。一个缺吃少穿的年代，家庭的鸡蛋就成了"硬通货"，拿到商店里卖掉，就能换回食盐、酱油。要是那一年亲戚朋友中喜事一多，送出的发喜超出了一个农家的能力，就得左邻右舍地借米借鸡蛋，以求渡过眼前的难关。自然，这样的事情虽然发生着，可人们却依旧高兴着，遵循着。也许，那位穷得需要赊借的农人在想，他送出去的祝福真就起了作用。让人快乐，自己也就快乐了。尽管这样的快乐甚至需要以饥饿为代价。

那些收到的发喜馃却不是一家人独自享用的。那得背着竹篓或提了篮子，一个村庄挨家挨户地上门分发，一般为一户两个。收得多了，就分四个。分到发喜馃的人家必会堆满了笑脸，说上几句祝福的话。即便是有了意见，甚至吵闹过的左邻右舍，一样能收到"仇家"的发喜馃，眼神尴尬地交流几个回合之后，祝福的话语融化了双方蓄积已久的坚冰。

物资的极度丰富大概是所有民俗走向消亡的罪魁。有一次，妻姐的女儿带着刚出生的孩子来家里做客，妻子一下子脑袋大了起来。这可是讨发喜！可城市里的一个盒子楼里怎么去弄那些发喜馃呢？我说现在不流行那一套了，包个红包，万事大吉。妻子一开始说不行，包钱显得不够庄重。可又实在找不到可以做馃的家什，就算立马起程回老家准备，这一来二往地，也绝不是一两天工夫能够备齐的，最后也就只能删繁就简了。其实，用红包代替那些流传了数百上千年的习俗，绝不是我凭空想象出来的。即便在农村，人们为了省事，也不再满头大汗地做"发喜"了。只是不知道，用金钱这样的等价交换还能唤回那些逝去的记忆和乡愁吗？一个村庄，如果再也收不到办喜事人家的发喜馃，那么心中的那点芥蒂又要通过什么样的方式去融解呢？

　　作为一种食物，发喜馃的味道和所有米馃的味道一样，并没有多少神奇，可它充当的社会价值却不是其他食物所能替代的。

艾 叶 粿

艾叶粿，可以广义地称之为清明粿。只是在米粿里面加了艾草、黄花，有的人家更加上猪肚、猪肠等食料，除了改变了原来的白颜色，增加了香气之外，也更多地牵进了许多故事传说，表达着人们更为深远的思念。

清明节本身就是一个寄托哀思的季节。徽州民俗中，家家户户都会在清明节前后舂米做粿，祭祀先人。在做粿的同时，还要做成圆圆的"元宝"状粉团，蒸熟之后，用碗盛了米粿"元宝"放进一个小提篮里，来到先人坟前焚香祷告。仪式后，再把篮子提回家，一家人分坐食之，寓意得到了祖宗庇护。自然以上文字都是"引子"，在这一章节里，我想说的是艾叶粿。

在休宁县许多乡村至今都有做艾叶粿的历史。清明前后正是艾叶成熟之时，村民们将进山采摘的艾叶榨出汁液，用热水搅匀后用来和粉，只一小会儿工夫，一盆洁白的米粉全部变成了碧绿色。此时，淡淡清香升腾起来，直扑心脾。经几双粗糙的女人的手上下一搓，一个个圆圆的泛着绿意的艾叶粿就排起了一条长龙。几个蒸笼里一装，搁进早就烧开的锅里，十几分钟时间艾叶粿就出笼了。原本的青绿变成了草绿，绿意中金灿灿亮闪闪的，和着扑鼻的清香，在一条古巷中氤氲开来。

讲究一些的人家还会在馅料上下功夫。艾叶粿的主要成分是糯米加少量的籼米。随着物质的日益丰富，即便变换了粿的颜色，却并没有改变其内质，因此在味道上也就不会有多少改变。在休宁县，最好吃的艾叶粿产地是陈霞乡的回溪、回岭两个村。那里的艾叶粿里，不但包有春笋、韭菜、豆腐、蘑菇等馅料，还有切得细碎的猪肚和猪肠。手捧蒸熟的艾叶粿,只轻轻咬上一口,唇齿留香,再也放不下来。由于包了馅料,这类粿的个头也大了不少,一般成年人只要两个下肚,便能饱腹。

癸巳(2013)清明节,我来到了回岭村。说实话,即便一样在徽州待着,而我对这一地域为什么要制作如此工艺繁杂的艾叶粿,依旧有着太多好奇。这次探访就为解谜而来。接待我们的是陈霞乡里一位五十来岁的洪姓乡干。洪乡干生于斯长于斯,其后又数十年在当地工作,对乡俗民情了如指掌。甚至,我只是稍稍表露出一点点诧异,洪乡干就为我们解起惑来。

"知道朱升吗?"洪乡干不等我们回答,就又说道,"朱升是朱元璋的高级谋臣,就是休宁回溪村人。后因向朱元璋建议'高筑墙、广积粮、缓称王'的'九字策'被采纳而闻名。"我问道:"这艾叶粿就是为了纪念朱升的吗?"洪乡干笑着摇了摇头说:"是为了纪念他的儿子朱同的。"朱升三十七岁头上才得其子,在古时候,三十七岁大抵相当于现在的"半百"之年,也算老来得子了,自是十分喜欢。但朱升却没有任何溺爱,小朱同天生聪慧,尽得朱升家学。洪武十年(1377)举明经,任本郡教授,修《新安志》,后授吏部司填充员外郎,寻升礼部右侍郎。朱同文才武略,丹青诗赋,无所不精,时称三绝。洪武十年尝书寿春堂记,入侍懿文太子,太子爱其书,殊亲重焉,为文羽翼六经,诗具盛唐风致。《明诗综》录诗一首。后牵涉蓝玉案,赐自缢。死时年方四十九岁。

消息传到乡里,村人无不悲之。此时,回溪朱升一族都已外迁,家里也就没有什么人了。回岭是朱同的外婆家。是年,朱同之舅舅舅母悲恸之余,就想着如何纪念这位本事超群却不得善终的外甥。朱同死讯传至乡里的时间正是清明节前夕,是时艾叶正盛,小黄花遍地开放,舅舅、舅母便采来艾叶黄花,捣碎做粿悼之。村人争相效仿。因此,回岭成了艾叶粿的发源地。但其舅家总觉得如此纪念尚显不足,来年的清明节,其舅抬头仰思之际,见挂在横梁之上半副未吃尽的猪肚猪肠,一时悲从中来,老泪纵横道:"朱同呀,你之死当真让老朽及乡邻牵肠挂肚呀!"于是挑下早已风干的猪肚猪肠,切碎入馅。至此,一种因悲思而至牵肠挂肚的艾叶馃真正开发出来。而又因其本身的美味成了徽州的又一名点小吃。之后两年,朱升故乡回溪村也随风追悼。这也就是牵肠挂肚艾叶馃在陈霞两个村子里流传的原因之一。

对于朱同因涉蓝玉案而被赐自缢的说法,洪乡干并不赞同。在他看来,朱同死在朱棣与朱允炆皇位之争。显然,这并不合乎史实。朱棣于 1402 年夺位登基,而朱同死于 1385 年,当时还是朱元璋(1328—1398)执政,显然那时候不可能有争位之说。"这个馃从朱同去世到现在,已经有 600 多年的历史。就是在 20 世纪 60 年代,物资供应十分困难的情况下,当地村民也要想方设法囤积一定的大米来做清明馃,一直没有间断过。"洪乡干介绍。

回岭村位于五龙山脚下的皖赣交界处,与婺源县段辛乡相毗邻。原休婺古驿道从这里经过,现保存完好。回岭现有 300 来户,户均用粉 20 斤做清明馃,光大米就要用上 3 吨左右。这些绿油油的带着浓浓乡情的清明馃不仅自己吃,还要寄到远在外地的亲人和朋友手中,一起缅怀先贤。

第四部分 特产小吃

毛 豆 腐

歙县深渡是个千年古镇，与古镇相匹配的除了深渡老街之外，还有一棵数百年的老樟树，枝繁叶茂的，遮蔽百余平方米。老樟树长在深渡老码头边上，迎来送往着熟悉陌生的过客。樟树下，就是通往老街的一条主路口，虽然新安江大坝蓄水之后，深渡老街仅剩下一条尾巴，但老街的繁荣却丝毫没有受到影响，不但有着四邻八乡的村民来这里选购农具和衣服，还有许多背了相机的城里人来寻旧、猎奇，以期定格那些永久的纪念。一个有关毛豆腐的故事，就发生在这熙熙攘攘的樟树下路口。

每天一大早，大茂村的张志祥师傅就晃晃悠悠地挑着个担子来了。一头是盖着白布毛豆腐，一屉一屉地搁放着。另一头则是炉灶、铁锅、调味品和一壶老白干。樟树下的那两三个平方米的土地已经熟稔了他的味道、毛豆腐的味道。张师傅不疾不缓地搁下担子，支好炉灶，放上一只平底锅，撒上油，铺上毛豆腐，一阵吱吱作响之后，空气中弥漫着诱人的香气。

他的生意开始了。

似乎不用约定，大家只是凭着良好的嗅觉相约到一处来的。深渡镇上的几个名流，八八、二斗、钵头、小雨泵、知知姚、彭泽尖……还有许多我叫不上名字的忠实食客，一个或一群，总会轮流着出现。当然上面的名字都是外号，却都有着一定的意思。八八是他父亲六十四岁头上生的，真正的老来得子。八八嗓门大，一坐下就嚷嚷："来个三元钱，白干来二两。"自顾自地消受起来。自然有着这样名头的人必定好客，只要落座的是相熟之人，那么其他人一早的小吃就不用买单了。

209

毛豆腐浑身长满白毛，浓浓密密的，没见过的人必定会吓得离座也说不定。张师傅把各自点单的毛豆腐用一个小铁铲铲了放在各人身边的锅沿上，又铺上了新的。辣酱、葱花是少不了的，只要你需要，就会全方位提供，直到满足为止。在这种氛围中，是不兴有富贵贫贱之说的。比如，酒，就算你在宴席上喝茅台，在这里也会习惯几元钱一斤的老白干。就算你衣着光鲜，西装革履，可你边上或许就有一位刚干完农活，满身汗味的庄稼人，数双筷子一齐伸向一只铁锅，一起领略徽州小吃的特有味道。现在想来，毛豆腐摊子给我更多的感触就是这种朴素的人文情怀了。

说起毛豆腐的由来，自然有个不俗的传说。这传说还与那个与徽州有着不解之缘的明太祖朱元璋有关。话说朱某人兵败逃至徽州，饥不择食，烘烤着吃了几块已经发霉长毛的白豆腐后，竟然视为人间美食，便宣称，他日胜仗后必以此物犒劳三军。朱元璋当了皇帝，跟随他的数万人马也就都尝到了毛豆腐的味道。有了皇帝的推崇，有了这么多拥趸食客，徽州毛豆腐想不出名都难。

毛豆腐的做法并不复杂，只需将白豆腐切块阴凉发酵便可。可在一个火候上却大有文章。发酵时间不到，则浑身生硬，食之无味；发酵时间过长，吃起来犹如败絮不说，还有一种难闻的氨气味道。所以说徽州地区制作毛豆腐的作坊成百上千，可真正能让人记忆的味道也就两三家而已。

多年前，我写过一篇毛豆腐的小文，发在了当时《黄山日报》周末版，编辑是鲍忠恕先生。一日，接到鲍先生电话，说我的文字让他回想起了许多年前的记忆，一定要来深渡看看我，吃吃这里的毛豆腐。只是他的电话打得有些迟，当我跑到樟树下的时候，张师傅说不多了，只有20来块毛豆腐，于是立马全部买下。记得那一天，鲍先生吃得特别高兴，并说这味道和多年前一样，一点也没变。吃好毛豆腐已到午饭时间，鲍先生却坚决不在深渡吃饭，而是急匆匆赶了回去，真有点魏晋名士之风。兴起而来，兴尽而归。

除了歙县深渡毛豆腐外,休宁蓝田毛豆腐亦是名噪一时,上了央视《舌尖上的中国》。许多远方的客人慕名前来,为的只是一亲毛豆腐的芳泽,让自己的舌尖舞蹈一回。不久前与蓝田毛豆腐的方老板相遇,说起当前的生意,方老板说来不及做,生意翻了一番。朱元璋也好,现在的媒体也罢,他们都为徽州小吃的推广和传承做出了功绩。

方老板叫方鑫玉,和女儿一起打理毛豆腐产业,生意旺盛期每天要加工200斤黄豆的毛豆腐,十分辛苦。说起这个手艺,方鑫玉介绍是从娘家带来的。做了这么多年了,没想到还上了中央电视台。方鑫玉是个实诚人,更加懂得维护毛豆腐品质的重要性。因此,就算生意再好,她家的毛豆腐也是限量供应的。从她那张疲倦的脸上就知道,每天半夜起身,磨豆、烧水、下卤、压榨,然后再切成一片片的方形豆腐片子,一片片地晾在架子上。一道道工序全由两个女人纯手工亲力亲为,其中的艰辛也就可想而知了。

每一道美食的背后,都会有着一个默默奉献的群体。对他们来说,只是凭着自己的劳作和手艺挣口饭吃。但是对徽州来说,他们的努力、坚持和付出的点点滴滴,都是值得记取的。

臭 鳜 鱼

到徽州如果没有尝过臭鳜鱼，就像到天津没吃狗不理包子，去北京没登长城一样遗憾。这样的遗憾是有高度的。从这句不是谚语却胜似谚语的大白话中，可以想象臭鳜鱼在徽州吃食中的地位。

其实一件食品非要等其变质才入食，从道理上是讲不过去的。小的时候吃过一些几近变质的鱼，那是一个水乡最为热闹的时候。家乡连接新安江支流的小溪里都是白条子鱼。一个漆黑的夜里，小叔叔喊一声："鱼上桌了！快去抓呀！"一个村子男女老少都成了抓鱼能手。就连从不去水边的奶奶也踮着小脚，搀着我去看热闹。所谓"鱼上桌"是家乡人对洄游产卵鱼类的总称。意思浅显明白，都游到饭桌上来了，还不快去抓嘛。鱼儿们非要到自己的出生地来繁衍后代这一亘古不变的习俗，让我的邻里乡亲有机会大显神威的同时，又尝到了鲜美的鱼肉。这样的机会一年都有一次。一条小溪水本不深，突然之间被突如其来的客人填塞得满满的。大家几乎不用什么手段、工具和技巧，挽着裤脚往水里一站，徒手就能逮到。父亲自然也不例外，要是运气好，一个夜晚或早晨，能抓上满满一筐。那段时间，父亲要充当一回卖鱼郎。一条扁担，两个篓筐，一杆秤，挑着担子四处游走。到得傍晚，剩下不多的几条鱼才能烧熟果腹。

鱼上桌大抵为初夏时节，天气虽不甚热，可一天下来，没卖出的鱼儿也有些变味了，却不影响我们的食欲和心情。只是这样的鱼在口感上毕竟有了瑕疵。实在想不出来，臭了的鱼还能味道更鲜美的。家乡的小河里也有不少鳜鱼，大的有半斤左右。可这类鱼却并不好抓，就算被网网住了，把鱼从网眼上拿下来的时候还得十分小心，弄不好就会被满背的长刺刺伤了手。无论何种鱼，吃的大多是新鲜的。鳜鱼也不例外。

真正接触臭鳜鱼是长大以后在饭店用餐时才吃过。在徽州，徽菜的大厨一般为绩溪人，臭鳜鱼也以绩溪县城的几家饭店为正宗。只是俗务缠身，也只小尝过一两次而已。作为徽州府所在地的歙县，许多饭店都有名厨撑着，其中不乏绩溪人，各自有各自的招牌菜肴。

要说臭鳜鱼，有两家是可以肯定的。一家是歙县深渡镇码头上的钵头食府。掌勺的师傅就是老板钵头，土生土长的深渡人，鱼吃得多了，烧鱼就有了独到之处。每年黄豆成熟的时候，他都要亲自谱上几坛黄豆酱。这样的黄豆酱烧出来的鱼不但颇具地方农家口味，与一个社会突然兴起的喜好"土菜"之风相融洽，而更多的是让许多慕名前来的外乡人以另一种方式尝了鱼肉的美味。煎、炸、炖、炒，样样俱全，钵头食府烧鱼也就成了一绝。而腌制臭鳜鱼更是他的拿手绝技。所取的材料鲜鳜鱼都是江边野生，破肚取肠后，洒上盐水发酵。三五天后，闻其气味，观其肉质，决定烹饪时间。有些时间客人来得勤，而腌渍发酵过程跟不上，便有断料之虞。钵头很重视名声，若达不到下锅火候，坚决不糊弄顾客，一来二往，在餐饮业挣下了一份名头。另一家是有着徽府菜之称的披云山庄，虽说披云的招牌菜是太白鱼头，但他们的臭鳜鱼鱼肉板结，用筷子就能夹起来，入口却又绵软松酥，香气四溢，回味无穷。

臭鳜鱼的产生必定有着它特定的历史原因。普遍的说法是，徽州府衙来了一位知府，特别爱吃鲜鳜鱼，而当时新安江尚未蓄坝，水域不深，原材料跟不上，只能从长江调运。而专门负责采购的是小衙役王小二。有一回，王小二在采购途中耽误了行程，加上天气突然热了起来，数桶鳜鱼因缺氧而死，不久便有了淡淡的臭味。王小二一想，如此下去鳜鱼运到歙县也必定不能食用了。欲重新采购，又怕耽误时间遭责罚，于是灵机一动，把鱼杀了用盐腌后压实，运至城中，先在一家饭馆试烧。谁知闻起来俨然发臭的鳜鱼烧熟后入口一尝，竟是芳香四溢，别有洞天。正等着享受口腹之欲的知府算了时间，当是王小二回来之期，果不其然，王小二端着烧好的臭鳜鱼走了进来。吃惯了鲜鱼的知府一尝之后，竟是欲罢不能，从此还就好上了这一口。有了官方的推崇，有了民间的追捧，臭鳜鱼真可谓咸鱼翻身，成了一道不可或缺的徽菜名品。

"西塞山前白鹭飞，桃花流水鳜鱼肥。"无论是动物还是植物，它的"收成"时间是有一定自然规律的。这鳜鱼最肥美时节，正是桃花盛开春汛到来之时。因此，即便再好吃的主，一年中也只能在特定的季节里享受。自从臭鳜鱼的加工工艺在徽州大地流传之后，这样的时间节点就被打破了。不同工艺人可以通过腌制过程延长美食的受用时间。特别是现在冷库的出现，让这里的人们一年四季均可享用。

"君看一叶舟，出没风波里。"尽管这样的画面很美，很有诗意，但诗人的原意却不是让我们去欣赏风景的。短短十个字，写出了渔民的无奈和苦难。为养家糊口，他们可是拼着性命在江上打鱼。美味背后的那些不为人知的辛酸又有几人记得？随着养殖业的发展，人工养殖鳜鱼规模日益增多。歙县郑村镇槐塘村刘秋星原为全市最大的生猪养殖户，存栏生猪3万头。为了营造良好的生态环境，近年来刘秋星尝试转行，积极与相关高校和科研单位合作，解决了鳜鱼养殖上的诸多难题。2022年他在养殖场原址上，采用保温陆基圈养桶循环水养殖鳜鱼，取得了巨大成功。特别是在各地水域实施禁渔后，刘秋星异军突起，不断加大养殖规模，为臭鳜鱼产业的快速发展提供了强有力的原料保障。

深渡包袱

"包袱",只是包裹衣物的一块布。在徽商享誉明清的时候,并没有现在的旅行包。走沪杭闯天下的男人,必在头一天晚上,由母亲或妻子找出一块布来,把衣物细软包裹了,两边的布角头处系上结,另两边的布角放长一些,可以挎着背在一边的肩上。只是在"包袱"前面加上"深渡"这一地名,就成了一个约定俗成的徽州美食了。深渡包袱当真小觑不得。

深渡包袱的一个通俗的说法就是饺子。在泱泱华夏的任一角落,吃饺子都是一件十分愉快的事情。一家人聚齐了,热腾腾的饺子,在巧妇的手上总能流出让人垂涎的香味来。撇去现在物质丰富的年代不说,即便 20 世纪七八十年代,一餐饺子也不是能轻易吃到的。那必得是大节日,也必得是一家人大团圆的时候,才会这样兴师动众。从擀皮开始,主妇的脸上就写着笑,经过面杖一杖杖地擀出薄皮,再包成类似"包袱"形状,下到煮开的锅中,浮沉几下,做好汤汁,一碗碗端到桌上。说笑声,劝酒声,吃饺子时的啕啕声,那个远离家乡数月数年的男主人,迷离着一双眼睛,享用着一个家的温情。离别的苦楚,随着飘满清香的饺子热气蒸腾,远去。

说说南北饺子的差异吧。江北大多地方的饺子是擀成圆形的皮,装上馅料,把边儿搭起捏紧就成。这样的饺子个头较大,以清蒸为主,上桌时也以盘子装盛,只需用筷子蘸了作料就可食用。而在皖南一带,饺子皮是正方形,装馅之后,任意两边搭紧,搭紧一边再往下翻折,最后绕成一圈捏紧搭头。这样的饺子形状就成了"包袱"。"包袱"大多用水煮熟,盛到汤汁的碗里,佐以葱蒜、猪油、酱油、胡椒、味精等作料，用勺子食用。一比对，便不难看出深渡包袱的精致来。

可无论形状、制作方法上存在多大差异，深渡包袱也还是饺子。把个饺子叫成"包袱"，其间的内涵和韵味，却不是三言两语说得清的。

深渡是徽州最大的水陆码头，挎着包袱从这里上船的徽商不计其数，一出出希望与失望的话别剧，在江水的涛声里交织成一团乱麻。可分别总成定数，无法左右。徽州女人的贤淑，注定了她们温婉后面的坚韧。她们的手一松，几声篙声、橹声响起后，江水鼓吹着高悬的白帆，逐渐小成一个黑点时，徽州女人就会拼命地往高处跑，她们还想用关切的目光，目送着黑点的消失。徽州女人在怀想她们的男人出行时的模样，一把雨伞，一个包袱，一个背景，再多一点，就是男人回眸时恋恋不舍的表情。在这些可以记取的物事中，她们选择了"包袱"。三年或者五年，待到男人功成名就回家的时候，徽州女人用手做出了一种"包袱"模样的食物……我说不清楚具体的年代了，深渡包袱在深渡小镇落下根来，其独特的制法和那份思念迅速传播到各个水埠、码头，更多的徽州女人加入制作深渡包袱的行列里来。即便一个徽商式微到终结时，这一小吃却一直流传，历经数百年而不衰败。

从深渡到街口，是新安江安徽段最繁华的区域所在。这里江面宽阔，江水清碧，远山翠绿，云雾缥缈中，十万人家隐映其中。深渡作为水陆交通的要塞，每天都会迎来送往周边的村民和过往的游人。我的家在深渡下游25里外的小川乡，小的时候，能去一趟深渡是会从梦里笑醒的，那是对深渡包袱的期许。农家人购得需要的大米面粉肥料之后，就会找一个沿江搭成的小摊子，下一碗"包袱"当午饭。与母亲去深渡的时候偏多，在一个捉襟见肘的年月里，我经历过母亲太多次"我不饿，你吃吧"的美丽谎言。回到家中，便能听到父亲的责怪："午饭也要省？穷客富盘缠，该花就花吧。"母亲只浅浅一笑："回家吃一样，迟上一两小时饿不坏人。"

母亲是制作深渡包袱的好手，不但皮擀得薄，包就的形状也很好看，一只只"包袱"经她的双手整齐放置在擀面台上，简直成了艺术品。可在食用的时候，却无法不皱眉头。青菜冬瓜萝卜最多加点白豆腐和成的馅料，怎么比得上深渡摊子上有肉的包袱哩。似乎，母亲包包袱为的只是练手罢了。这样的练手日子，我经历了一个漫长的童年。和母亲一样练手的农妇绝不在少数。以致后来，一些热心的乡邻要我在他们家吃"包袱"时，都被我无情拒绝了。这时候，母亲的脸变得严肃起来，说一句"这孩子，不知天高地厚"。时间一长，我读懂了母亲的严肃。

1992年，我的首个正式一点的工作单位是一家丝绸厂，就在深渡小镇。那份魂牵梦萦的包袱情结瞬间得到了释放。在小镇待的15个年头里，我有了特定的餐饮摊点，深渡包袱成了我早餐必不可少的食物之一。店主姓胡，祖传的手艺。一家百年老字号，虽然没有请文人雅士取上一个让人动容的名字，却丝毫不影响他们家的生意。每天早上，胡姓老板夫妇俩半夜就要起来生炉烧开水，擀皮包包袱。待到天亮，小镇热闹的时候，小店前的数张桌子上就会挤满了人。一碗碗热气腾腾的包袱在桌子与桌子之间跳跃。一份手艺，胡姓老板用诚信和勤劳坚守了下来。他们的坚守，让我和如我一样的人们享受到一份美食的同时，还能时时忆起数百年前的深渡包袱的始创者。在我的想象中，那名没有留下任何痕迹的徽州女子必定心细如发，香若"包袱"，清纯可人。

一年中秋，我和妻从县城回老家，途经深渡时，特地停下车来叫了两碗包袱。只闻到那熟悉的香气，心便醉了。

徽 州 三 石

我是在长大了之后才知道"徽州三石"的名头的。想必这样的称谓是被一些徽学研究者或称作美食家的人加封的。只是封得贴切，又经大家认同，便保留和延续了这样的叫法。

"徽州三石"指的是石鸡、石耳、石斑鱼。遑论徽州人了，即便是来过徽州对皖南深山稍有点熟悉的外乡人，寻一家寻常小店一坐，喊一声"上两个特色菜"，就能品尝到"三石"的味道，就会被"三石"的美味折服。其中的骚人墨客更少不了研墨铺纸著文题字，为"三石"的名头再添一些赞誉。

很小的时候，就在家乡的小溪里摸过石斑鱼，在一个叫水碓坞的山涧里看大人们逮石鸡，也跟着父亲在密林绝壁采药的间歇捡过石耳。都是儿时熟悉的模样、熟悉的味道，没承想这些个寻常物事，竟成了一张徽州美食名片，成了让人们魂牵梦绕一饱口欲的念想。

我的家乡程家堨两山夹一坞，逼仄，多山，找不出一块平整地基，房子只能倚山而建，布局也不集中，远远望去，犹如山体上的肌肤每隔一段就长出了一个方方正正的瘤。这样的地形也造就了一条溪流，即便再大的旱情也从没断流过。一个童年的快乐全湮散在了漫长的溪流里。浅浅而活泛的流水，成了石斑鱼的家。记不得具体日子了，我和我的小伙伴们站在小溪边，看着浑身长满黑褐条纹的石斑鱼在水中游玩觅食，一幅游鱼无依的山泉鱼乐图，让我们跟着快乐起来。不知是谁大喊了一声，鱼群出现骚动。更有人兴奋得往水中砸石头，石斑鱼纷纷作鸟兽散。可惜它们的行动不够快捷，或者说我们眼如鹰隼，看到一条石斑鱼躲进了一块石缝里。几只小手共同作业,封死了石缝的所有出入口,石斑鱼被握在了一只小手里……第一次的摸鱼经历让我兴奋,那一回我摸了5条石斑鱼,母亲裹了面粉油炸了,焦黄脆嫩,香气扑鼻。只是我的杰作并没有得到父母的认可,尽管他们没有过多反对,却终究拒绝为我制办一张渔网。手,成了唯一的捕鱼工具。每年的暑假里,溪流带给我清凉,也教会了我许多捕捉技巧。最多一次,我能摸到十条左右的石斑鱼,水边扯一根水草,穿成满满的一串。只是那时候我并不知道,我摸到吃掉的石斑鱼在数十年后会名噪一时,像丑小鸭一般变成白天鹅,像一个群众演员一夜间成了电影明星。

后来的一次经历让我发誓再不下溪摸鱼。就像万事万物都有克星和天敌一样,人类急功近利的膨胀欲望始终是万物的克星。在鱼藤精(一种药鱼的药物)没有在市场上广泛推广之前,家乡的大人们就认识了一种醉鱼草,满山野寻上一大捆,捣烂出汁,装在木桶里,到上游一倒,醉鱼草汁随流水而下,石斑鱼的末日从此来临。醉鱼草汁所到之处,鱼们像喝醉了酒一般行动迟缓,浮在水面上,半天才动上一动,丝毫没有招架还手之力。尽管我也在一天天戕害它们,却丝毫没有让它们断子绝孙的想法,看到一条条长不盈寸的小鱼苗翻着白肚子随着溪水漂进新安江里,心突然就痛了起来。小溪在很长一段时间是死寂的,好在一场大雨过后,冲刷了人类制造的血腥,又会再次苏醒过来。毕竟还有漏网之鱼,它们顽强的生存和繁殖能力,会在很短的时间内恢复溪流的活力。一个月后,当我再次看到这些黑褐色的小精灵时,心里温暖了许多。

石鸡是外面的叫法,家乡人叫石鸭。想起了赶鸡下水,赶鸭子上架的俚语。无论石鸭还是石鸡,说的都是一样的东西。这东西长得像青蛙,只是着一身灰黑色外衣,长年生活在有流水的阴暗石壁间。抓石鸡得在晚上,沿着水碓坞直泻而下的山涧流水攀岩而上,靠着一只手电的光线搜寻,若是运气不错能逮上不少石鸡。估摸着任何动物在黑夜中对突如其来的光束都存在敬畏吧,一只手电的光就能让它们忘记了危险，如同被人施了定身法，趴在那里任人捕捉。

水碓坞就在我家门前对面的山体夹缝里。夏秋的夜里，远远地就能看到一束或多束光亮在山涧里游走。我是能够理解我的乡亲们的，物资匮乏年月，他们的游走，无非也只是想让一家人尝尝肉味。我想那时的他们尚不知道，石鸡肉是比猪、牛、羊等动物的肉要美上十倍百倍。人类的味蕾没有办法储存太久的信息，偶尔的牙祭让"比较"一词失去了依附的载体。我的乡亲们更不会想到，到了今天与石鸡有着亲缘关系的青蛙早已上了餐桌，就连浑身有着恐惧色彩毒素的蟾蜍也没能幸免——它们成了石鸡的替代品，成为替代品的还有人类养殖的牛蛙——只是，这些替代品并没有取得多大成功，它们被食用之后，却更加激起了人们对石鸡的怀想。剥了皮的石鸡，白白嫩嫩的细腿被食客们称作"美人腿"——吃一顿石鸡，就像抱了一回美人。

人类是一个喜欢总结并修正错误的群体。竭泽而渔的做派让他们认识到自己的短视，很快主动对新安江源头进行保护。野生石斑鱼和石鸡都受到了保护，生态适时得以恢复。这是让人高兴的事情。否则，一个徽州在不久的日子里就只能徒有"三石"之名了。多年后，新安江沿线泉水养殖业兴起，人工养殖的石鸡、石斑鱼为维系徽州三石这道名菜创造了可能。

与石斑鱼、石鸡相较，石耳并不十分受当地人重视。我甚至认为，石耳只是为了凑足"三石"之名而妄加的。显然，我的这一想法在今天看来却是大错特错了。石耳是生长在悬崖峭壁上的一种真菌，富含高蛋白和多种微量元素，有养阴止血、清心明目、泻火止泻的效果。临床报道还具有治疗慢性气管炎和镇咳祛痰的作用。少量的石耳和鸭蛋一起煮，吃蛋喝汤可以清热解毒。石耳用锅烘干碾成粉末，放在米粥里食用，对肠炎、痢疾有一定的治疗效果。此外，石耳还是一道美味的佳肴——石耳炖鸡。那份滑溜的感觉若不亲尝，是不会知晓的。

石耳的产量不多，采摘更为艰险。这一生长在潮湿岩石上的地衣作物的食用价值被人发现后，上山下田的农人早将徒手可得的地域采光了。留下来的，就得依靠胆量，利用绳索高空作业方可到手。到了它的药用价值被广泛认同时，我的一些乡亲们就成了农闲时采石耳的手艺人。一根绳子一头拴在腰间，另一头拴在山顶树上或石头上，背上一只小竹篓，下到数丈高的崖壁上……

一些恐高者，见上一回就能晕上半天。而冒着生命危险采摘石耳的那些人，也在长年的攀缘中练得了一身功夫。人悬绝壁上，出没山崖中，都是为了生存，也都成了风景。

乌　饭

第一次吃乌饭是在休宁朋友家里。我在歙县没见过，更没吃过，去了休宁竟碰上了。同在徽州，习俗却又并不完全相同。或者说，一些村落在民俗的守候中遗失了一些章节，而另一些村落却努力地继承了下来。

我一直都在感谢这样的继承和传统，就像感谢每一个晴天、每一个雨天一样。

每年的农历四月初八，许多村落晚上的主食就是乌饭。

朋友叫梁心红，休宁渭桥人。头一天梁心红来了电话，约我第二天去他家吃晚饭。梁家早已从农村迁到了县城，离我的单位并不远。赴一个家宴总是让人欣慰的，这远比在任何一家酒店更显诚意。人情味浓，推却的想法都不该有，便爽口答应下来。到得家中，方才知道主人家今天要煮的是乌饭，一年只有一次。心头不由兴奋起来。

我是个对吃无甚研究也无甚要求的人，主食只要一碗大米饭就足够了。这一性格的形成，在于生在一个缺吃少喝饥肠辘辘的年代。家乡多山少田，种不上水稻，大米都得靠购粮证去粮站购买。那个时节，国家在大米供应上总显不足，购米时搭配上面粉、玉米和山芋干。时间一久，面粉羹、玉米糊、山芋干吃得多了，就对一餐米饭眷恋起来。好在这样的日子没过多久就成为过往，却在很长一段时间内，让我对进食大米兴趣不减。外出求学回到家中，母亲问想吃什么，我回答焖饭。而在今天，我却对摆在眼前的一盆黑中带蓝、泛着晶光的大米执着地刨根究底起来。

梁心红被我的执着弄笑了。

这就是煮乌饭用的黑米。

怎么做成的呢？为什么要弄黑了再做饭呢？连珠般发问，让一个话本不多的朋友一时语塞。倒是他的妻子——我喊她梁嫂的庄稼女人，却是熟悉风俗由来，快嘴快舌地与我交谈起来。

梁嫂说，这乌饭讲的是一个孝行故事。古时候，有个叫目连的人，他的母亲犯了罪，打入了十八层地狱中的饿鬼道。目连长大后天天去地府送饭，可惜的是，他送的牢饭没等送到母亲手上，就被沿途众小鬼抢食了。就算他天天送，母亲依旧饿着。目连无计可施了。为了让挨饿的母亲吃上饱饭，目连百思不得其法，为此，经常在山上徘徊。有一年农历四月初八，目连在无奈、烦躁之中，不经意地在山上随手摘下几片叶子，放入嘴中无聊地咀嚼，发现这种树叶香润可口，叶汁乌黑。心想，如果用这种树叶汁浸米，烧成乌黑的米饭给母亲送去，就不会再遭狱卒抢吃了。于是目连就将采摘的树叶拿回家捣碎，用叶汁浸米，制成乌饭后再送。果然，饿鬼狱卒们从未见过这种黑饭，自不敢食，也就不再争抢。至此，目连的母亲总算吃上了一餐饱饭。最后，目连救母脱离饿鬼道。为了褒扬目连的一片孝心，皖南一些农村年年做乌饭、吃乌饭，纪念目连这位孝子。自然，持此民俗的，还有江苏溧阳、宜兴，安徽宣城，浙江龙泉等地。

目连无意中找到的树叶叫乌饭子，原名南烛，别名染菽、乌饭树、米饭树、乌饭叶等，属杜鹃花科常绿灌木或小乔木，多分布于江南等地。后来的研究表明，这种叶子可助阳补阴，明目壮肾，故此制作乌饭的民俗也在民间盛传，一直传到了今天。

故事虽说简单，可故事中的孝行却十分感人。我只知道徽州民俗中有个目连戏，人们用戏剧的形式纪念这个孝子，却不知道在目连救母的传说中，还有送乌饭一说。看来，这一流传在佛经里的故事还真就深入了人心。真可谓，乌饭年年有，孝行代代传。

梁嫂是个心灵手巧的农妇，一会儿工夫，乌饭香气盈室，让人未曾开吃便食欲大增。待得盛饭上桌，那份晶莹剔透，清新香味，闻之便已垂涎。找得碗来，挑上几筷，一经入口，糯米绵软地在口腔里跳跃起来，滑溜滑溜的，尚不及咀嚼，便向喉咙溜将过去，带着温热和芬芳进入体内，胃一下子温暖了。为了增加乌饭的味道，梁嫂下了不少作料：放入了切成丝状的火腿，还有一些青豆子，自然滋味更胜一筹。

让人遗憾的是，这样的风俗小吃在徽州也只停留在某一县域，知道乌饭来龙去脉的就更是凤毛麟角了。我本没有求全责备的意思。直到吃乌饭的时候，我才从谈话中得知，在休宁县城菜市场的许多摊点上，四月初八当天会增加一种出售的食品——浸泡乌黑的糯米。若在稍前几天走上菜场，还能看到被采摘捆绑好的南烛叶子。这些东西都是拿来出售的。忙碌的农家人如果缺了时间不能上山采叶，就可以掏上一两元钱买个现成，回家捣汁后浸泡糯米，以 24 小时为期，到了时间，原本洁白的糯米全都漆黑乌亮了。若是还想省事，也可干脆买上一些浸好的黑米。无论如何，在同一时间飘起乌饭的味道已经成了休宁的传统。或许，这是一个原本属于整个徽州的传统。

就在食用乌饭的时候，我依旧担心着。现在看来，我的担心是多余的。风俗，虽然只在一个并不太大的群体中流传，可这种流传已经浸入人的血脉，就不会被轻易抛弃。比如，梁嫂，比如，上山采摘乌饭叶的村民，又如，出售黑糯米的商贩……市场的存在让分工精细的同时，又在无形中解决了现代人工作生活的繁忙，让这一传承走上更加快速便捷的轨道。

人们可以在飞速发展的时代忘记或者减免一些繁杂的礼数，乌饭，这一代表着孝行的中华传承，窃以为省减不得。待得回到家乡，我一定要和几位饱读诗书熟稔徽州传统的老人好好谈谈"一餐消失的乌饭"话题。若是家乡也曾有过这样的传承，却只是因为粮米的缺失而造成了佚失，我想，应该到了恢复和光大的时候了。毕竟，吃饭进食不再是满足生存的唯一需要，在一定意义上，早已上升到对经典的记忆和文明的承继。

第四部分　特产小吃

三 口 蜜 橘

　　"橘子"通常又写成"桔子"。由于"桔"字易写，因此在使用上早已进入寻常百姓家。而把产于歙县街口、新溪口、正口（俗称三口）的皖南新安江特产写成"蜜橘"的，就剩下一些咬文嚼字的墨客骚人了。"桔"只是"橘"的俗写而已，原本我也只是俗人。字是可以颠来倒去使用的，可橘子的味道、品质不会因了一个字的不同而产生改变。

　　游玩新安江有两个季节是不能错过的，一个是每年的五月，三潭枇杷成熟的季节，另一个就是金秋十月蜜橘成熟的时候。"一年好景君须记，最是橙黄橘绿时。"苏东坡先生是个懂得享受的人。秋天的新安江是通了人性的，青山依旧在，碧水映朝阳。半江瑟瑟半江红的古诗况味，真可谓随处可感可见，永远不会给人丝毫秋来萧瑟的感觉。而一个三口地区，虽说不在新安江山水画廊景区的规划里面，可沿途的风景却没有些许逊色。从千年古镇深渡上船，沿江泛舟而下，途经正口（三口之一），小川（虽未列入三口，亦产柑橘），就是新溪口和街口了。在三口之中，新溪口的蜜橘无论从管理上、产量上还是质量上，都属上乘。斗转星移中，也就当仁不让地成了三口蜜橘的"代言人"。各级媒体也好，远来的游客也好，选择的都是新溪口乡一个叫塔坑的地方，拍拍自然风光，拍拍果实挂满枝头的丰收，拍拍成片成片的橘园倒映江河的景致。完成工作了，和游人们一道玩玩"吃不了兜着走"的采摘游，让汗水沾满衣襟，感受一下劳作的艰辛和快乐。最后一概"农家乐"一回：有河虾河鱼，有地里刚长的时令蔬菜，游人大快朵颐的同时，天南海北乱侃一通。谦逊一些的也

225

可以听听流传当地的民间传说——"张天师和斩尾龙"的故事。如果你眼力特好，或者配了一副足以远视的眼镜，还可以顺着诉说的农人手指方向，眺望江对面的远山——那里的一处山坳，就是斩尾龙被张天师断尾之后负伤而逃的地方。

这是一个徽州流传甚广的斩尾龙的故事。大抵是说一知府由浙沿新安江赴歙上任，被栖于九砂的乌龙精所害。后知府夫人怀有九龙，临盆生产时，被新安江崖壁下修炼的得道高人张天师所斩。最后一龙出生时，知府夫人苦苦哀求，张天师恻隐心起，只斩其尾巴，云云。虽然这只是传说，却深深植入一代代徽州人的记忆里。这只是题外话，却也不失为新安流域耐人寻味的民间文化。

作为水果，橘子始终难入上乘果品之流。尽管三口蜜橘因新安江形成的小气候有着独特的口味品质，却也一样难以摆脱销售困境。面对一个个挎在身上的"长枪短炮"，当地果农会用方言说上一句："拍什么呀，有什么好拍的，又卖不起价。"说得难听一些的，就是在指责了。

这样的观念当地百姓还是很快改了过来。农人是实在的，他们分得清好歹，也最懂得感恩。因为他们遇上了许多外乡人，外乡人告诉他们是看了报道慕名而来的，尝了味道之后，还真和记者们说的一致，于是买上几蛇皮袋柑橘，放在了自驾车的后备厢里。一个十月，当地果农要接待不少慕名而来的游客，他们终于明白了宣传的重要性。于是他们在相互交流的时候改了口：他们真不是来白吃白喝的，还有点用。那赞许是发自内心的。徽州人内敛，就算你是个十分好的人，在他们的嘴里也只会说些"还可以，还不错"。这样的话就已经是他们能够表达出来的最高敬意了。

21世纪初"武新前公路"通车，人们就可以沿公路经武阳到新溪口，比坐船方便了很多。也是从那个时候起，三口蜜橘引来了产销两旺的好时代。当地蜜橘也从原来的两三角钱一斤，上升到了"元时代"，一些早熟品种更是卖到了好几元。当地橘树多的果农年收入 10 万元以上，成了三口蜜橘首先富裕起来的代表人物。当地及周边的一些生意能人也在这一时节抢着经营起了柑橘生意，彻底解决了果农在销售上的难题。三口蜜橘也从歙南偏僻山村走向了市场，走进了全国各地寻常百姓家中。

我的家乡离新溪口不到十里路，却分属不同的乡镇。相邻的地域也就有了相近的环境，因此我们村的家前屋后也有不少橘树。小的时候，还经常陪着母亲采了柑橘到深渡码头出售。有一次，母亲掏出销售柑橘的钱让我去买那双早已被我一双眼睛瞅得发热的球鞋。鞋子买了后，才发觉一只大一只小，不是同尺寸，待到去换时，店家却不承认了。后来知道，有一个外地人也在那个店里买了一双错码的鞋，可能由于路途遥远，没有来更换。正当店家发愁的时候，我的及时到来为他们解决了难题，只是自己白白浪费了 15 元钱。在 20 世纪 80 年代中期，对一个农村家庭来说，这是个不小的数字。为了向父母"赎罪"，我坚持着一只脚松一只脚紧地穿着那双错码鞋，一直到不能穿为止。

之后一年，家乡遭遇罕见冻害，近九成橘树冻死，后来父亲没有补栽，只是挖去死掉的橘树，改种其他作物了。好在橘树没有死绝，每年秋天，我依旧能够吃到自家的蜜橘。品着酸甜相糅的蜜橘，眼前就会浮现母亲劳作采摘的场景，只是原先的一头乌丝现在全部花白了。

三潭枇杷

　　枇杷乃秋天孕育，冬天开花，春天挂果，夏初采摘，一年四季的风霜雨露都沾了个遍，俗称四季果，自是果中名品。在中国枇杷四大主产区中，歙县三潭占据一席。三潭枇杷主产区深渡镇更被冠上了"中国枇杷之乡"的美誉。这一切都是一条新安江带来的。

　　深渡码头下通浙江千岛湖，上连屯溪等地，每年流经深渡的游人特别多。每逢节假日，更是人来人往，甚为热闹。不过这几年，三潭枇杷的名头盖过了一些周边的景区景点。吃，本来已经不再是个问题的"问题"被提到了议事日程上来。游客们只想亲历一回采摘的乐趣，而一个枇杷成熟的季节时间却不多，前后满打满算也就月余时间。枇杷成熟正是春夏相交，气候宜人，刚好踏春赏玩，不远万里结伴汇集三潭，一饱口福。于是，一个人潮出现了。枇杷虽好却终究当不了饭食，而能够提供食宿的就只有三潭下游的深渡古镇了。若是在枇杷采摘的时间里，去深渡之前不打上一两个预订电话，肯定吃不上热饭菜。人太多，腾不出人手，也腾不出桌子。

　　我在深渡镇足足待了15年，可称之为第二故乡。在深渡的漫长时间里，我的足迹不知多少次遍布当地的万亩枇杷园。

　　怕是一件物事看得熟稔了，也就少了诉说的新意。惊奇往往在熟视中成为寻常。直到那些外来的作家发表一篇篇锦绣文章之后，才会从心里头去重新审视眼前的风景。原本我长期居住的所在，那些秀水青山是如此值得称道，画舫游轮荡漾碧波之上，就是一首无须刻意描摹的诗。人行明镜中，鸟度屏风里。李太白的诗句写得太过得体，以至骇得我以为再也找不出更好的表达方式。对新安江如此，对三潭枇杷亦如此。

三潭是三个都有"潭"字的地名合称，它们是深渡镇绵潭、漳潭和坑口乡的瀹潭。瀹字特别难写，简单一些的写成"月"。读音是一样的。记得在县城读书的时候，就有许多三潭同学，每年的五月中旬，都能从同学的"储粮袋"里掏上几个枇杷尝尝鲜。那个时候吃枇杷的感觉特别甜润。真的把家安在了三潭边上，一个成熟季节里可以随意采食时，却又不觉得真有多少快意了。人呀，往往是身在福中不知福的。我也很快就忆起三潭枇杷的好来，那是在离开了深渡之后。

"一棵枇杷树，两个大枝丫。未结金黄果，先开白玉花。"不知道诗的作者了，其实也算不上诗，倒像四句大白话，只是好读易记。不会忘记的还有许多围着枇杷园讨生活的果农们。三潭虽说只是三个村的名字，可它们的周边还有不少村庄，也有不少果树。绵潭边上就有个棉溪村，后来并村改名淮源，老支书汪成棋硬是凭着自己的韧劲闯出了"三潭一溪"的名号。要知道，三潭成名太久，在其后头挂上"一溪"，其艰难程度不亚于攀登珠峰。汪成棋做到了。在他任"村官"的数十年里，不断学习引进新型栽培技术，扩大果园面积，提高果品质量，赢得了"开口说话"的权利。

接下来我想说说三潭。由棉溪往上，也就三五公里地，就是绵潭了。绵潭出名的地方除了枇杷还有"听不完的绵潭戏"这一俚语。在村子江边上就有一个将军埠，入得院子便是修缮完好的古戏台。新安江山水画廊景区开发之后，当地一些戏迷们便被选做头批绵潭戏的表演者。他们唱黄梅戏，唱京剧，但唱得最多的是地方戏种——绵潭戏。绵潭戏以当地方言演唱，也许一曲下来你没明白什么意思，但这些也都无关紧要了，因为在享受戏剧的同时，你还可以品尝当地的豆腐干。绵潭豆干可能没有什么名气，却是我所吃过的豆干中最好的，甚至堪比名气冲天的休宁五城豆干。只是产量少，不去绵潭是尝不到的。五六月间，听戏就更是享受了，当地村民会奉上几盘三潭枇杷，让甜美的滋味引领着你去采摘，去购买。

三潭枇杷中的精品叫白沙枇杷。与大红袍相较，白沙枇杷浑身洁白，上面长着细绒绒的白毛，剥皮入口，其鲜美程度更胜一筹。只是产量少，价格也就贵上不少。即便如此，若不提前个十天半月订购，还难以买到。好在大红袍也是上品，就算没吃上白沙，也算不上遗憾。

漳潭村在绵潭村上游河对岸。要想去漳潭，就得坐渡船。一些自驾游的客人会觉得不方便，毕竟对河千里岸。山水画廊景区正是从这一点出发，就从深渡用画廊一号、二号游船载客游江，如此一来的确方便。漳潭最有名的两个地方，一个是千年古樟——一株徽州地区最古老的樟树，至今1000余年历史，要十个成年汉子伸开双手才能合围。据说树下就是汉留侯张良的衣冠冢。全村人九成姓张，为张良后裔。在我看来，汉留侯衣冠冢的说法大抵是站不住脚的。另一个著名的地方就是红妆馆了，里面陈列着一顶18人合抬的大花轿，俗称天下第一轿。说起这轿的由来，还与朱皇帝有关。朱元璋在没有做皇帝之前，吃过不少败仗，徽州地区层峦叠嶂的高山成了他兵败后的栖身所在。有一回，朱皇帝兵败，得到了当地一村姑的照料。村姑唇红齿白，身段婀娜，朱元璋心动不已。当了皇帝之后，便派出大臣上门提亲，殊不料此女子就是不从，让人回皇上话说"妾身已许婆家，望皇上成全"。朱皇帝感念斯女情操，不为富贵权势所动，就破天荒地应允下来。这顶没有接回新娘子的大花轿便流落民间。时过境迁，物是人非，大花轿竟成了红妆馆的镇馆之宝，日日接受游人的瞻仰。这位美貌村姑就是漳潭村人，之所以长得水灵标致，怕是与一江碧水和年年可食的三潭枇杷分不开。

要说枇杷，坑口瀹潭的产量质量都比其他"二潭"逊上一点。可坑口乡却出了不少名人。一个是音乐家张曙，一个是大画家汪观清。张曙与聂耳齐名，20世纪30年代就牺牲了。歙县政府以他的名字命名了一个广场。汪观清现居上海，已届鲐背，头发花白，精神尚好，笔耕不辍。一次汪老回乡，与之偶遇，说起家乡的枇杷，老人的脸上露出了孩童般的笑容。他说每年枇杷成熟季节他都要回一次故乡，一来看看大家伙儿，二来也想尝尝枇杷的味道。只要吃着枇杷，老人家就会想起儿时的许多趣事来，那份记忆已经烙进了心田。三潭枇杷，对于一个经年在外的游子来说，无形中成了维系的纽带了。

徽 州 贡 菊

徽州山好水好，总能挑出几样像模像样的特产来。徽州贡菊就是其中之一。

说起徽州贡菊，就不得不说歙县北岸镇的一个高山村落金竹岭。从名字上看，这岭必长满竹子，可竹子却不是金竹岭的特产。金竹岭的特产是贡菊，又叫徽菊。多年前的一个初冬，陪同省台科教频道的记者到金竹岭采访。歙南山区冬雨绵绵，虽说雨丝如线，却是沾衣不湿。除了同行的两个女人外，大家大抵拒绝了雨伞。似乎觉得这样的天气不沾点湿气，也就白来了金竹岭一般。

金竹岭在深渡、北岸两镇的中央地带五渡村的大山里头。整个村庄依山而建，一进村口，就逢遇一株古樟，苍劲挺拔，郁郁葱葱，需五六人合围。同行的当地人介绍，这是一株水口树，大约600年树龄。在徽州有一点是可以肯定的，那就是村村寨寨都有一片水口林，而树的年轮大抵相当于村庄的年龄。如此估摸金竹村也是个600来年的古村落了。代表这一古老特征的还有整个村子鳞次栉比的徽派古建。斑驳的马头墙，青苔围满的门框，欲倒未倒的墙体，处处透着岁月的沧桑。我们的到来，也让一个村子里几位留守老妪的思想活泛起来，她们拿出烤好的山芋，让远道而来的客人尝尝大山的味道。只是她们出来的一瞬间显得多少让人后怕，先是一双裹在厚厚头巾下转动的眼睛，然后才是她们蹒跚的身体，脸上的笑容像一条条错综分布的河流，深邃而灵动。山风吹皱了她们原本娇嫩的肌肤，又让她们始终保持着大山的胸襟和朴素。

即使年届耄耋，她们依旧没有闲着。如果你的鼻翼足够灵敏，就能闻到一缕缕菊花香味，从一间间老旧的房子里飘溢而出。她们在烘烤徽菊。这些天总是下雨，可菊花却是等不得的，到了火候就得采摘回家。留在山上，一来开败了影响品质，二来也影响到二茬花的生长。徽州贡菊采摘周期一个月左右。冷峻的天气像鞭子一般催着贡花盛开。为了不使带水的菊花发酵变黑，就得夜以继日地烘烤。生一盛满木炭的火盆，盖上严严的一层灰，把菊花在竹制的花背上摊匀，搁在火炉上去水烘干。一背干花就得四五小时。若是家中有年轻人，菊花产量大的就用起了烘房。烘房就是一个改制过的炉灶，下面生着火，配上鼓风机，分左右两屉，上面分别搁着十来背菊花。这样的烘烤显然能够省去不少力气。一些壮劳力都在外面务工的，菊花也就不再是主要经济来源，就干脆把刚采的鲜花卖给山下的加工厂，省事了不少。但并不是每个菊农都愿意这样干的，卖鲜花要少不少钱，他们舍不得唾手可得的加工费。忙来忙去都是自家工夫，哪舍得如此败家哩。

金竹岭的贡菊种植历史至今有400多年，一直没有中断过，因此家家户户都是烘花高手。他们烘好的干花并不急于出售，而是用袋子装好了搁置在干燥处，放上一段时间或者数月不等，遇到合适买家才肯出手。若是遇上年景不好，产量就会打个折扣，菊农们就更加舍不得出售了。毕竟贡菊招牌让这里的花农有了一种皇帝的女儿不愁嫁的味道。我也在一些资料上看到金竹岭的菊花被称作"帝女花"。

随着徽州贡菊产业的连年发展，以山坡地种植菊花，从产量上远赶不上田里的。由于山地坡陡，管理上难度加大不少，甚至其外表形状也要逊上一筹。但是金竹岭的徽州贡菊是以徽菊的正宗载入史册的。中央电视台也好，安徽卫视也罢，只要采访正宗的徽菊就必得来到金竹岭，来到这绵延菊香的群山之中。与其他皖南山区的群山相较，冬天的金竹岭一山独秀，一山独香。

这样的底气又是从哪里来的呢？还得说说与徽州渊源颇深的朱皇帝。说起朱皇帝，就又得说起他的一次兵败避难。这也是没

233

办法的事情。毕竟人家做了皇帝，是真龙天子，又怎能与一个徽州的名特产无关呢？有一次朱皇帝在避难时得了眼疾，当地菊农用菊花为其洗眼，并泡菊花茶让其饮用，一周之后，龙体痊愈。他做了皇帝之后，更是忘不了徽菊的功效，菊花就成了上贡皇帝的贡品。还有一种说法，是指清光绪年间京城红眼病突发，徽州知府进贡徽菊解了疾患。无论哪种说法，金竹岭贡菊均由此名声大振，一直响到今天。

在今天，徽州贡菊的产地早已遍布整个徽州。休宁县商山镇有个徽菊基地，一直走生态种植之路，不用化肥、农药，就连菊园里的杂草也是人工拔除。这样生产出来的徽菊产品没有药物残留，也就以生态的名义卖出了高价。在这里，我看到了真正的"帝女花"。其花金黄，花瓣较其他菊花稍长，盛开时如一金发女郎般，高贵无比，让人艳羡。帝女花与徽菊的乳白色不同，浑身透出一种帝王气象。

基地主人还特地列出两垄地来种植各式各样的菊花品种。那些菊种是从世界各地引进的，红黄橙绿，应有尽有。置身其中，香气扑鼻，或淡雅，或浓郁，让人抑不住掏出手机相机，摁动快门。一些爱美的女人，更是要寻了一两个人，熟悉或陌生是不打紧的，充当起她们的摄影师来，与每一朵娇艳欲滴的菊花挨个儿合影。这时的菊花享受着明星的待遇，甚至远胜明星一筹。因为它们只展现娇美，吐露芬芳，却从不拒绝。

徽菊与滁菊、杭菊、亳菊并称"中国四大名菊"。随着市场的逐步升温，对生态绿色食品的要求越来越高。在歙县、休宁、太平、黟县、祁门等地，越来越多的有识之士也在努力破解菊花病虫害生态防治技法。可以肯定地说，秉持绿色发展理念，徽菊才能走得更远、走得更好。

徽 州 甲 酒

在一次网页浏览中，偶然见到一篇写徽州特产的文字，大多溢美颂赞之词。被称道的徽州特产就是徽州甲酒。

说实在的，当时我的感受先是迷茫，接着是困惑，再就脸红耳热了。生于徽州，长于徽州，足迹没有过多离开过徽州，字里行间也都在诉说徽州，究竟还有多少有关徽州的认知于我是空白的呢？我不知道。但相信，这样的空白绝不会少。即便是一个博学的徽学研究者，也不能自诩自己通晓徽州的任何物事或掌故。我一直在为自己的少知而寻找托词。那就是我是个不善饮酒之人，于我来说，天下名酒怕当百计千计吧，我又能认得几何。只是这酒偏偏冠上了"徽州"之名，无论如何推脱，那份耳热怕是难以在短时间内消减了。于是，便有了去徽州甲酒故里绩溪上庄一探究竟的念想。

从地域上来说，绩溪现属宣城，尽管徽州人的心里从未把绩溪分割出去。这样的遗憾地还有婺源，属江西上饶管辖。提起绩溪和婺源，怕是每一个徽州人心头永远的痛吧。好在，人是容易忘却痛楚的，我的绩溪之行始终洋溢着一种探寻的快感。去的当天，正赶上绩溪徽菜节的尾声。徽菜是徽州的名片，大凡徽菜名厨都出自绩溪。自然徽州甲酒也在徽菜节上摆了摊位，一问之下，销路不错。这是我第一次见到甲酒。装饰的瓶盒或青花，或暗红，简朴大方中透着徽州典雅的味道。边上有一个开了封的甲酒酒瓶，边上一行字：请君品尝。在我看来，怕是甲酒尚藏深闺，并不为太多人知道，故而先尝后买。

稍作停留，我们就往徽州甲酒的厂地进发。酒厂在绩溪与上庄的中间位置是清一色的沥青马路，宽敞平整。这几年绩溪的变化蛮大的。十来分钟后，车子往一处山坞一拐，停了下来。主人道："到了，这里就是大源村。"

墙体上留下了太多岁月的斑驳和印痕。这是一个老厂子了，酿造的设备却崭新透亮。主人介绍，采用的是目前最先进的"膜过滤"，能够把好最后一道关卡，保证酒的品质。徽州甲酒是黄酒，家乡人称之为老酒。原料就是当地生产的糯米，酿造过程也与休宁五城等地的米酒无异，只是采用了不同的酒曲而已。从糯米的选料、蒸煮、加酒曲搅拌、发酵、过滤、灌装到最后的封存，周期就要百余天。在主人的引领下，我们走进了地下窖藏室。第一眼见到那么多摆放整齐的小陶坛，像等待出征的士兵般，精神饱满。五年窖，十年窖，年份最长的有三十多年。只是那样的酒数量较少，身价也翻了好几番，五六百元的价格不等。主人介绍，酒厂的原址在上庄，不知什么原因后来迁到了这里。在新中国成立之初，徽州甲酒之名换了好几拨，一会儿叫个某某公社老酒，一会儿又叫作大源村黄酒。名儿土气，却应了时代要求。而更多的人却依旧叫它徽州甲酒。徽州甲酒实为徽州家酒，在徽商鼎盛时期，酿造封存后由外出沪杭的商人带去饮用。目的就是要让这些长年在外的徽商们记住家的温暖，记住家的味道。在当地方言中，家与甲音同，甲又有第一的意思，后来就叫成徽州甲酒了。

这让我想起了女儿红。女儿红产地浙江绍兴，中国大文豪周树人、周作人先生故里。当地的百姓人家谁家若是生了女儿，当年必酿女儿红，一直窖藏到出嫁时才拿出来宴请宾客。无独有偶，徽州甲酒就起源于绩溪上庄。作为徽州人是不会不知道上庄的。因为这里出了同样的文豪巨匠胡适，也是徽墨开山大师胡开文故里。自然还有一个中国鼎鼎有名的女才子曹诚英。与绍兴的风俗相近，上庄百姓也有为出嫁女儿窖藏徽州甲酒的习俗。20世纪初，胡适与江冬秀大婚，宴请宾客用的就是甲酒。足以证明的是当时胡家的一份宴客菜谱，上面就标着徽州甲酒。只是我无从考证这酒是否为一山之隔的江家为女儿所酿的了。其实到了民国初年,全国战乱纷起,一般百姓能糊饱个肚子已属不易,若非殷实人家,就算有那个心也少有那样的条件了。只有一点是可以肯定的,当时上庄的徽州甲酒作坊还在,酿造业也没有停止。

　　我是头一次来上庄。一个现存的古朴和曾经的繁华并存的地方。古朴,在于一条条数百年未曾变换模样的古石板路,在于一幢幢保存完好却写满岁月沧桑的老房子,在于一条经年不息的小溪从青山白云处流泻下来,至上庄后变了性情,趋现平缓,人情味浓郁起来。水是有灵性的,它知道应当以什么样的方式来哺育一方生灵。繁华,在于一个个纪念馆。曾经的胡开文墨厂变成了纪念性的陈列室,原本振人身心的捣墨声渐渐远去,消逝得毫无声息。胡适孩提时代受母亲谆谆教诲的影像留在了两尊栩栩如生的蜡像上,三十六个博士学位在一张白得泛黄的纸上留下注脚挂在墙边……感人的一幕出现在了一条幽长的古巷里,一袭长裙、面容姣好的年轻女子,接过白发苍苍老妪肩上的柴火,扛在自己的肩上,丝毫不去顾忌多刺的枝条会扯破靓丽的衣裳……这一孝老的传统,就像消失之后又出现的徽州甲酒:消失的只是躯壳,留下的却是内涵。根植骨髓,再难磨灭。

　　许多人都为曹诚英和胡适的爱恋击掌和叹息。在我看来,曹是幸福的,即便躯壳离去了,却把一座坟茔安放路边,等待着心上人回归故里。她的幸福在于她不知道胡适已早她而逝。正因了不知情,心中才会留下念想,有了念想也就有了希望。或许,她更想与心上人也举办一场轰轰烈烈的婚礼,手执家乡黄酒——敬客。当然,自己也得喝上几盅,让绯红的云彩飞上额头。她想象着自己当是这个世界最美丽的新娘。我们只是在曹诚英的墓前稍作停留,甚至不敢发出任何声响。我们不愿让世俗的嘈杂打扰了才女的梦……

　　回到绩溪,已是黄昏,没了回昱的班车。同行的友人提议坐火车回去。看看时间还早,便在火车站边上的一家餐馆随便叫上两个菜,要了一瓶徽州甲酒,细细品尝。酒刚开启,清香扑鼻而至，等不得菜上桌子，便小呷了一口，一分甘甜，一分绵柔，像初恋情人迎面走来，带着淡淡浅浅的笑，又像远古空旷的旧房子里响起的清纯童稚的读书声。不及再饮，便已醉去。

  这些经历就发生在一个阳光明媚的冬日。这些天来，我一直在研读清代李汝珍所著的《镜花缘》。我无心在这里介绍《镜花缘》的故事梗概，也不再多费笔墨评点这部堪比《西游记》的奇书。我在意的是该书第九十六回"秉忠诚部下起雄兵，施邪术关前摆毒阵"。这一回里，有一酒保在向客人推介本酒店的招牌酒时，递上的粉牌上就有徽州甲酒。与摆在头把交椅的山西汾酒共列一处。粉牌上共列天下名酒五十五种，徽州甲酒列第七位。绍兴女儿酒列第四十四位。其实，排名的前后并不能说明什么问题，但至少可以证明，作为黄酒的徽州甲酒当是与现在名气依旧很盛的绍兴女儿红是齐名的，为那时的人们所喜欢。

  最后补一句，《镜花缘》说的是周朝武氏之事，由此推定，徽州甲酒当始于唐代，至今已逾千年历史。徽州甲酒现在的制造商叫叶来琴，一个静美端庄的女子，谈笑举止得体有度，处处透露着徽州女人的味道。叶女士祖籍是歙县霞坑镇石潭，一个油菜花开、云海四起的地方。自然，那里也盛开着酒曲花。粉红粉红的，一串串的小花朵在一个春天里飘着醉人的幽香。

后记：我为什么写作

一

孤寂的夜里，一切都静下来的时候，思潮开始泛滥，像梦境一般，出现许多稀奇古怪的模糊情境：人物、农舍、劳作、对话……当这一切开始逐渐清晰的时候，故事就产生了。

一个写作者，首先是个想象力丰富的人，然后是情感。感性在一定程度上大过理性，才能挣脱一张俗套的网，架构属于自己的故事雏形。想象和情感成了动力，原始的动力。再如果，你能够独处在这样一个黑夜里，不受外界的任何干扰，而又无所事事，却又要为泛滥的情感找个出口，写作开始了。

正如人们广泛认知的一样，写作是情感的流露，更是纯个人的东西。我一直特别钦佩挂着辅导或教学的名号，开办各式各样的写作辅导班的老师们，他们怎么能够让一种纯个体的东西，熔铸到另外的个体身上去。这一放之四海而皆准的类似导师一类的活儿，收效又有多少，答案会有许多。

书读得多的人要写作，没读过什么书的人也要写作。其实，写作与读书的多少不成正比。写作的人，只要有了想象和情感，就可以落笔了。哲理不在书上，哲理在生活中，每一个日出日落里。

说说写作者的心态。写作者作为不同的个体，性情大抵千奇百态。或慵懒，或勤勉，或平和，或激扬，不一而足。这些只是个体的生活，或许不会影响到他或她手下的文字。一般看来，人是两面的，或是多面的。当他或她在生活中的时候，呈现出来的不同面孔只是为了交际、工作、赚钱养家。但在真正进入写作状态时，他或她得有一种基本的态度——平和。

人在平和的情态下，文字大抵如涓涓细流，润物无声；大抵寄情山水，志向高远。一条古石板路新开的野花，绽露绿色的小草，加上一两只蝴蝶，下几滴雨或透进一缕初起的阳光，情境就出来了。淡定无为的文字，让读者在感受到美的同时，心也跟着静了。这样的文字，不仅现在受着追捧，再过若干年也会有人喜欢。

我们会问，文字里缺了一点什么呢？如果一定要吹毛求疵，那么若再加点哲思，就会完美了。譬如，一个漂亮的女人，会说会笑会劳动会生孩子，如果没有了自己的思想，也就成了花瓶。

灵性的充分流露，是思想或者说成哲思闪光登场之时。一篇千字文里头，只要有一小段让人回味咀嚼的句子，这篇文章就算成功了。写作者把自己的哲思传达给了受众，这是写作的需要，也是阅读的目的。

二

说说自己的写作。我为什么写作。

莫言谈到写作时有一段有趣的描述。莫言小的时候，他所在的山东高密农村里有许多上山下乡的知青，其中就有一两个作家。那时候作家的地位很高，每天都能吃上白馒头。这让饥肠辘辘的莫言很受感染。因此，莫言初始的写作动力只是为了能有白馒头吃。他自嘲说当时的真实想法就是这样。

每个人都有自己写作的目的。于我而言，写作却也与吃有关。工厂下岗，女儿初生，妻子在坐月子……原本寄予很多期望的厂房，像个患了大病一蹶不振的老人，一家人的生活霎时没了着落。窘迫慌乱中，我参与到写作中来，卖文生活。卖文不是件容易的事情。21世纪初，报社书刊已不再退稿，因此，我没有收到过一封退稿信，我寄出去的信件在两个月时间里像蒸发了一样无处找寻。

当时便想放弃了。不是做梁的料,那就箍桶吧。却在这时,我的处女作发表了。这样的激励是能决定一个人的努力方向的。我的第一篇文字是杂文,算不得平和,遣词造句中激扬有余。如法炮制了数篇之后,效果明显不佳。从纯粹的杂文转换到记录生活和感悟的散文,我用了一年左右。这期间得益于一本泛黄的《散文月刊》。那是20世纪80年代初期的刊物,里面有一篇文字《庄稼花》,作者的名字忘记了,可内容却依旧记忆如新。作者从油菜花、南瓜花、玉米花、萝卜花——一个农村孩子一年四季中随处可见的庄稼所开的花,作为文字的载体,寄挂了作者薄若蝉翼却又韧如磐石的情感。

《庄稼花》在现在看来,或许只是我阅读过的诸多优秀散文中的一个篇章而已,可在当时对我触动很大。原来,我想要发表出来维持生计的文字就是我的经历,我的所见所闻,身边熟悉的人和事。

道理真的很简单。

工厂下岗十年间,我还干过代课教师,工资极其微薄,发表的文字也不多,稿费更加少,但每一篇文字见诸报端,无形中成了我人生的希望和追求的目标。

如果再说得简单些,我的灵魂找到了一个安置的地方。

三

时下涌现诸多迎合大众口味的写作者。这些写作者中,近半是靠着卖文过日子的。他们中的佼佼者更是名利双收。

一个文友问我为什么不改变一下写作思路,压短篇幅,向全国各地投稿,那样命中的概率会很高。我知道,这是针对我的《徽州往事》说的。

下岗十年后,我也算是找到了一个稳定的工作,虽然依旧不富裕,生活却是无忧了。写作的目的或许也就有了些许改变,或者说变高大了起来。作为徽州人,看着许多儿时的记忆在逐渐消失,心中便有了痛。痛感聚集到一定程度,便驱使着自己动起笔来。我的写作没有什么计划,一开始,记记古巷、牌坊、埠口、老屋、古塔、榨堂……大抵是徽州古建,尚存的或消亡的。后来触角伸向了手艺人、民俗、特产、小吃、人物等。我以自己的方式在记忆往事,解读徽州。当然遗憾也有不少,受时间精力的限制,我的足迹并不能跑遍一个徽州,也就会有诸多遗漏。我想通过努力,尽力减少这样的憾事。

一本小集,二十几万字,得到了《黄山日报》及全国各地多家报刊的厚爱,陆续发表了不少。在这里还要感谢内蒙古《草原》杂志编辑在网络上看到后,主动与我联系,并刊发了一万余字,让《徽州往事》系列得以走出徽州,在更宽广的领域展示徽州风采。

汉语言文学有一课说到文字的功利性。文字是没有功利的,若是写作者把过多的功利强加其上,那么原本的纯净也会受到污浊感染。这些"受潮"的文字是晒不干的,因为有源头浊水的存在。

我不反对任何形式的迎合写作,我也认可全国万余人(或者更多)靠勤劳码字生活的高尚性。我愿意是其中的一员。但有一点,我只写我自己的文字。我想,坚持这一观点并付诸书写的人不会是少数。这也算是我对文友的一个回答吧。

2023 年 10 月伟民于至简斋